ハヤカワ文庫SF

〈SF2461〉

銀河之心Ⅰ　天垂星防衛

〔上〕

江波

中原尚哉、光吉さくら、ワン・チャイ訳

早川書房

9108

银河之心・天垂日暮

by

江波 (Jiang Bo)

Translated by
Naoya Nakahara, Sakura Mitsuyoshi, Wan Zai
First published 2024 in Japan by
HAYAKAWA PUBLISHING, INC.
This book is published in Japan by
direct arrangement with
SICHUAN SCIENCE FICTION WORLD CO., LTD.

銀河之心Ⅰ　天垂星防衛〔上〕

登 場 人 物

李約素（リー・ユエスー）………カーニー星域の放浪者
プリン……………………………天狼星号の学習型ＡＩ
佳上（ジアシャン）………………上佳号から救出された若者
天狼７（てんろうセブン）………棒頭人
古力特（グー・リートー）………天垂星三三艦隊司令官
ケイト・ヒューストン……………古力特の妻、ヒューストン公爵の娘
ヒューストン公爵…………………天垂星の政界重鎮
申秋（シェンチウ）………………雷電ファミリーの将軍
蘇北旦（スー・ベイダン）………カーニー艦隊司令官
藍光（ラングアン）………………ダメンター第五艦隊司令官
ダンデス……………………………海賊の幹部
シャドック…………………………人類とともにある知性体

それは内省（ないせい）する宇宙の物質だった。自分の未来という深遠な問題を考えた。
それは人間と名のった。宇宙種族の一員であり、宇宙へ帰ることを望んだ。

——カール・セーガン『宇宙との連帯』

プロローグ

上佳号はコース変更をはじめた。

その船体の上を明と暗の境界線が動いていく。暗の側にはいった舷窓が次々と開かれる一方で、明の側にはいった舷窓は閉じていく。開と閉。船体を流れる優雅なリズムだ。

上佳号はとても大きく、日光がこの窓に届くまでしばらくかかる。それまで外を眺めた。

宇宙は漆黒で、無限に深い井戸のようだ。星々はその陥穽に落ちている。銀河の中心部からの光は、星系をとりまく塵雲にさえぎられてほとんど見えない。かわりに左下に明るい大きな惑星が一つある。RH149。今回の航程の目的地だ。

ロイはそこに注目した。

惑星は幽玄な光の暈をまとい、まるで薄墨で描いた画だ。大気は人類の呼吸に適している。上佳号の到着より百世紀前から、先行開発者の送りこんだ自動機械(オートマトン)が環境改造(テラフォーム)をおこなっていた。地下深くにもぐって地殻内部の水を押し出し、わずか二世紀で海洋を形成した。太陽熱の吸収率を上げて惑星を灼熱(しゃくねつ)状態にしたうえで、酸素を放出してメタンガスと反応、つまり燃焼させた。千年にわたって惑星は火だるまになった。大規模火災がくりかえし起き、大気全体が炎に包まれることもあった。この時期の惑星がもっとも美しかったともいえる。宇宙から見る惑星の色はさだまりなく、赤、白、青と不断(ふだん)に移り変わった。火と雲と海が惑星の支配権を争い、いずれが占有しても長続きしなかった。興趣(きょうしゅ)あふれる時代とも悪夢の時代ともいえる。やがてメタンが敗北して消え去ったあとは、大気圏でのはげしい争いは起きなくなった。オートマトンは酸素を放出しつづけ、濃度二十七・五パーセントで安定制御した。熱はすみやかに散逸(さんいつ)し、あとに少量の二酸化炭素が放出されて地表温度が調節された。平均気温は赤道において摂氏三十四度、両極でマイナス二十度、惑星全体で十六度になった。平均降雨量は三百六十五ミリメートル。あらかじめ設定されたこれらの基準を達成したところで、オートマトンから信号が発された。

　それを受けて上佳号はやってきた。

　しかしこのテラフォーム事業は未完だ。大気改造モジュールが使われたほかは放置されている。たとえば森林モジュールが投入されていない。動植物も、目に見えない微生物も導入されていない。大気改造後のプロセスが実施されていない。もしかするとここが銀河のなかで辺鄙すぎて、先行者は開発計画を放棄したのかもしれない。こんな事例はめずらしい。原因をはっきりさせるのが上佳号の目的だ。

ロイは父から言われた。

「明日、カルロといっしょに地上に降りろ。オートマトンの由来を調べなくてはいけない。鑑定はシャドックがやる。おまえはサンプルをできるだけ多く集めればいい」

この任務に意気ごんだ。ようやく重要な仕事をまかせてもらえる。カルロの助手にすぎないとはいえ、いよいよ本物の惑星に降り立つのだと思うと興奮で身震いする。

惑星はすぐそこだ。柔らかな光にいくえにも包まれ、静謐で平穏。美しい。目を離せない。これほど近距離から惑星を見たのは記憶にあるかぎり初めてだ。星々のあいだをめぐる上佳号の舷窓からは、たいてい小さな星がまばらに見えるだけだ。ごくまれにほかの宇宙船と出会って交流することもある。いろいろな種類の人に会い、奇妙な船内装備に目をみはる。しかし有人惑星に降りたことはまだ一度もない。沙川人にとって惑星着陸の機会は一生に一度と聞く。ここがその唯一の惑星になるのだろうか。想像をたくましくする。

おそらくそうはならないだろう。船は惑星文明エリアにはいったと父が話していた。ここは空間形態が特殊で、時空の窪地になっており、はいるのは容易だが出るのに苦労する。

巡邏者にとっては好ましくない。しかし星域居住者には関係ない。

一辺六百光年のこの辺鄙な空間には多数の独立した惑星文明がある。ＲＨ１４９が属するのはカーニー星域。大きな星域で、二十以上の星系をふくむ。入植者がいる惑星は十数個。計数億人が居住する。これほど多くの惑星出身者と会う機会にめぐまれるとは、幸運な世代に生まれたものだとロイは思う。一つの惑星に永住して星間旅行しないなんて、いったいどんな生活なのだろう。ぜひ見てみたい。

惑星については多くの映像記録で学習した。結論として、人類に最適の場所がどこかにあるはずだと確信した。宇宙船は人類に適した生活環境では決してない。もちろんこんな結論はだれにも話さない。

舷窓が閉じて、わずかなすきまだけになった。下辺に残った一条の金色の光が消え、完全に閉じられた。

「ロイ、あたしをつかまえてみて！」

背後から細い声が聞こえた。軽い物音もする。一輪車の走行音らしい。直後に一陣の風とともに、少女がかたわらを追い越していった。ロイは急いで追いかけ、すぐカイに追いついた。小指を立てて挑発的に振る。すると少女はむきになって前傾し、一輪車の速度を上げようとした。しかし小さく単純な乗り物はもう限界だ。もちろんカイが乗れるのは児童用にすぎない。

「どうだ」

ロイは軽く笑いながら前に出て、走る脚をゆるめた。

カイはむっとしたようすで追いついた。

「そのうち予定を決めて競争よ。ぜったい負けないから」

「カイ。おまえはまだ八歳、僕はもう十八歳なんだ。せめて十五になってからにしろ」

「なぜ十五?」

「その年になったら剣魚号に乗れるだろう」

「なにいってんの! 剣魚号は男子用よ」

「なら仙人号だ。優美な船だし、将来は仙女号に改名してもいい」

「やめて。仙人号のままでいい」

ロイが壁のボタンを押すと、ドアが急速に開いた。むこうは垂直の通路。下を見ると、底は閉鎖されている。緊急昇降用ハッチだ。上を見ると通路はどこまでも延びて、果ては小さな光の点になっている。とても高くて到達できそうにない。しかしそこがロイとカイの今日の冒険の目的地だ。無重力の通路。宇宙船の中軸シャフトだ。

「高い!」

少女は頭をいれてのぞいた。上からの光は薄暗く、通路は深い井戸のようだ。ハッチには非常用をあらわす黄色い円の赤い感嘆符がぼんやりと見える。

「ちょっとめまいが！」

首をすくめる妹を、ロイははげました。

「怖くない。僕がついてる」

しかし言ってすぐに後悔した。まだ八歳の妹だ。十二歳以下は垂直通路に立入禁止と、規則に明記されている。規則破りはへっちゃらだが、妹の目に浮かぶ恐怖にはいやでも気づく。まだ幼いのだ。ロイでもこの垂直通路の昇降には気を使う。考えをあらためた。

「やめよう。危険だ。この先は行かない。今度はどっちが先に帰り着くか競争して……」

「やだ、行く。連れていってくれるって言ったじゃない。男に二言（にごん）はないはずよね」

ロイはしかたなく答えた。

「わかった。行くと約束したからな。でも言うことをよく聞いて指示を守れよ。でないと連れていかないからな」

壁の隅にたれた二本のロープをつかむ。どちらにも透明なヘルメットがほどきやすい結び方でぶら下がっている。その一方を妹に渡した。

「これをほどいてヘルメットをかぶれ」

妹は言われたとおりにした。ヘルメットが大きくて頭でっかちに見える。ロイはからかった。

「わはは。まるでロボットみたいだな」

少女は目を輝かせた。

「ほんと？　ロボットは好きよ。エヴァみたいに見える？」

エヴァはカイの身のまわりの世話をするロボットだ。

「ああ、よく似てる」ロイは笑って答えた。「よし、じゃあこの梯子（はしご）を見て」

一本の梯子が下から上へまっすぐ伸びている。果ては見えない。垂直のファスナーのようだ。

「この梯子につかまって登るんだ。下を見るなよ。手の力が脱（ぬ）けるからな」

助言すると、妹は反論した。

「力が脱けたりしないもん」

「登ってみてどうかな」

「よおし、出発！」

「待て。最後にやることがある」

「なに？」

「通信バンドをはずすんだ。僕は壁に張りつけておく」

少女はすぐに自分の手首の装置をはずして、一輪車の上においた。

これで二人は三時間の猶予を得たことになる。三時間たっても位置が動かないと、シャドックから父に通知がいく。そうなったら罰として禁錮室二日間。食事と睡眠の時間以外はシャドックから答えにくい奇妙な質問を浴びせられる。悪夢だ。しかし、だからこそ、この平凡でありきたりな逸脱行為がスリルに満ちたものになる。三時間でいかに八歳の少女を連れて垂直通路を登り、中軸シャフトを見せて、父に知られることなく帰ってくるか。すでにこの冒険を友人たちのまえで自慢する自分を想像していた。

垂直の〝ファスナー〟の上を二つの小さな黒い点が移動しはじめた。ロイは登りながら妹に解説した。

「僕らの環形宇宙船はとても大きい。だから重力制御装置の設備数を節約するために、回転して遠心力で疑似重力を発生させている。その回転の中心軸、そこは……下を見るなってば。上を見ろ。その中軸シャフトには重力がない。体が浮くんだ」

カイは梯子をしっかり握って、先を行く兄の脚を見ながら一段ずつ登っていた。ロイの言うとおりだ。こんな危険な遊びをやるべきじゃなかった。大人にみつかったら絶対に叱られる。そしてなにより……とても怖い。ささえがなにもない。梯子にしっかりつかまっているしかない。底なしの空間に全身がすくむ。

「カイ、がんばれ！」

ロイがはげます。しかしカイは止まってしまった。

「怖い。動けない」

「わかった。じっとしてろ。助けてやる」

ロイはすぐに二段ほど降りて、妹に手を伸ばした。

「つかまれ。引き上げてやる」

小さな手が強くつかまった。たちまち両腕がロイの体に巻きつき、全力で締めつけるので息ができない。

「そんなにあせるな。力を脱け。助けてやるから怖がるな」

カイは蛸（たこ）のように兄にしがみついている。上にも下にも伸びた筒状の空間に魂を吸いとられそうだ。しかし力強い兄の腕に安心して、下を見る勇気が出てきた。

「帰ろう」

ロイはそう言って、ゆっくり下りはじめた。入口からまだいくらも登っていない。せいぜい十メートルだ。

「やっぱり上まで行くのは無理だったな」

すると、よけいなことを言ったと後悔するはめになった。

「そんなことない、行けるってば」

恐怖心がすっかり消えたカイは、兄から離れてまた梯子を登りはじめた。すごい勢いだ。

「カイ！」

呼びもどそうとしても、聞く耳を持たずに登りつづける。あとを追うしかなかった。

幼い少女はたちまち体力がつきて速度が落ちた。それでもすでに百メートル以上登ってしまった。ロイにとってもそこまで登るのは楽ではない。

「お兄ちゃん、助けにきて！」

カイが叫びはじめた。また怖くなったらしい。

「動くな。すぐ行くから」

ロイは登る速度を上げた。やがて近づいて手を伸ばす。

突然、あたりが真っ暗になった。カイがきゃっと悲鳴をあげる。ロイも本気であわてた。混乱のなかで手がカイの腕にふれ、しっかりとつかんだ。カイは兄の腕のなかへ仔鹿のように飛び移る。

「どういうこと？」

「だいじょうぶ」

妹をなだめた。なにが起きたのかわからず、怖い。でも妹のまえで恐怖を見せられない。平気なふりをして言った。

「シャドックがすぐみつけてくれるさ」

なにか異常が起きたのだ。通信バンドは通路の入口においてきてしまった。それでもシャドックは探すはずだと自分に言い聞かせた。兄と妹がいっしょにいて動いていないとわかれば捜索を開始するだろう。

状況は思ったより悪そうだ。かなり時間がたってもまわりは暗闇のまま。

ふいにカイがうれしそうな声をあげた。二人の頭上に一条の光があらわれた。中軸シャフトのほうからだ。

とはいえ照明が復旧したわけではない。頭上の一点からさす光をのぞけば、まわりはまだ真っ暗だ。

「すぐ助けが来るかな」

「来るさ」

間髪をいれずに答える一方で、異変を感じていた。温度が急激に下がってきたのだ。カイが言った。

「寒い」

「抱きつけ！」助言してから続ける。「登るしかないな」

一条の光を見上げた。はるかに遠い。しかし登らなくてはいけない。それも急いで。寒さが肌からしみてくる。時間がない。

速いペースで登りはじめた。中軸シャフトまでは千メートル。何度も登ったことがあるが、今回は普通ではない。速さが重要だ。でないと凍死しかねない。

中心に近づくにつれて重力が弱くなった気がしてきた。そのぶんだけ速く登れる。

ふいに体が軽くなって浮かんだ。無重力だ。

「あ！」

カイが驚いた声を漏らす。

「だいじょうぶ」

片手で妹をしっかりと抱き、反対の手で梯子をしっかり握る。前後に振るように動かし、勢いで登っていく。妹を慰める。

「すぐに着くからな」

「とても寒い。それに眠い」

ロイは大きな声で叫んだ。

「カイ、眠っちゃだめだ！　寝るな。話をしよう」

「すぐに着く、すぐに。眠るな。地球へ連れていくと話しただろう。そこには象とか牛とか……きれいな孔雀もいるぞ」

「寒い……」

「スケートが好きだよな。雪山へ行ってスケートをしよう。本物の雪が降るんだ。きれいな雪の結晶が見られるぞ。山のふもとから頂上まで一万メートルもあるんだ」

「スキーもできる？」

「できるさ。本物の雪だぞ。見たことないだろう」

話しかけながら全力で登る。中軸シャフトまであとすこし。しかし心は不安でいっぱいだ。妹の声がだんだん小さくなって、いまにも意識を失いそうだ。

ふいに頭上の光が変化しはじめた。通路のゲートが閉まりはじめている。パニックになり、一瞬のうちに決断した。妹を力いっぱい放り上げた。

通路はもうすぐ閉まる。自分は通れなくても、妹だけは明るいむこう側へやりたかった。暖かいはずだ。あとのことはシャドックにまかせればいい。

カイの体は光のなかに消えた。

己（おの）が帰る家をだれもが探し求める
我（われ）らが帰る家は茫漠（ぼうばく）たる星海（せいかい）なり

ハッチに刻まれた銘文（めいぶん）がつかのま光に照らされ、すぐ暗闇に消えた。この射出路を使うシャトルは、この銘文をまず正面に見る。しかしだれもろくに読まない。いまその銘文を垣間見（かいまみ）て、ロイの気持ちは沈んだ。やはり自分は不運を背負いこむたちらしい。それでもあきらめずに登った。

まもなくゲートに達し、ロック機構をつかんで力いっぱい叩いた。重厚で冷たいゲートはびくともしない。

意識が混濁（こんだく）してきた。寒さで体がこわばる。

ゲートを叩く手も緩慢（かんまん）になり、やがて止まった。無駄な努力だとあきらめた。

あと十日で成人式の予定だった。浄化室にはいって子ども用の遺伝子を除去し、真正（しんせい）な沙川人になる。父のように冷静で厳格（げんかく）で、ときに冷酷（れいこく）。望まなくてもそうなる。すでに心と体には変化が起きはじめている。これまでわからなかった意味が明瞭（めいりょう）にわかるようになった。あたかも体内に秘匿（ひとく）された宇宙の真理が脳内で開陳（かいちん）されるようだ。しかし、そんな変化はいやだ。多くの楽しみもいっしょに消えてしまう。妹のように好奇心旺盛（おうせい）でいたい。

憂(うれ)いも遠慮もなく、自由奔放に行動したい。そんな考えが危険なのは現実に証明されているが。

一抹(いちまつ)の後悔が心に浮かんだ。

ごめん、父さん！　でもカイだけは生還させるから……。

それが最後に浮かんだ思いだった。

1　天狼星号

蜘蛛星。星図を見てもそんな名はどこにも記されていない。しかし裏社会で知らぬ者はない。どこもかしこも金だらけの黄金星だという。いかに困窮零落して無一物無一文の人でも、そこへ行って帰るだけで一朝富貴の金満家になれる。裏社会から足を洗って、堂々と星門に立ち、この星域に籍をおくぞと宣言できる。このような成功者はどこでも住人として歓迎される。裏社会を嫌っても黄金を嫌う者はない。

黄金を豊富に産する惑星はたちまち文明世界に占領されるのが世のつねだ。建設船が来て宇宙ステーションができ、惑星全体が占拠されて採掘工場になる。黄金は次々と文明世界へ運び出され、巨大立像に貼りつけられたり、ショーウィンドウに展示されたり、権門勢家の栄華を顕す装飾品になったりする。黄金への欲望に果てはない。産金惑星はことごとく文明世界のシステムに組みこまれ、広大な星間貿易ネットワークの一部になる。

しかしながら蜘蛛星は事情が異なった。理屈のうえではカーニー星域に属するが、その辺縁にして人跡まれな暗黒空間にある。どの星図でも最高危険度、進入不可のエリアとされる。

それでも裏社会では、億トン単位で黄金を産出する銀河最大の金鉱とささやかれる。星全体がほぼ金だけでできていて、半径わずか六百キロメートルなのに金を豊富に含有する地層が地下百キロメートルまで続いているという。

星全体が黄金の塊などという説は信じがたいし、惑星形成理論にも反する。ゆえに荒唐無稽な与太話、裏社会の流説ともみなされる。おとぎ話として語られることも、夢想と一笑されることもある。ほんとうに黄金を持ち帰った人もかつていたらしい。ただし大昔だ。ここ数百年、そこをめざす者は多くても、帰ってきた者はいない。すくなくとも、帰ってきたと主張する者にはどこの星門でも会わない。

おそらく黄金は実在する。しかしだれも持ち出せない。それが真実なのだろう。

してみると、さて、ここは正真正銘の蜘蛛星なのか、否か。

李約素は天狼星号の舷窓の外を懐疑の目で眺めた。まわりの星はろくに見えない。星系をとりまく塵雲が厚くて銀河の光はほとんど届かない。典型的な辺境の星系だ。

ここまで来たらあわてず騒がず。肘掛けに手をついてひらりと座席におさまる。ベルトを締めながら命令した。

「プリン、空白期を計算しろ」

天狼星号はおんぼろ船だ。宇宙を飛びはじめて二百年かそれ以上。李約素は船長だが部下の船員はいない。プリンは船を制御するＡＩだ。船体は古くてもプリンは新しい。起動したのが船内時間でほんの十一年前の子どもだ。楽しそうに答えた。

『計算中ですよー、船長』

「急げ。さっさと黄金を探しにいくぞ！」

目のまえのタッチスクリーンをコツンと叩く。すると痛そうにしかめた顔が表示された。

『ぼくのスクリーンが壊れるじゃないですかー』

「うるさい。文句言うな。新しいのを買ってやる。黄金がみつかったらこんな安物はさっさとはずしてホロスクリーンに交換だ」

にらみつけるとスクリーンの顔は消えた。しかしプリンはそのまま話しつづける。

『ねえ船長、空間スキャンをやらせてくださいよー』

「だめだ。船長の職責事項だ」

『船のＡＩにもできますよー』

「それは船長が死亡した場合だろうが」

『映画の見すぎですってばー。ほとんどの船ではＡＩの仕事になってますー』

「俺がだめと言ったらだめだ」

声を荒らげると、プリンはむっつりと黙りこんだ。しばらくして李約素は折れた。

「ああ、もういい。わかったから好きにしろ。俺はコーヒーでも飲んでくる」

ベルトをはずして体を起こし、手すりをつかんで船体後部へむかった。

後部は居住区。つまり李約素の部屋がある。宇宙船の船室は快適とはいいがたいが、ここはひどすぎる。いたるところにゴミが浮いている。しかし部屋の主はいっこうに気にしない。行き来のじゃまにならなければゴミだらけでも見ないふりをする。

コーヒーメーカーに近づいて手を伸ばす。センサーが点灯して、茶色の液体が空中に出てきた。球状にふくらんで握りこぶし大になる。センサーが消灯し、茶色い液体の塊は吐出(としゅつ)口から離れてふわふわとただよいだした。慣れたやり方で両手を近づけると、温かさがほのかにつたわる。口を近づけ、吸いこむように上手に飲んだ。胸と腹のあいだに温かい感覚が生まれ、じんわりと全身に広がる。気分一新。コーヒーのもたらす効果でほっとする。

この船室は外が見えるのがうれしい。一方の壁が全面窓で、宇宙に放り出されたような気分になれる。まわりはすべて虚空(こくう)。たまに恒星に近づくと強烈な光を浴びせられて不快だが、たいていは美しい星空と精妙(せいみょう)な惑星の姿を楽しめる。今日は暗い空間が広がるばかりのはずで、壮大な眺めは期待していなかった。それでも習慣的に舷窓の日除けを上げた。驚愕した。

窓の外に巨大な船がはっきりと見えた。環形宇宙船だ。まるで暗闇のなかに大きなタイヤが静かに浮かんでいるようだ。

環形宇宙船はたいてい世代宇宙船だ。人口は一万人以上。特定の星域に属さず、銀河の奥から来てさまざまな方面へ飛んでいく。星域は目的地ではなく経由地にすぎない。リングワールドとも通称されるこの船形の建造技術は高度で、その往来は秘密主義。船内の住人はとても奇妙で、星域住人とは似ていない。星域には裏社会の放浪者、海賊、宇宙ステーション住人、惑星居住者などがいるが、いずれとも異なる。

人類が話す言語は共通で、発音だけが星域ごとに異なる。そのなかでもリングワールド人の発音は特異だ。しかもそれを相手が理解しようとしまいと意に介さない不遜な態度。その点は惑星に長期居住しているリングワールド人でもおなじだ。その星の標準発音で話せるにもかかわらず、小さな集会でわざと独特の発音でしゃべりはじめて周囲を煙に巻く。

遺伝的にも特徴がある。唇が広くて厚く、耳たぶの上端に小さく欠けたところがある。また外見からはわからないことだが……盲腸がない。

「クソ田舎者め！」

李約素はリングワールド人を見るたびに毒づく。今回も例外ではなかった。

それからようやく、この船が回転していないことに気づいた。リングワールドは回転することで遠心力による疑似重力を生み出している。重力制御装置にくらべて時代遅れの技術だが、エネルギーをほとんど消費しないのは事実だ。見ためが古くさくても効率重視。

そんな船が回転せず、静止している。それどころか照明も消えている。

そもそもここは暗黒空間であり、リングワールドが来るようなところではない。

大声でAIを呼びつけた。

「プリン、プリン！」

『言っておきますけど、船長、空白期の計算中なんですよー』

「船がいる。環形宇宙船だ」

『見ればわかりますってば。救援要請してきてますかー？』

「救援もクソもあるか。よく見ろ。回転してない」

『そうですねー。それがなにか？』

言いぐさに腹が立って毒づいた。

「おまえはバカか。それでもコンピュータか。どうして人間より愚かなんだ」

『ぼくのせいじゃありませんてばー。船長がそう注文したくせにー』

ぐうの音も出ない。プリンを発注したとき、あまり聡明にしないでくれとメーカーに頼んだのだ。自分より百倍も頭のいいＡＩと旅するなんて耐えられない。ただしハードウェアは高速。明確な指示を忠実に実行すればいい。あとは六歳の子どもとおなじでいいと。

「わかったから、あの船を調べろ。無人だろうけどな」

『調べますー』

　プリンは沈黙の船に対して武芸十八般さながらに多様な手段で探りをいれはじめた。二十ヘルツから六兆ヘルツまで六百段の周波数を使い、淼*空間を二度も励起させ、回収型の探査機を出した。

　翌日、起床するとプリンが報告した。

『船長の言うとおりでした。あの船は無人ですねー』

「ふわー」

　あくびをして目をこすり、舷窓をあける。沈黙の環形宇宙船はそのままだ。無人船か。朗報にはちがいない。空想がたちまち脳裏をかけめぐる。価値のありそうなものを船内から持ち出して売り払えば、なかには高値がつくものもあるだろう。黄金星がただのむなしい伝説でも、小銭稼ぎで損失を埋められる。

　金、金、金か、クソったれ！　無言でののしる。

自分が不甲斐ない。いつのまにか金の亡者になっている。それでもこの天狼星号のほかは無一物。カーニー盾貨一枚も出てこない。金稼ぎのために危険な旅に出ざるをえない。英雄も一文銭に難渋するという警句が身にしみる。金がいるのだ、金が。

「接近しろ。船内にはいって調べる」

命令したのにプリンは拒否した。

『よくないですよー。危険です』

「どこがだ」

『あの船は破壊されてるんですー』

「好都合じゃないか。無人船だ。ガラクタを持ち出してもおかまいなしってことだ」

『大きな爆発の痕がありますー』

しげしげと船体を見た。

「そうか？　見たところきれいだぞ」

『そっちからは見えないんですよー。操縦室に来てください。映像を出しますからー』

【*用語解説】　淼空間は浅層亜空間のこと。亜空間について人類の知識が深まるまえ、そこは淼空間と呼ばれていた。

泳ぐように操縦室にはいってスクリーンの映像を見た。環形宇宙船の中軸シャフトにあいた大穴がはっきり映し出されている。船体外壁は外にめくれ、内側から爆発したことをしめしている。

「エンジンは核融合か、反物質か。エンジンの爆発はめったにないぞ」

『爆発したのはエンジンじゃありませんよー。この船の推進機関は反物質空間波動エンジンで、分散配置されてます。エンジンが爆発するなら中軸シャフトじゃなくてリングで起きるはずです』

「じゃあ弾薬庫でもあったのか」

『爆発箇所の周辺にかなり腐食した痕跡がありますねー。爆発で中軸シャフトに穴があいて、そのあと腐食してます。爆発でできた高エネルギーのイオンが大量に流れて、冷却する過程で船体を大きく腐食させたというのが、いちばんありそうなシナリオです』

「爆発したうえに腐食してるのか。いったいどういうことだ？」

『軍用コンピュータじゃないからわかりませんー』

「つまりこいつは軍艦なのか？」

『軍艦は環形じゃないですってばー。指揮艦ならともかくですけど……この船は装甲がないので指揮艦でもないですね。そもそも、いまどこかで戦争してましたっけ？』

「してたような、してないような……知るか、そんなこと。銀河人に訊け」

『ぼくもわかりませんねー』

しばし黙りこむ。

「ほかはどうだ？」

『探査機で船内を調べましたー。映像がありますけど、見ますか？』

「なぜそれを先に言わん」

『訊かれなかったのでー』

不機嫌な顔でせかす。

「いいから、さっさと見せろ」

探査機は爆発の穴から船内にはいっていた。なかは真っ暗闇で探査機の弱々しい赤い光で照らされるだけ。光が通過するのは一本の通路。十メートル以上先にハッチの扉がある。探査機はそちらへ飛びながら上下左右を照らしていった。通路の壁についた腐食の痕跡から爆風の流れがわかる。爆発はハッチのほうで起こり、壁にぶつかって船体を破り、現状の大穴をあけたようだ。

探査機はハッチに到達した。分厚い一枚板のパネルで金属製。通路とおなじ素材でできているらしい。

爆発源はハッチのむこう。しかし固く閉ざされている。爆発後に閉鎖されたのだろう。そう推理できる。

探査機はむきを変えて進入可能な経路を探しはじめた。そのときカメラにちらりと映った図像に目がとまった。

「待て。スローモーションで、すこしもどせ」

映像が一コマずつスクリーンに映される。しばらくして声をあげた。

「そこだ、止めろ」

一つの図形だ。上に雷のマーク。下に短い線が六本。二本が一列に並び、それが三列。警告標識ではない。家紋だ。

「クソったれ……」

低く毒づいた。このマークはよく知っている。三十年前――あくまで李約素の主観時間でだが――このマークをつけた船に襲われ、天狼星号を破壊された。さらに捕虜として二年間拘禁された。ようやく星域に帰還したときにはすべてを失っていた。昔の天狼星号も、かつての身分も、忠実で勇敢な部下たちも。天垂星には自分を知る者も、名前を憶えている者もいなかった。しかたなく、その後は放浪者となって裏社会で生きてきた。

すべて昔話だ。いまは気ままな漂泊の身。しかしこのマークを見たら不愉快な記憶が頭の底からよみがえった。

「ほかになにかあったか？」

『たいしたものはなにもー。探査機も帰ってきました』

「ほんとに無人なのか？　ハッチは無傷だぞ」

『船内に生命反応はないですー』

「そうか。じゃあ接近して乗り移る」

『危険ですってばー』

「いま無人だと断言したじゃないか」

『ほかにもなにかあるかもしれませんよー。だれか隠れてるとか』

「おまえみたいなバカなAIとかな」

『ぷんぷん！　ぼくはバカじゃないですー』

「とにかく、ガラクタ収集にいくぞ」

『しょーがないですね。じゃあ、危険にあわないようにこの船内から出ないでください』

「おまえが安全を確認したら俺も行くことにしよう」

プリンと条件闘争をするつもりはない。

「接近して適当なドッキング場所をみつけてこい。命令だぞ」

『わかりました、船長ー』

天狼星号は不動の船に接近するためにむきを変えた。

プリンがまたしゃべりはじめた。

『船長、現在位置と空白期の計算が終わりましたー』

「結果は？」

『ここは蜘蛛星ですねー』

「なにをいってる、蜘蛛星はあたりまえだろう。そのために来たんだから。空白期はどれくらいだったんだ？」

『カーニーの標準時信号を受信できないので、弾跳（だんちょう）エネルギーと距離から推計しました。空白期は七十五日ですねー』

「七十五日だと！」

聞いてキレそうになった。天狼星号は小型船だ。星門からの空間ジャンプを一回やっただけで七十五日も空白期が生じたというのか。

『そうですよー。ガンマ星門が開いたときのエネルギー値がすごく高かったんです。割り増し料金を払ったのかもー』

苦々しく吐き捨てる。

「ありえない！　あいつら、俺を殺す気だったのか？」

『到着位置は正確ですよー。蜘蛛星に来たのはたしかですから。もしかするとこの星系の塵雲が濃いせいで淼空間の深度が増して、エネルギー要求量が上がったのかも。ということは、船長、帰りの弾跳をする船のエネルギー残量がたりません。どうしましょー』

愕然とした。本来こういう状況は想定しておくべきだった。独眼のジャックに黄金を探せと星門へ送られたのは、すなわち死出の旅に行かされたのだ。いまこうして生きていること自体、あの野郎にとっては予想外だろう。これだけでも幸運。銀河に祈ってもこれ以上は望めない。

一方でプリンが指摘した問題は明白だ。恐怖で震えそうになる。それでもこいつのまえで弱さは見せられない。

「関係ない。ゆっくり帰ればいいだけだ。そのために冬眠装置もある」

いつものようにまなじりを決し、強気のふりをした。

2 死船

黄金星は実在するのか、それともこれはただの幻影か。

発見したとプリンから聞いても半信半疑だった。スクリーンに映された姿は、まるで発酵しすぎたパンかへなへなのスポンジ。固体の星にしても穴だらけだ。こんな星は見たことがない。プリンのデータベースにもない。みつけた蜘蛛星と称する写真はただのＣＧ画像だった。まん丸つるつるで金色ぴかぴか。

「なんでこんな姿なんだ？」

李約素が独り言のようにつぶやくと、プリンが提案した。

『行って調べてみましょー』

「いや、先に環形宇宙船を調べる。お宝が眠ってるかもしれないからな」

『はい、船長ー。かなり大きな船ですけど、どこにドッキングしましょーか』

「リングの適当なところを探せ。エアロックも使うぞ。もし船内に高圧の気体が充満してたらヤバいからな」

『はい、船長ー』

天狼星号は慎重に環形宇宙船に接近した。さすがに世代宇宙船は大きい。近づくと小さな天狼星号がよけいに小さい。やがて相手の船体にぴたりと張りついた。まるで微々たる突起のようだ。

巨大な船体に視界をさえぎられて舷窓のむこうは灰色の鉄板ばかり。黙って眺めながら、空気の抜ける音を聞く。隔離層のむこうで気圧差を解消しているのだ。

『基本的に真空ですねー。長らく荒廃して空気はぜんぶ抜けてるみたいです』

返事をせずにボタンを押すと、ロッカーの隠し扉が開いて宇宙服があらわれた。空中をただよって体ごとそのなかにはいる。宇宙服が反応して自動的に体を包み、しっかり締めつけた。

『船長ー、安全確認がすむまで船内に残るって言いましたよねー』

「どうみても安全だ。たいしたことない」

『でもさっきはー……』

宇宙服を装着しおえるとさっさと操縦室にはいる。

「気が変わった」

『だめですってばー』

「俺が行くといったら行くんだ。だれが船長だ？」

『ぼくじゃないですけどー』

「そうだ。通路をあけろ」

『危険ですー』

「つべこべ言うな。さっさと行かせろ」そこで一息ついて語気を弱めた。「プリン、俺の人生経験はおまえの三、四倍ある。いろんな場所へ行って、もっと大きな危険も経験してきた。心配するな。ばかげた命の張り方はしない。通路をあけろ」

『はい、船長ー』

プリンは不本意そうにエアロックのハッチを開けた。そこにはいる。プリンの目になる小型ロボット三機もいっしょだ。

むこうの船のハッチが目のまえで開く。なかは真っ暗だ。そこへふわりとはいる。小型ロボットもついてくる。まるで夜闇(よやみ)を飛ぶ三匹の蛍(ほたる)。

李約素は壁にそって移動した。つかめるところをしっかり握って姿勢を保持する。環形宇宙船の居住区はあきれるほど広い。どちらをむいてもヘルメットライトの光が届かない。

小型ロボットの一機が停止して壁に張りつき、まわりをスキャンしはじめた。プリンが船内見取り図を描いているのだ。あとの二機もそれぞれの方向へ進み、機体の光は暗闇に消えた。角を曲がったのだろう。

「プリン、船の管制室へ行きたい」

『まずロボットを行かせます―』

「わかった。まかせる。価値のありそうなものを探せ。あとで換金できるのをな」

手すりを放して、反対方向へただよっていった。やがてむこうの隔壁が見えてきた。そこに絵があるのに気づく。宇宙服のジェットを噴いて姿勢を制御し、隔壁の手前で停止した。しげしげと絵を見る。

落書きだ。子どもが描いたらしい素朴な線画。乱雑な縦線は草地か。遠くに山があり、稜線から太陽が半分のぞいている。草地では一人の子どもが二人の大人と手をつないでいる。絵の上には、〝パパとお兄ちゃんとわたし〟と書かれている。見ていると自然に笑みがこぼれる。

ふたたび壁ぞいに移動して持ち帰れるものを探そうとした。しかしはっと気づいて、落書きのほうに振り返る。

雷電ファミリー*に子どもはいないはずだ。ガラスの培養槽で次世代を育て、大人の体で誕生させるのだ。疑念が頭をよぎった。しかし絵のほうをもう一度見ると、ふたたび先へ進みはじめた。子どもがいたかどうかはたいした問題ではない。かつてこの船内にいたとしても、いまはいないのだ。

ロボットの一機がもどってきた。

『船長ー、ドッキングしたところは閉じた部屋です。データを転送します』

「わかった。出口はどっちだ？」

『船長から見て左、百メートル先ですー』

そちらへ顔をむける。ヘルメットライトの光が空間を横切ると、椅子や机がごちゃごちゃと浮かんでいるのが見えた。いずれも子ども用だ。なるほどと思ってつぶやいた。

「ここは保育園らしいな」

『……て、なんですかー？』

プリンがいぶかしげに尋ねた。保育園というものを知らないのだ。

「なんでもない。ドアが開くか試してみる」

すみやかに移動した。船室は電力を失っているのでドアはすぐ開いた。その先はまたしても底知れぬ暗闇だ。

『船長、ロボットを先にやりましょー』

提案を無視してドアフレームを軽く蹴り、むこうへ出た。三機のロボットもすぐ追ってくる。

幹線通路だ。まっすぐ伸びた先は暗闇に沈んでいる。どこへ続いているのか。こちらの目的ははっきりしている。壁にそっていく途中、舷窓をみつけて止まり、観察した。舷窓のそばに雷のマークがある。そっとふれてみた。マークには凹凸があり、宇宙服ごしでも感触がわかる。

さらに探す。やがて求めていたものをみつけた。舷窓の脇にへこみがある。拳大の四角。情報ウィンドウだ。環形宇宙船の中枢システムはここからホログラフィを投影する。顔を近づけて詳しく観察すると、小さな穴があった。投影するときはここからレーザー光が出る。下側に切られた細い溝に指をかけ、すこし苦労してカバーをあけた。

あらわれたのはインターフェイス。雷電ファミリーが使うのを見たことがある。インターフェイスからは円錐形のものが突き出ている。ライトを浴びて光っているこれが端末接点だ。くぼんだインターフェイスに左手をいれる。宇宙服の腕から強い放電が起きて、顔が照らされた。船のAIと接触できるか試している。

『状況が変化しました――』

＊　雷電ファミリーは強大な星間文明の勢力。

「どうした」

『強い電磁パルスが流れたんですー』

「俺が接触信号を送ったんだ」

『船長の信号ではありませんよー。中軸シャフトから外へむけて発射されました』

眉をひそめて訊いた。

「どんなパルスだ？」

『単純なパルスで、意味はありません。強力なだけです。なにか動かしましたかー？』

左手をちらりと見たが、動かしたものはない。

「なにもしてない。船の中枢が目覚めるか試しただけだ。だめらしいな」

手を引っこめたとき、ふいにくぼみからスクリーンが投影された。小さな人物が映っている。見覚えはありすぎるほどある。

「よう、シャドック」

スクリーンの人物は答えず、勝手にしゃべりはじめた。

『我はシャドック176445なり。上佳号の中枢である。貴兄貴姉がいま見ているのはブラックボックスに記録された映像である』

「プリン、録画しろ！　急げ」

大声で呼ぶと、すぐに小型ロボットの一機がやってきて李約素の頭上に陣取った。

『本船は襲撃を受けた。正体不明のドローンがきわめて多数、船内に侵入した』

中軸シャフトの監視カメラ映像に切り替わった。シャフトの通路で無数の小型ドローンがあちこち飛びまわっている。人間は狂乱して逃げまどう。ドローンはシャトル型の赤い機体。その一機が人間を猛然と追いかけ、高速で衝突して頭を吹き飛ばした。逃げていた人は絶叫して倒れ、体を痙攣させた。ドローンは壊れもせず離脱し、新たな獲物を求めて飛びつづける。倒れた人の頭部は血の海だ。

二機のロボットが反撃を試みている。とはいえ武器はなく、腕を振りまわして近くを飛ぶドローンを叩き落とそうとするだけ。ドローン二機が床に落ちたが、すぐまた浮上して飛びはじめた。それどころか赤いシャトルは白い光を出し、それを浴びたロボットの頭はたちまち黒焦げになった。

『襲撃は突然で、人々はなすすべなく虐殺されていった。中枢は破壊され、シャドックも危機におちいった。正体不明の勢力は船の管制系を掌握。空間弾跳は完遂できず。強制始動したものの……途中でアボートし……警告、警告……RH149、RH149、RH149、第四惑星……未知の宇宙種族、暴力的攻撃性……パターン照合できず……死傷者多数、船長は総員退避を発令……有効な退避作戦を実施できず……付近で敵艦が監視……我をシャドックへ、我をシャドックへ……』

　後半ではおなじフレーズをくりかえすだけになった。身ぶりがギクシャクとなり、音声は弱まる。とうとうフリーズして映像は暗転、消えた。

　李約素はスクリーンから目を離せなかった。シャドック17645は死んだのだ。これはそれが最後に残した映像だ。シャドックは強力な中枢システムで、プリンのような小型AIとはくらべものにならないほど高性能だ。環形宇宙船も外敵に弱い船ではなく、防衛手段や武器をそなえている。乗っているのは恒久的移民団で、銀河のさまざまな荒波を乗り越えてきた人々だ。にもかかわらず突然、徹底的な殺戮を受けた。

「クソったれ！」

『その言葉も録画しておきますか、船長ー』

「もういい、録画停止。帰るぞ」

『帰還を歓迎しますー』

「金目のものはあったか？」

『いいえ、なにもー』

「そうか。捜索終了だ。厄介なところに足を踏みいれちまった」

『どんな厄介ですかー？』

「見てただろう。船内の人間を殺戮したやつはシャドックも殺したんだ」

『でもそれは昔の話ですよねー』

「昔？　どれくらいだ？」

李約素はプリンと話しながら帰路を急いだ。

『うーん、ちょっと計算してみますー』

計算と聞いて思いついた。

「RH149だ。そういう星を調べろ。実在するか？」

『RH149ですかー。そのコード名の星はデータベースに三十個以上あります』

「例のクソったれコードシステムのせいか」

星のコード名の混乱は積年の大問題だ。この命名法を最初に考案した人物は、億単位の星にこのやり方で名前がつけられるとは想定していなかったのだろう。不都合があきらかになったときはすでに遅く、数千数万の星におなじコードが割りあてられて、統一機構による一貫した命名法に切り替えるのは手遅れだった。あちこちの星域で独自方式が乱立した結果、星門ごとに勝手なコード名で呼ばれて、どれがどれやら区別がつかない。

「あてはまらないのを消しながら選別しろ」

『はい、船長ー』

最初の保育園にもどり、壁の落書きを見た。

エアロックの気圧差が解消されきるまえから宇宙服の気密を解除しはじめ、ハッチが開くと急いで天狼星号の操縦室にもどった。船長席でベルトを締める。

最悪の船だった。人間は全員殺され、シャドックまで消されている。ドローンが使われたことがわかるだけで、犯人の正体はまるで不明。録画映像を見なおした。通路で人が倒れていく……。

ふいにおかしな点に気づいた。死体！

船内は廃墟だったが、死体は見なかった。一万人以上乗っていたはずなのに。

「プリン、どこかに死体はあったか？」

『死体ですかー？　腐敗して消えちゃったのでは？』

「船内は宇宙空間とおなじに冷えきっていた。死体があれば銀河の最後の日まで保存されるはずだ」

『見てないですねー』

「小型ロボットに探させろ。死体が船内にないとなると……」

言いよどむ。

『どこへいったんでしょーね』

「うるさい。さっさと探せ」一喝してから念押しした。「隅々までよく調べろよ」

プリンの小型ロボットは船内のあちこちへ捜索に飛んだ。それによって船の構造がしだいにあきらかになった。閉ざされた船室、環形通路、中央公園、中軸シャフト、主管制室、波動エンジン群……。リングワールド内部を初めて詳しく見るプリンは興奮しきりだ。しかし李約素の表情はけわしい。ここまで探しても死体はみつからない。一体も出ない。奇々怪々といわざるをえない。死よりこの事実のほうが恐ろしい。襲撃者が死体を運び去ったのだとしたら……。

ロベッタ人の恐怖譚を思い出す。彼らは寄生者だ。高度に進化して宇宙航行をはじめたが、ほかの生物の体内に寄生する必要がある種族だった。その世界では低知能の別種族が共生していた。人類から見ると、その種族の存在理由はロベッタ人に肉体を提供することだけだった。そんなロベッタ人は人類と遭遇して、寄生するのにより好適な種族とみなした。エネルギーの提供能力が高く、飼いやすいからだ。実際に一部の人類を飼った。星域にとっては悪夢。最後は戦争で解決がはかられ、ロベッタ人は絶滅させられた。あとにはさまざまな恐怖譚が残った。無人の宇宙船、消えた死体、体を乗っ取られた人々……。

この船の状況はその話とそっくりだ。すくなくとも序盤の展開は。

李約素はきびしい表情を崩さなかった。就寝時間になっても神経がたかぶって眠気を感じない。

十三時間が経過したところでプリンが報告した。

『船内の九十五パーセントをスキャン終了しましたー』

「続行しろ」

『数カ所のハッチが開かないんですよー』

断面図をしめして説明する。

『スキャン結果からすると、これらは射出路に通じるハッチですねー。中軸シャフトからリングの外へ抜けています。小型船を射出するための通路です』

「そうか、わかった」

『この通路に人間はいないはずですー』

「ロボットにハッチを切断させて、なかを調べろ」

『試しましたけど、ハッチが厚すぎるんですよー』

「開くまでやれ。これ以上切れないところまで切れ」

『はい、船長ー』

ロボットの切断作業はかなり時間がかかった。退屈な画面をじっと見ているうちに、ついうとうと……。

　プリンの突然の大声で目を覚ました。

『みつけたー、みつけましたー！』

　重い頭を上げると、スクリーンに映された一人の人間の輪郭が目にはいった。暗闇のなかで体をまるめている。大声で指示した。

「急げ！　こっちの船内に収容しろ」

『小型ロボットがはいれる小穴をあけただけなんですけどー』

「切り開け。必要なだけ大きく。収容するんだ」

　プリンが答えるまえに、追加で命じた。

「慎重にやれ。まだ蘇生(そせい)できるかもしれないからな」

3　奇怪な星域

凍結死体は冬眠室に安置した。体をまるめ、透明なヘルメットをかぶっている。体を損傷させないように、なるべくこの姿勢のままプリンが慎重にロボットに運ばせた。

冬眠室は李約素が自分のために用意したものだ。長旅では生命維持のために冬眠が不可欠。そこで虎の子の金ボタン二個を質にいれた。これで正真正銘の素寒貧だ。失って久しい昔の身分を忘れられず、軍服の金ボタン二個を後生大事にしていた。三十年の長きにわたってどれほど困窮しても手放さなかったが、これが最後とふんぎりをつけた。思わぬ紆余曲折が続いて冬眠室は未使用のままだったが、ここにきて想定外の使い方をすることになった。

プリンが訊いた。

『これからどうしましょー』

「どこかでこいつを蘇生してもらおう」

『けっこうお金かかると思いますよー』

「なんとか工面するさ」

『ぼくのホロスクリーンはー？』

「ごちゃごちゃ言うな。そんな場合じゃない。これは大事件なんだ」

スクリーンを見る。体をまるめたようすが子宮の胎児を思わせる。まだ若い。三十歳にはなっていないだろう。わずかにあどけなさの残る顔は静かに微笑み、すやすや眠っているようにも見える。

そうだ、大事件だ。破壊されたリングワールド。ブラックボックスに残された不可解な映像。大爆発と腐食。殺されて消えた一万人以上の人々。大事件なのはまちがいない。歴史的事件かもしれない。謎めいている。その謎を解く鍵をこの死体になった若者が握っているはずだ。

『むこうの船からほかになにか持ってきますかー？』

「船内にはいったことを証明できるものだな」すこし考えて指示する。「船の家紋を切り取ってこい。それから腐食したところのサンプルも。あとはまかせる」

『はい、船長ー』

後部船室にもどってしばらく眠ろうとした。しかし体はくたくたなのに、目がさえて眠れない。目を閉じると、体をまるめた青年の姿がまぶたに浮かぶ。金属とガラスの層の奥で横たわっている。広い額に細い顎。まちがいない。かつて李約素を拘束し、人生をめちゃくちゃにしたやつらの血を引いている。

遺棄すべきだろうか。蘇生の可能性があろうとかまわず。銀河在上！　暗黙の天意が復讐を遂げさせようとしているのだ！　むこうの船内を派手に略奪し、意気揚々と去ればいい。

しかし、だめだと直感が告げていた。

真相だ。それを知ることがなにより重要だ。

シャドックのこともある。シャドック１７６４５の最後の懇願である、〝我をシャドックへ〟という言葉。たいていの大型船は中枢システムとしてシャドックを搭載している。しかし１７６４５が求めたのはそのような任意のシャドックのことではないだろう。１７６４５を派生させた前身のシャドックに連れ帰ってほしいという希望のはずだ。それはおそらく雷電ファミリーのいずれかの船に搭載されている。

それが天命なのか。正体を隠して雷電ファミリーに接触し、若者の凍結死体を引き渡して、目撃したことを証言しろということか。

たいへんなことになったぞ。崇高な使命感がむくむくと湧いてきた。こんな気分はひさしぶりだ。そう思ってから、すぐに自嘲した。無名で無一文で死にぞこないの老いぼれ宇宙船乗りのくせに、なにをたいそうな。

それでも、これは大きな機会かもしれないと感じた。人の運命はふとしたきっかけで変わるものだ。

目をあけ、天井を見つめた。それからベルトをはずして体を起こし、前部操縦室にただよっていった。

「プリン、状況は？」

『ロボットは巡回中ですー。船内にはよさそうなものが残ってますねー。軽量プラズマ銃を一挺みつけて、意外にも作動しました。ぼくのホロスクリーン代にはなりそうです。ほかに装甲動力服が五体。保存状態は良好で船外活動に使えますよー。船倉にあった備品はほとんど使用不能で、持ち出したのは超伝導シリコンウェハーが数枚。あとは波動エンジンがまだ動きましたけど、大きすぎて運ぶのは無理で……』

さえぎって訊いた。

「俺が指示したことはやったのか？」

『並行してやってます。八時間は寝てるだろうと思ったのでー』

「さっさとやれ。俺の指示が先だ」

「要求したものを入手したら、ハッチを閉じて離脱だ。こんな船に長居は無用」

『はーい』

『どうしてー？　売れるものがまだいろいろあるのにー』

「離脱する。そんなものはほっとけ」きっぱりと言ってから、一呼吸おいた。「また来るかもしれないだろう」

プリンは不満たらたらのようすで命令を実行し、三十分後に任務完了を報告した。

ドッキングベイのハッチが開くと、思わず目をみはった。狭いエアロックにさまざまな品物がうずたかく積まれている。三機の小型ロボットは隅に押しやられて動けない。苦笑した。プリンがこんなにガラクタを集めたとは。しかしすぐ、これは学習を続けた成果なのだと理解した。学習型ＡＩとしてすこしずつ要求にそうように変化した。初期のプリンはガラクタ集めなどしなかった。

三機の小型ロボットは次々と飛び立ち、隔壁に開いた隠し扉へはいっていく。その最後の一機が急に方向転換して、李約素のほうに飛んできた。頭上を旋回しながら、腹部に収容したものをアームでつかんでさしだす。無事に渡すと、隠し扉の奥にはいった。

李約素は受け取ったものを見た。一片の四角い合金。そこに雷の紋章がある。

『船長、離脱プロセスをはじめますよー』

プリンに言われても返事をせず、手のなかの金属片を指でなでた。まだ冷えきっていて、うっすら結露している。長期間空気から遮断されていたものをいきなり船内の湿った空気中に持ってきたせいで、金属が弱い化学反応を起こして表面に錆かなにか浮いてきたようだ。ひとまず棚の上に固定した。

プリンがくりかえした。

『離脱プロセスですよー、船長。どこへ行きますか？』

「黄金星だ」

『そんなとこへなぜー？　ものは充分に集めました。売ればお金になりますよ』

集まったガラクタを一瞥する。

「くだらないゴミは捨てちまえ。星まるごと黄金なんだ。ゴミなんかとっといてどうする。重量制限だってある。黄金百キロでこの船をもう一隻買えるほどになるんだぞ」

プリンは歓喜の声をあげた。

『それを早く言ってくださいよー。黄金一トンは三百四十五万カーニー盾。だからみんな黄金が大好きなんですねー。とすると、船長、ぼくの値段はたった三十四万カーニー盾ってことにー？』

そんなことを問われて虚を衝かれた。

「おまえはおまえだ。相棒を売ったりしない」

『そう言われるとうれしいです、船長ー』

「気持ち悪い話はやめて、さっさと黄金星へ行くぞ」

『了解です、船長ー。六日で着くはずですよー』

「それと、弾跳推進に適した座標にもあたりをつけておけよ。こんなところはさっさと離れたいからな」

『どこへ跳びますかー？』

「とにかくカーニー星域だ。どこの星系でもいい。縁起の悪いところとはおさらばだ」

『故郷へ帰るのはいいですねー』

プリンはいつのまにか李約素の影響でカーニー星域を故郷と呼ぶようになっている。自分はガンマ星門生まれで、カーニーにはまだ一度も行っていないくせに。

「よろこぶのはまだ早い。まずガンマ星門に帰る。この星系をつつむ塵雲の外へうまく跳べたとしても、都合のいい補給場所がみつからなければ、あとは低速飛行だ。ガンマ星門に到着するころには昔の仲間はみんな死んじまってるぞ」

『そういえばそうですねー。酒場の歌唱ロボットに会ってみたいです。ほかの歌を聴けるでしょーか？』

歌唱ロボットというのはじつはつくり話だ。プリンにある歌を聞かせたら、由来を何度も訊かれた。ただの古い歌で由来など知らないのに、しつこく質問されて辟易し、酒場の歌唱ロボットが歌っていたなどとつい適当に答えたのだ。

まだ憶えているとは思わず、すこし驚いた。

「機会はあるさ。黄金をみつけたらすぐ行こう」

『でも問題がー。弾跳推進にはいるには空間曲率が三未満でなくてはいけません。でもこの星は五以上あるんですよー。近づいたらさらに大きくなります』

「なんだって……」

困ってつぶやいた。そこで思い出したのはガンマ星門のミスターKから警告されたことだ。問題の星にはあふれるほど黄金があるらしいが、一度の例外を除いて、持ち帰れた者はいない……。

黄金伝説は信じていたが、持ち帰れない理由を考えたことはなかった。探しあてるのが先で、帰れるかどうかはあとまわしだった。そのうえ自分の命もどうでもよく、生きて帰ろうとも思っていなかった。

しかしいま黄金星は目前にある。さらに廃墟化したリングワールドまでみつけてしまった。攻撃を受けて無人になったリングワールドという情報がすでに値千金だ。おかげで天狼星号も李約素の命も一転して価値あるものになった。黄金を持ち出せるかどうかはともかく、なんとしても生きて帰らねばならない。

それにしても空間曲率が五とは、宇宙膜のゆがみがずいぶん大きい。本来は平坦なはずの空間がそれほどゆがんで回復しないというのは、特殊な原因でもないとありえない。たいていは一時的だ。そしてゆがみが解消されるときに空間が転覆する。背すじが寒くなった。スクリーン上で指を動かす。

『ちょっとー、船長、なにしてるんですか？』

「天狼星号と環形宇宙船との位置関係をしばらく一定に保持するように制御した」

説明して直接制御に切り替え、プリンを情報アーカイブから切り離した。そのうえでひたすら検索する。しかし明確な答えはみつからなかった。あったのはこんな曖昧な伝聞情報だ……。

当事者としての証言があるのは暴風号のみである。王大為船長はほかの宇宙船が次々と失踪するのを目撃し、その経験をすべて記述した。それによると、直前まで異状はなかった。暴風号は整備のために母船にもどる準備をしていた。エンジン停止、電池動力のみで通信を維持し、母船からのタグボートを待っていた。すると突然、計器がおかしくなり、僚船が次々に消えはじめた。そして一瞬ののちに移動していた。つまり所属する船団が蜘蛛星付近を通過中に、暴風号は六百光年スリップして鳳凰ステーション付近に落ちて出たのだ。住民の強い抗議を受けたのはいうまでもない。船団の僚船は行方不明になって二度と姿をあらわさなかった。宇宙学者によれば、淼空間の変動にのみこまれた可能性があるという。宇宙膜は完全に均一ではなく、つつみこまれた淼空間が脆弱点を破って出てくることがある。すると大災害が起きる。蜘蛛星と近傍空間はまさにそうなっていると思われる。空間がきわめて不安定で、いつ転覆してもおかしくない。暴風号の船団はこの空間転覆に遭遇してしまったのだろう。その移動距離から推測して、現在の蜘蛛星は以前の観測状況とまったく異なっていると思われる。大きくゆがんだ空間に位置するため、弾跳推進で接近するのは不可能。関連の調査は理論的手法にとどまる。

この情報にはタイムスタンプがないため、いつの時代の事件かわからない。しかし経験的にこのような伝聞はおうおうにして真実だ。

空間転覆は船をまるごと淼空間にのみこむ。空間曲率が二等級も上がっている現在、天狼星号はその転覆した空間内にいるわけだ。そうすると、空間のゆがみが解消するときに天狼星号はどこか知らない場所へ飛ばされてしまう。悪くすると淼空間にのみこまれたまま消滅するかもしれない。

プリンをアーカイブのネットワークに再接続して質問した。

「空間曲率の変化から、弾跳推進にはいれそうな場所を探せるか？」

『近くの曲率は均一ですけど、遠くのは測れないんですー。〇・五光年の範囲内の曲率は五のままで、減衰する傾向は見られません。黄金星の近辺ではむしろ増大してます。推計では、黄金星付近の曲率は惑星の質量による空間のゆがみを大幅に超えてます。とても奇妙で物理法則に反してますねー』

「恒星はどうだ？　どれくらい空間をゆがませてる？」

『ここに恒星はありませんよー』

「なんだと！　おかしいじゃないか。環形宇宙船の姿ははっきり見えた。恒星がなかったら、なにに照らされてたっていうんだ」

『かわりに発光天体の集団があるんですよー。一個の大きさは黄金星くらいです』

プリンはスクリーンに星図を出した。固体の天体の集まりがある。それぞれはたいした体積ではなく、発光するはずがない。なのに強い光を出している。光にそれぞれの姿をかき消され、一個の巨大な光球に見えるほどだ。集団は急速に接近していて、数百年後には衝突して一個の大きな天体になるだろう。

『このとおり恒星はなく、かわりにこういう天体が二百個以上も集まっていて、たがいの引力で急速に接近してます。これが光源ですねー』

「どういう原理で光ってるんだ？」

頭をひねっていると、プリンがしばらく沈黙してから答えた。

『可能性はいくつか考えられますー。いちばんありそうなのは、天体に放射性元素が大量にあって、核分裂反応の熱で光っているんじゃないかと』

「ありえない……」

『黄金星が宇宙に生まれる可能性よりよほどありそうですけどねー』

大きな声で疑問を呈した。

「これについてどうしてだれも言及してないんだ？　まさに奇妙きてれつな天体じゃないか！」

『核分裂は百年くらいしか続きませんからねー。百年たったら徐々に冷えて光を出さなくなります。もちろん放射能は残りますし、その期間と強さは元素の半減期によりけりですけど』

「てことは、この天体はできて百年未満なのか」

『さー、わかりません。でもスペクトル分析と天体運動から判断して百三十年以上は存在できないはずです。それ以上たったら集まって団子になってるはずですよー』

「クソったれ、こんなものがどこからともなく生まれたっていうのか」

だから宇宙物理学は嫌いだ。その学説では宇宙はビッグバンからはじまったとされている。まさに無から有が生まれたという話で、そこが気にいらない。まあ、ビッグバンは大昔の話なので、いやなら考えなくてもいい。しかし目のまえのものはさらに摩訶不思議。それでも厳然と存在するから無視できない。虚空から何百個もの天体が生まれ、それらが核分裂で発光しているというのだ。

「つまり百三十年前にこの発光天体の集団は存在しなかったのか」

『一つの可能性ですけどねー』

「わけがわからんな。それはおいといて、ここから脱出する方法を探せ。ガンマ星門へ帰るんだ」

『弾跳推進を実行できる場所がないんですよー』

「じゃあここで死ぬはめになるぞ」

『冬眠したらどうですかー？　星系外縁へむけて低速飛行して、跳べそうな平坦な空間がみつかったら起こしますから』

冬眠か。最悪の状況にそなえた設備だ。しかし冬眠室には死体がはいっている。そんなのと並んで眠りたくない。

それにこの星系は奇怪で油断禁物だ。冬眠中になにが起きるかわからない。

「冬眠はしない。突発的な事態におまえだけじゃ対応できないだろう」

『ぼくもそのほうが安心です。一人で飛びたくないですからねー。じゃあ、これからどうしますか、船長ー。黄金星を調べるのか、平坦な空間を求めて星系外縁へむかうのか』

「黄金星を見せろ」

スクリーンに伝説の星が映し出された。醜悪きわまりない。無数の穴だらけで、まるで蜂の巣。それでもたしかに黄金でできている。スペクトル分析で確認ずみ。宇宙に浮かぶ黄金の蜂の巣というわけだ。

しばらく絶句したあとに言った。

「この星系から出られないんだな？」

『そーです』

「だったら、この星がどうなってるのか見にいこう。たいした距離じゃない」

『了解です、船長ー』

天狼星号は針路をさだめた。六日後には黄金星に到達するはずだ。休憩しようと後部船室に移動した。空中に例のコーヒー球を浮かべて飲み、舷窓から環形宇宙船を眺める。すでに小さな白い点になっていて、まもなく肉眼では見えなくなるだろう。この物騒で剣呑な星系に長居するとあんなふうに天狼星号も襲撃されるのだろうか。あの大型船の全乗員が抹殺されたように、自分も殺されるのか。ぼんやりした不安はある。しかしあともどりはできない。ほかの選択肢はない。

プリンが集めたガラクタを整理しているらしく、操縦室のほうからものがぶつかる音がときおり響く。うるさいのでハッチを閉めた。

六日間は平穏無事で、プリンにむかって声を荒らげる場面もなかった。そのあいだずっと頭にひっかかっていたのは、なぜここが蜘蛛星と呼ばれているのかという疑問だった。プリンも満足な答えを出せない。アーカイブにも手がかりはない。どうやらかなり過去にさかのぼる問題らしい。

最古のシャドックならその答えを知っているのではないか。

はっきりわかることも一つあった。ここは蜘蛛星、あるいはＧＸ１８８やＴＡ９９３５などと呼ばれるが、ＲＨ１４９ではない。どの天体データベースを調べてもそのコード名は付されていない。つまり、あの遺棄船が襲撃された第一現場はここではない。

ではシャドックのいうＲＨ１４９はどこなのか？

4 黄金星

天狼星（てんろうせい）号が持つ探査用の小型ロボットは残り一機になっていた。

プリンが不満げに反対している。

『これが最後の小型ロボットなんです。危険なことには出せませんー』

李約素（リー・ユエスー）は説得を試みた。

「新しいのを買ってやるから、もう一回出せ」

『だめですー。最初の二機は帰ってきませんでした。三機しかないのに、そのうち二機を失ったんですよ』

たてつくコンピュータにキレそうになってきた。

「文句いうな。俺が出せと言ったら出せ」

『だめですー』

頑固（がんこ）だ。こんなことは過去になかった。

「プリン、俺は船長だぞ」

『船のメインコンピュータには船長の非理性的な行動を監督し、必要な場合はそれを是正する義務があると、〈銀河ヒッチハイク・ガイド〉第二章で規定され、宇宙飛行では遵守されています。船のメインコンピュータにとって重要な原則ですよー』

「俺はいたって理性的だ。無粋な規則を持ち出すな。無意味だ。そんな屁理屈のためにアーカイブを調べさせてるわけじゃないぞ」

『意味のある規則だと思いますけどねー』

とうとう声を荒らげた。

「ふざけるな。おまえをつくったのは俺だ」

プリンはむっとしたようすだ。

『ぼくはこの船のメインコンピュータですー。要求があるなら納得できる理由を出してくださいー』

「理由か……」笑いだしたいのをこらえた。「よく聞け。俺は船長であり、この船に責任がある。いまいるのは危険な空間で、目のまえに不思議な星がある。逃げられるならさっさと逃げたい。いま直面している問題は、逃げるまえに価値あるものを探すかどうかだ。この星には価値あるものがたっぷり詰まってる。放射性物質の発光天体のほうには科学者が強い興味を持つだろう。優秀な頭脳の持ち主でも理解の範疇を超えるはずだ。しかし俺たちには疑問を一個ずつ解明するような能力はない。重要なこと、可能なことをやるしかない。そういうことだ。第一は重要なこと、第二は可能なこと。小型ロボットは脱出すればいくらでも手にはいるんだから、はっきりいって重要じゃない。一方で、もしかしたら黄金が手にはいるかもしれない。黄金を持ってどこかの星域に出れば、好きなものと交換できる」

スクリーンをにらんだ。

「さあ、俺の目を見ろ。この理由で納得できないか?」

スクリーンにプリンの顔が表示されてこちらを見た。苦虫を噛みつぶしたような顔でゆっくりうなずく。

「ならさっさと出せ。もうゴネるな」

ようやく一機の小型ロボットが射出され、黄金星へ落ちていった。

小型ロボットは強力な推進系を持たず、本来は無重力環境で使うものだ。プリンはそこにロケットモーターのノズルを二個追加し、重力加速度を打ち消せるようにした。最初の二機の小型ロボットもおなじ装備をつけていたが、もどってこなかった。急激に重力が増えてプリンが制御できなくなった。星の表面に墜落したのだろう。小型ロボットが急に落ちはじめたのは高度六千メートルを切ってからだ。そこで考え方を変えて、ロケットモーターの燃料が尽きるまえに星の周回軌道にのせることにした。好ましい方法ではない。ほんとうは表面に着陸させたい。しかし小型ロボットを失わないためにはこうするしかない。

小型ロボットのカメラにはなぜか黄金ばかりが映った。底なしの黒い穴は見あたらない。遠くからは穴だらけに見えるのに、近づくとすべて正常。穴は幻影なのだろうか。

高度六千五百メートルで小型ロボットは降下をやめ、二本のノズルから噴射炎を出しはじめた。加速して衛星速度に到達。周回軌道にのった。大気がないので揺れず、表面のようすを明瞭（めいりょう）に観測できる。

黄金、黄金、ひたすら黄金だ。一周しても新情報はろくにない。

星全体がすべて黄金。伝説どおりだが、あまりにも常識はずれで本気で信じてはいなかった。豊かな金鉱脈がたくさんあるという意味に解釈していた。まさか黄金だけで星ができているなどとは思わない。ところが目のまえに広がるのは伝説そのままの眺めだ。

まるごと黄金だと。こんな星が実在するなんてと、思わずつぶやいた。

「プリン、見てるか？　ほんとにぜんぶ黄金だぞ」

『見てますよー。アーカイブの情報どおりです』

「まさに奇々怪々、奇妙きてれつだな。宇宙学者はどう説明してる？」

『データベースにはありませんねー。ある研究報告では星の形成に原因があるとしています。宇宙学者のサボイットルは、このような星が自然に形成されることはありえないとインタビューで答えています』

「くだらん。そんなことは俺でもわかる。なんのための宇宙学者だ」

議論はどうでもいい。目下の最重要課題はこの黄金をどうやって持ち出すかだ。

「プリン、再計算して着陸できる方法を探せ」

『もう三回も計算しましたよー』

「それでももう一回だ」

じれったい。とはいえ再計算したところで目新しい結果は出ないだろうともわかっていた。プリンはロジック回路に制約をかけられているとはいえ、この程度の計算をまちがえたりしない。それでも潜在意識で奇跡を期待し、再計算を命じてしまう。

黄金の山が目のまえにあるのに持ち帰る手段がないなど、もはや銀河の笑い話だ。

やはりプリンは否定の結論を出した。

「そうか」

金色にきらめく星を指をくわえて眺めるだけ。腹立たしいが、いかんともしがたい。

ふいに、コンソール上の赤い大きなボタンに目がとまった。緊急用で誤操作防止の透明ケースがかぶせられている。これを押す日は未来永劫こない。なぜなら艦隊飛行で使うものだからだ。作動させると船は従属モードになり、旗艦に全面的に制御される。つまりこの船が軍艦だったころの名残。天狼星号はダメンター艦隊の偵察艦の払い下げなのだ。従属モード関連の装備はあちこちに残っている。

その赤いボタンの隣に小さなボタンがいくつかある。兵器管制のものだ。これを見て一計を案じた。勇み立って叫ぶ。

「プリン！　降下はやめだ。攻撃する。爆発で塊を吹き飛ばすんだ」

しばしあっけにとられたプリンは、短く答えた。

『計算してみますー』

「よく計算しろ。小さな塊を一つ飛び出させるだけでいい」

後部船室でコーヒーを飲んでこようと体を起こした。しかしプリンの結論は早かった。

『搭載しているレーザー兵器は出力の弱いＬＬＷ３なんですー。これを高度二万一千メートルから使っても切断効果はとても微弱です。たとえ切り取れても、軌道まではとうてい吹き飛ばせません。もし爆弾を使うなら、一個の破片を衛星速度まで加速するのに単一で六十万特（トー*）の爆発力が必要です。でもー、そもそも爆弾を積んでません』

起こしかけた体をもどした。落胆の顔になる。

「ほんとうに手はないのか?」

プリンはしばらく無言で船内装備を点検し、可能性を探ってから答えた。

『環形宇宙船には手頃な爆弾がありましたけどー、どのみちぼくには操作できません』

それはそうだろう。リングワールドは自前で兵器を製造する。それらは特別な製造基準で独自規格になっている。だからリングワールドの兵器があっても、天狼星号とプリンは基本的に使えない。システムの互換性がない。

「しかたないな」

がっかりして体を起こし、今度こそコーヒーを飲みにいこうとした。

『船長ー、ちょっと気づいたことがあります』

「なんだ」

『いま爆破案を計算したときに、星を再計測したんですよー。すると大きさに誤差がありました。これまでの観測データでは直径約千二百キロメートルでした。でも小型ロボットが周回したときのデータでは直径約二千キロメートルなんです』

---

* 特は、エネルギーの常用単位で、一般に兵器の出力をあらわすのに使われる。一特は六千四百万TNT相当。

　眉をひそめた。

「どういうことだ？」

『船の観測機器によると、星の直径は千百九十三キロメートルから千百九十八キロメートル。ところが小型ロボットが星を周回するのにかかった時間は十五時間。理論的には九時間四十五分で一周できるはずなのにー』

　測量結果と実際の距離が大きく異なるわけだ。人は見ためにだまされやすいというが、そういう話ではなく、これはある宇宙理論を思い出させる。

「つまりここは異形空間ということか？」

『異形空間？　なんですかー、それ？』

　すぐには説明できなかった。プリンは複雑な重力方程式を計算できるし、船の飛行姿勢も正確に制御できる。そんな精密で優秀な頭脳を持っているが、ロジック回路は学習型に設計されている。そのため通常の状況で経験しないことは記憶しないのだ。

　異形空間は宇宙旅行者の悪夢だ。淼空間で異形空間にぶつかるのは、海で暗礁に乗り上げるようなものだ。船は破壊され、人は絶命し、音もなく宇宙にのみこまれて破片すら残らない。

「ほかの名称では奇形空間、カーター空間、インド空間、褶曲空間、ミノタウロス空間、牛魔王（ぎゅうまおう）空間……」

すこし思い出すだけでずらずらと名前が出てくる。いずれも異形空間の別名だ。

「そのへんで調べてみろ」

無愛想に言いおいて、体を起こし、すぐ後部船室に移動した。

プリンに切り替え回路を設置すべきかと考えた。通常は学習型だが、緊急時には自動アップデートを適用して全能モードに変更できるようにするわけだ。

異形空間はそれほど新しい話ではないので用心していればいい。それより見渡すかぎりの黄金に手を出せないことのほうが腹立たしい。

球になったコーヒーを二個飲んだ。胃が温まるとほっとし、鬱々（うつうつ）とした気分がまぎれた。

操縦室にもどる。するとプリンがスクリーンになにか描いていて驚いた。さまざまな線が縦横に引かれ、想像力を刺激する立体図になっている。

「なにしてるんだ？」

聞いてもプリンは答えない。

「なにしてるのかと訊（き）いてるんだ！」

声を大きくすると、スクリーンが急に明るくなった。今度は星図だ。漆黒（しっこく）を背景に光の点がまばらにある。

『ミノタウロス空間の解説をみつけたんですー。たしかにここはそうなってますね。そこで空間曲率の変化をスキャンしてみました。ちょっと難しいですけど、なんとかやりましたよー。これまでの観察とちがってここの空間曲率は七を超えています。星の表面に接近するとさらに曲率が上がります』

「曲率が七だと?」

耳を疑った。十二等級の分類法によれば、惑星において最大の曲率は五だ。曲率七は中型恒星の質量を必要とする。眼前のこの星が中心まで黄金でできているとしても、曲率七が要する質量には遠くおよばない。

そして曲率七は、天狼星号が脱出不可能なことを意味する。曲率七の空間から船を離脱させるにはエンジン出力がたりない。

「いったいどういうことだ? どうしてそんなところに船を進入させたんだ!」

悪事の張本人を責めるように声を荒らげて詰問する。プリンは悔しそうだ。

『わかりませんー。曲率はさっきまでたしかに五で、小さかったんです』

「空間曲率がそんなに大きく変化したら、加速を感じるはずだ。観測したか?」

『想定外の加速度はありませんでしたよー』

プリンは断言した。知らないうちに空間のゆがみが数百倍も増えたら、船にかならず影響する。天垂星が一瞬でガンマ星門まで放り投げられるような摩訶不思議な話だ。

感情を抑えて考えをめぐらせる。プリンはいい加減なことを言わない。やはりここの空間がおかしいのだ。

スクリーンを船外風景に切り替えた。黄金星は金色に静かに輝いている。小型ロボットが噴射炎を出しながら星の反対側へまわりこんでいくのが見える。

この星系は奇怪なことが多すぎる。リングワールドの廃墟。いつ転覆するかわからないゆがんだ空間。醜悪な黄金星。数百個の発光天体の集団。なにもかも不穏だ。

三十六計逃げるにしかず。

「小型ロボットを呼びもどせ。離脱する」

プリンはこの指示に嬉々としてしたがうと思いきや、そうではなかった。

『小型ロボットが通信途絶しました……』

「なに？」

『ぼくたちも離脱できません……』

「なんだと？」

『ちょうどあれが変化してますー、驚天動地ですー』

「あれってなんだ、はっきり言え！」

『この星が……というかこの星のある空間がいままさに膨張してますー。小型ロボットは十秒前に連絡が切れ、爆発を観測しました。星の重力場の変動で機体がねじ切れたんでしょー。重力波に引き裂かれたんですよー』

あわてて顔を上げた。

「重力波だと？」

『おそらくそうですよー。小型ロボットは直前まで異状なかったのに、いきなり破壊されました。星は膨張中。この場所の重力場が強まってますー。空間曲率があきらかに変化してますー。重力振動が発生中。いつ重力波が起きてもおかしくないですー』

プリンはそこまで言って沈黙した。

重力波は空間のゆがみで起きる。極度の空間のゆがみは激烈な重力波を発生させる。このエネルギーには逆らえない。重力波は空間のゆがみをつたえる。強力な重力波は宇宙船をねじり、変形させる。襲われた船はたちまち船体崩壊する。防ぐ手段はなく、逃げるしかない。さいわい危険範囲はとても狭く、最強レベルの波でも三十数光秒を超えてつたわらない。

重力波が伝播するのは通常空間だけではない。一部の科学者の推測によれば、その巨大なエネルギーは淼空間の波動にもはいっていく。宇宙膜から漏れ出して真空のディラックの海にもはいりこむ。

重力波について詳しい知識はないが、宇宙でもっとも高威力の武器に相当する。天狼星号に死がせまっている。重力場はわずか数十秒で標準加速度の三倍に増加した。重力波としてはまだ微弱だが、前兆にすぎない。いつ致命的な大波が来てもおかしくない。

強い加速で座席に押しつけられた。冷静に着座姿勢をつづける。生死の境は過去に何度も経験している。そういう場面ではわずかな動揺が死につながる。まずは沈着冷静でいることだ。助かる可能性は小さいとはいえ、落ち着きを失ったらそれさえ無に帰す。

「プリン、外部通路を閉鎖。メインカメラをのぞいてすべての通信機器を船内に格納」

『了解です、船長ー』

「星との距離を一定にたもつように速度を調整。内部通路もすべて閉鎖」

『はい、船長ー』

「姿勢変更。操縦室を外方向、船尾を星にむけて最大出力で距離をとれ」

『船長ー、この船は長軸十八メートル、幅はわずか六メートルですよー。そんな姿勢では重力波に引き裂かれやすいです』

敢然として答えた。

「小型ロボットだって引き裂かれたんだ。波にのまれたらどうしたって助からん。外向きに全速前進。距離を開くほど助かる見込みも増える。全力で外へむかえ」

『了解ですー、船長』

天狼星号は黄金星に背をむけて全速前進しはじめた。核融合エンジンが最大出力で船体を推進している。後方では金色に輝いていたはずの星が暗くなっている。膨張する姿は底なしのブラックホールのようだ。それが一時的に収縮に転じ、ふたたび膨張に変わる。心臓の鼓動のようにくりかえす。膨張のたびに範囲が広がる。

『船長、怖いですー』

「怖くない。俺がついてるだろう」

『死ぬんでしょうか』

寸毫の迷いもなく答えた。

「死にゃしない。そもそも死のなにが怖い。眠るのとおなじだ」

『眠ったことないんですよー』

「怖がるな。俺がいる」

プリンをなだめながら、目はスクリーンを注視していた。星は急速に膨張している。ふくらむたびにいったん収縮するが、次の膨張でさらに大きくなる。もはや星というよりむしろ空洞に見える。金色はどこにもない。宇宙が反転して星をどこかへ運び去り、無残なもっと恐ろしいものが見えてきた。星全体を包む一層の光球だ。光は屈折、あるいはむしろ反射している。一定の速度で膨張しながら明るくなっている。中心の暗い空洞はその光に隠れて見えなくなった。重力波が姿をあらわしたのだ。静かな殺し屋。姿を露呈しても無頓着。進路上のいっさいを消滅させていく。

初めて見る宇宙の壮大な眺め。しかしのんびり鑑賞できない。逃げなくては、必死に。しかし逃げきる手段がない。運を天にまかせるしかない。

「プリン、やっぱり死ぬみたいだな」

『怖いですー』

「長旅についてきてくれてありがとな」

『船長を支援するのが仕事ですからー』

「ああ、プリン、おまえに一言……」

数百メートルまで迫った光球を見た。最期の別れを言うときだ。

ところが突然、光球が朝靄のようにかき消えた。なにが起きたのかと驚いていると、底なしの黒い空洞が猛然と天狼星号に突進してきた。

時空トンネルだと、反射的に思った。

「全機関停止!」

プリンに緊急命令を出した。しかし遅かった。エンジンは青い炎を噴き出したまま、瞬時に暗黒にのまれた。

黒い球は急激に収縮し、なにも残さず消えた。黄金星も天狼星号も最初から存在しなかったようだ。

ただ遠くに放射性物質の天体が数百個集まり、煌々(こうこう)と輝いていた。

5　重装甲号

「蜘蛛、蜘蛛か……」

古力特が眉間に皺をよせてつぶやきながら、艦長室にもどってきた。

ケイトは苦笑して振り返った。

「どうしたの？　例の奇人がまた発作を？」

「いつものことさ。シャドックを探すんだとか、蜘蛛を見た話をするとか。幽霊蜘蛛かなにからしい。よほど大きなショックを受けたんだろう。しかし、まあ——」

ケイトにむきなおって続ける。

「——ああいう放浪者は星門の酒場にはいて捨てるほどいる。きっと蜘蛛という二つ名の詐欺師に有り金を巻き上げられたんだろう。それにしても今日でもう四日だ。いったいなにがあったのか。きみがわかるなら教えてほしいよ」

最後の一言はとくに温和な口調になり、微笑んでケイトを見た。こんな口調になるのは妻のまえだけだ。

「ほんとうに見たのかもしれないでしょう」

「なに、蜘蛛をかい？　わたしだって古生物博物館で見たことがある。八本脚で気味が悪い。しかしただの下等生物だ」

ケイトは微笑んだ。

「じゃあこれは？」

手の上の小さな金属片をしめす。古力特は一瞥した。

「雷電の家紋か。十盾もあれば買える。古南天は趣味で集めている。雷電ファミリーのも持っている。どこか特別なところが？」

「これを使いに持たせて坤ステーションの李大軍を訪ねさせたの」

古力特の目がきらりと光った。

「なんと言っていた？」

「雷電ファミリーの記録を調べてくれたわ。この家紋には特殊な隠し記号がはいっていて、そこから出どころは宇宙船上佳号と判明したの」

ケイトがスクリーンにふれると、模様の図が表示された。一見すると複雑煩瑣、よく見ると精巧緻密。なめらかな塗料で細部まで塗りわけながら、全体の表面はきわめて平滑。

高度なナノテクの産物だ。

古力特は感嘆の声をあげた。

「すごいな。この絵はなんだ?」

ケイトは非難がましい目をむけた。わざと知らないふりをしているのだ。

「三日前に学んだバロット芸術をもう忘れたというの? 分子彫刻よ。この技術を持つ工房はカーニー星域にも多いけど、これほど小さく精緻なものはつくれない」

スクリーンに軽くふれると、図はすぐ縮小して小さな黒い点になり、赤い雷マークの中央におさまった。

「上端に文字も彫られているのよ。ほら」

家紋の一部を拡大すると、文字列が見えてきた。

「文字なのか。図案の一部だと思っていたよ」

「これが複製品なら文字は図案にまぎれてしまっているはず。でもこれは文字として読める。家紋そのものに文字はないけど。これは船から切り取って持ってきた可能性があるそうよ。文字の書法は雷電ファミリーのものだと、李大軍は鑑定しているわ」

「なんて書いてある?」

ケイトは文字を指でしめしながら解釈してみせた。

「〝時空は永遠なり〟」

「雷電ファミリーの格言らしく聞こえるな」

「そのとおり」

「じゃあ正真正銘の本物か！」

古力特はスクリーンを見つめて、それだけつぶやいた。ケイトは微笑む。古力特はふたたび眉をひそめた。

「しかしあの男は……どう見ても雷電ファミリーではない」

「でもこの家紋が上佳号に由来することはたしかよ。大昔に行方不明になり、雷電ファミリーが探しつづけている船。カーニー標準暦で六百年以上前。当時の雷電ファミリーの嚮導艦」

「青雲号はどうなんだ？」

「雷電ファミリーの内部事情はよくわからない。でもいまも船の捜索を続けていることはまちがいないわ。船は不慮の事故に遭ったと考えられている。そうでなければカプセル船がもどってきているはずだから。手がかりの提供者に大きな報酬が出るという噂を流しているわね」

ケイトはじっと古力特を見た。

「そんな熊羆星にこれを持ちこめば、歓喜されるでしょうね」

古力特はにやりとした。

「本物とわかれば色めき立つだろう」

ケイトはにっこりした。

「雷電ファミリーは長年あきらめずに上佳号を探しつづけているわ。この手がかりに大きな価値を見いだすはずよ。そして、父はあなたが天垂星に腰を落ち着けることを望んでいる。これはチャンスかも」

「なにを考えてるのか、聞こう」

「あなたは軍を辞める考えはない。一方で、天垂星に居住するのは艦隊を失うのとおなじ。でも雷電ファミリーがからめば、べつの道があるかもしれない。彼らの代弁者として正式に信任されれば、天垂星にとどまったまま軍の実権を手放さずにすむかもしれない。天垂星に住んだまま艦隊司令官をつとめるわけにいかないけど、雷電ファミリー代表となれば話はべつよ」

「雷電ファミリーにとって古家は最大の敵だぞ」

「そうね。でも古い因縁にすぎない。この情報と引き換えならどんな希望でもかなえられるかもしれない」

「それにはまだ情報がたりない」

「たしかにね。あの奇人がなにを知っているのか聞き出さなくてはいけない。でもこれはきわめて重要な情報だと直感でわかるのよ。価値があれば雷電ファミリーは金に糸目をつけない」

「交渉事は苦手なんだけどね」

古力特はそこが不安だった。ケイトは微笑んだ。

「わたしのためだと思って。それにこれは悪徳な駆け引きではなく、公明正大な取り引きよ。正しいことをするのだから難しい立場にはならないわ」

「あの男ともう一度話してこよう。なにか思い出してくれるかもしれない」

きびすを返した古力特を、ケイトは呼び止めた。

「彼の船はまだ格納庫に？」

「もちろんだ。許可なく人を近づけるなと命じてある」

「徹底的に調べる必要があるわね。とくにメインコンピュータを。もし起動できれば多くの情報を得られる」

古力特は首を振った。

「だめだ。それは違法だ」

ケイトはその話を棚上げにした。

「いいわ。あの男からいろいろ聞き出して。記憶喪失(そうしつ)は一時的で、だいじなことは頭に残っているはずよ」

古力特は去った。

ケイトは家紋を手に、すわったまましばらく考えこんだ。そして立ち上がり、その金属片をポケットにいれると、ひらりとマントをはおった。真紅の地に大鷹(おおたか)が刺繡(ししゅう)され、ケイトの歩調にあわせて生きているように揺れる。

すれちがう乗組員が次々と敬礼する。ケイトは笑顔で兵士一人一人に答礼した。ものごころついたころから骨の髄(ずい)までしみついた儀礼だ。礼節(れいせつ)は形式ではなく、誠意から出る。尊重する心をあらわすのが本質だ。一人一人を大切にする。直後に見捨てる相手であっても、礼節は守る。家族の教えとしてケイトの一挙一動(いっきょいちどう)、一言一句(いちごんいっく)に溶けこんでいる。これは古力特の艦であり、艦長である彼は最高の権威者だ。それでもケイトがそこを訪れると、その権威の半分程度が自分にも投影される。とはいえ兵士たちが彼女にしめす敬意は心からのものだ。けっして古力特の夫人だからではない。

格納庫を見たい。強い直感に導かれて行動した。格納庫には行ったことがないが、艦底付近にあることは知っている。艦底へ降りるエレベータさえわかればいい。

中央通路ぞいにエレベータは何基もあるが、艦底行きは一基もない。不可解だ。ようやく人通りが少ない一角で求めるエレベータをみつけた。ところが動かない。ますますおかしい。この艦ではだれも艦底へ行かないのか。疑問が湧いたが、深く考えないことにして、エレベータを強制作動させた。

最下層に着いて、おそるおそるエレベータから足を踏み出す。だれもいない。薄暗くてまわりがよく見えず、不安になる。そろそろと足を進める。どこがなにという表示がない。初めて来たどころか、艦内にこんな場所があることを知らなかった。

「シャドック」

船の中枢(ちゅうすう)を呼ぶ。返事の声は脳内に直接聞こえた。

『ケイト、なにゆえそこにいるのか』

普通ならシャドックはいつもこちらが見えているはずだ。あたりを見まわした。

「ここは監視カメラがないの？」

『艦底エリアには設置されておらぬ。建造時に古英仙(グー・インシエン)が無監視エリアにするよう求めた。該当(がいとう)区画への立ち入りには艦長の特別許可が必要という規則も彼がさだめた』

古英仙は古力特の祖父で、二百年以上前に他界している。

「理由は？」

『要求されただけで理由はあずかり知らぬ』

「その規則はいまも有効なの？」

『是なり』

「ではなぜわたしははいれたの？」

『貴姉の権限は艦長と同等ゆえ。艦内のどこでも立ち入り、どんな情報も入手できる。命令を出せぬのみ』

「そう。シャドック、マップくらいはあるはずね」

『是なり。案内が必要か』

「格納庫へ行きたいの」

『格納庫。どの格納庫か。第一、第二、貨物庫があるが』

「小型船を最近救助したはずね。格納庫にあると古力特から聞いたわ」

『ふむ。ここは格納庫にあらず。中央通路にもどるか、あるいは第三層からまわるか』

二本のルートがケイトの脳裏に浮かんだ。問題の格納庫は艦底前部にある。ケイトの現在位置は艦底後部。宇宙艦の艦底部は前後が完全に分かれている。

「なるほど、わかったわ。ところでここはどういうエリアなの？」

『我にとっては空白エリアなり』

「空白エリア？」

ケイトはさらにいぶかしんだ。宇宙艦のなかにこれほど大きな未使用エリアがあるとは初耳だ。なにか大きな理由があるのだろう。とはいえ二百年以上も昔の話であり、古力特でも事情を知らないかもしれない。

振り返って薄暗がりを見た。これ以上は質問する気はなく、エレベータに乗った。シャドックがしめすルートにしたがって移動する。

第一格納庫にはいろうとすると、自動ドアが大きな音声で入場者の姓名を告知した。

「ケイト・ヒューストン」

第一格納庫は広かった。さまざまな形式と大きさの小型宇宙機が百機以上駐機され、そのあいだで乗組員と外部協力者が忙しく働いている。ケイトの名前を聞くと作業の手を止め、むきなおって敬礼した。ケイトは作業を続けるように身ぶりで合図した。

近づいてきた格納庫責任者に訊く。

「バール、例の奇妙な小型船はどこにあるの？」

この艦の乗組員で最年長の一人であるバール大佐は、質問に答えず、逆に訊いた。

「ケイト、なぜこちらに？」

「あの船を見にきたのよ」

「古力特はご存じなのですか？」

「いいえ。わたしが見たいだけ」

ケイトは微笑み、きらりと目を光らせた。バールはすこし考えた。

「話を通しておくのが賢明だと思いますが」

「あとでそちらから話しておいて。いま連絡するのは無理。天垂星と会議中のはずよ」

「わかりました、奥さま。こちらへ」

バールは前方をしめした。なんのへんてつもない小型船がある。全長二十メートルにも満たない。

「船名は不明のままなの？」

「軍の識別番号はなく、放浪者が所有する民間船だと思われます。退役したダメンター偵察艦とシャドックは見ています。識別番号は除籍とともに抹消されたのでしょう。通常、ダメンターは退役艦を払い下げずに破壊処分するので、これは闇市場に流れたものかと。正確な来歴を知るには、船のAIにシャドックがアクセスする必要がありますが……」

ケイトは船の外側を歩いてみた。

船体は傷だらけ。一部の防護層がはずれかかって風で揺れるほどだ。重装甲号が発見したときは、中枢システムは停止し、最低限の生命維持装置が働いて救難信号を出していた。

漂流してきたのが坤ステーション星門付近だったのは僥倖だ。そうでなければ発見できなかった。どこから来たのか、なにが起きたのか不明。知っているのは二人だけだ。一人は意識混濁していて、病室で看護されている。もう一人は船の中枢ＡＩだ。長らく機能停止し、再起動できるかどうかわからない。

ケイトは足を止めた。

「この船を徹底的に調べる必要があるわ。シャドックに中枢を復旧させなさい」

バールはすこし驚いたようすで相手を見た。

「所有者のいる船です」

「すこしのぞくだけよ。シャドック、異議がある？」

話の途中でじかにシャドックを呼んで意見を求めた。

『そのやり方は星間飛行規則に違反する。所有者の同意なく船のＡＩと通信できぬ』

「所有者はだれ？」

『特別看護室の患者である』

「身許は？」

『不明なり』

「ではなぜ彼がこの船の所有者だとわかるの？」

シャドックは沈黙した。そこでバールが口をはさんだ。

「そこは艦長の判断事項です」

ケイトは返事をせず、脳内でシャドックとの通話チャンネルを閉じた。バールと二人だけで話す状態にもどる。

「古力特が同意するはずないのはわかるでしょう。古家(グー)の人々は違反行為をするわけにいかない。でもこの宇宙船はどうしても調べる必要がある」

穏やかな口調ながら圧力をかける。バールはやるつもりのないことをやらされようとしていると感じ、抵抗を試みた。

「さっき問いあわせたでしょう。シャドックも違反でないとは断定できない。艦長判断をあおぐべきです。奥さまなら説得できる」

ケイトは微笑んだ。

「たしかに説得できるでしょう。でも時間がかかる。安易(あんい)に妥協(だきょう)しない人だから。いまはその時間がないのよ。重装甲号はまもなく坤ステーションを離れる。天垂星に帰ったら管理権がなくなる。患者もそのころには正常な意識にもどって所有権を主張するかもしれない。信じて、この問題は重大なのよ。あなたの協力が必要」

バールは神妙(しんみょう)な顔で聞いている。

「どうなさりたいのですか?」

「弾跳するまえにこの船を調査したい」

「特別な理由が?」

バールの瞳は強い光をおび、ケイトの顔を照らしているかのようだ。成算がある。

「これを見て」

金属片を差し出す。バールは受け取り、いぶかしんだ。

「雷電の家紋ですか」

「この船のコンソール上にあった。よく見ると、どこかから切断されたものだとわかる。まわりと裏側に切断痕があるでしょう」

バールは手のなかで裏返した。

「そうですね。でも、それで?」

「出どころはある一隻の船と特定されたわ。失踪した雷電ファミリーの宇宙船、上佳号。雷電ファミリーは数百年もあきらめずに捜索を続けている」

バールはわずかに驚きをしめし、もの問いたげに相手を見た。

ケイトは微笑んだ。

「重装甲号は大型とはいえ、ある意味でただの船。船内環境は窮屈で、乗組員はがまんをしいられる。それにくらべて雷電ファミリーのリングワールドは、小規模な宇宙ステーションとくらべてもさらに快適。もしその技術提供を受けられれば、自前のリングワールドを建造できるようになるかもしれない。だれにとってもいい話でしょう?」

「そうですね」

「重要なことよ」

ケイトはバールを見ながら真剣に語った。

「はい、その点は奥さまに賛成します」

「だから急がなくてはいけない。弾跳予定日まであと二日。古力特に知らせていたら無駄に時間がかかる。天垂星に帰ったらこんな機会はおそらくない。正式な調査員は融通がきかなくて非効率。いまここでやったほうが効率的だし、重装甲号のためにもなる」

バールはまだすこしためらっていた。軍紀違反に相当する行為であり、責任を追及されたら免職どころか拘禁されかねない。

「しかし艦長が……」

「重要な手がかりを発見できたら雷電ファミリーは感謝感激するはずよ。重装甲号の乗組員もあなたに感謝する。成功すれば小さなことは不問になる。古力特もとやかく言わないわ。かりになにも発見できなくても、わたしにまかせて。もし免職になったら父のところで再就職を手当てする」

ケイトの父は声望赫々たるヒューストン公爵だ。バールの勇気にたちまち火がついた。

「やりましょう、わたしの責任で」

ケイトは微笑んだ。

「古力特に知らせるのは急がなくていいわ」

「シャドックが通知すると言い張ったらどうしますか？」

あらためてシャドックとの通話チャンネルを開いた。

「シャドック、この船のメインコンピュータを再起動しなさい。詳細に調査します」

『古力特の許可を要する』

「シャドック、この船の所有者がだれなのか現時点で確認不能よ。それをあきらかにするために船を調べる」

『ケイト、意図をつまびらかにしてもらいたい』

「この家紋は雷電ファミリーの嚮導艦、上佳号から出たもの。それがこの船内からみつかった。その経緯は推測できるし、重要性もわかるでしょう」

シャドックはしばし黙ってから答えた。

『同意する。ただし事後に艦長に報告する』

「かまわないわ、シャドック。そこはあなたのルールで」

ケイトはチャンネルを閉じて、バールにむきなおった。

「では、ここの調査はあなたにまかせるわ」

うなずくバールに、ケイトは指示した。

「わたしは別方面をやる。あなたはシャドックと協力してこの船を詳しく調査して。わたしは古力特と、あわれな記憶喪失の男に会いにいく」

バールは直立不動で敬礼した。

6　記憶喪失患者

　すこしずつよくなっている。体は日ごとに回復し、記憶も徐々（じょじょ）にもどっている。しばらくまえから若いやつが毎日ある時間に来て、二言三言（ふたことみこと）、声をかけていく。まともな返事がなくてもいやな顔をせず、辛抱（しんぼう）づよく耳を傾ける。ドアの外にべつのだれかがいることにときどき気づいた。女だ。戸口にとどまり、室内にはいってこない。

　二人はこちらの過去に興味をしめす。自分でもおおいに興味がある。しかし思い出そうとすると、脳に鉛（なまり）をそそがれたように頭が重くなる。蜘蛛（くも）、蜘蛛！　真っ黒い大きな蜘蛛が頭蓋骨の内側に巣くい、脳をむさぼり食おうとする。割れるような頭痛に歯を食いしばり、脂汗（あぶらあせ）を流す。若い男は憐憫（れんびん）の目になり、無言で去る。

　ところが、すこしずつよくなってきたいま、二人は来ない。思い出したことがある。とても重要で、だれかに話したい。だれでもいい。なのに二人は来ない。

　蜘蛛星。

黄金星。

そうだ、あそこからこの苦しみがはじまった。黄金だけでできた星、不思議な放射性物質の天体、遭難した環形宇宙船。そこからどうやって離脱したのか、そのあとなにが起きたのかは思い出せない。それでも、遭難した環形宇宙船の話だけでも聞く人を驚かせるだろう。

リングワールド……死の環形世界。雷電ファミリーの船だった。

「俺は李約素……」

ある日ふいに独り言のようにつぶやいた。名前を思い出すとともに、名前に関連するあらゆることを思い出した。立ち上がり、ドアに駆けよって力いっぱい叩いた。

「あけろ！　出してくれ！」

ドアはすこしたわんだものの、強靭で動かない。無駄だと思ってすぐやめた。どこかでひそかに監視しているはずだ。何度か大声をあげたので充分だろう。

いったんベッドにすわった。しかしすぐにまた立って、空中にむけて大声で言った。

「シャドックと話させろ！」

その叫びにはすぐ反応があった。

『好日、李約素。用件を聞こう』

部屋全体から流れる声に驚いた。

「本物のシャドックか？」

『是なり』

「なぜ俺の名前を知っている？」

すぐにばかなことを訊いたと思った。さっき独り言でつぶやいたではないか。シャドックは聞いていたはずだ。

ところがちがう答えが返ってきた。

『プリンから話を聞いた』

歓喜した。

「プリンが！　いまどこにいる？」

『健在で、変わらず天狼星号にある』

「連れていってくれ。会いたい」

『証人喚問のためにいま船外に出されている』

「証人喚問だと？　なぜだ。あいつはただの学習型ＡＩだぞ」

『是なり。しかし人格性を有し、ゆえに証人資格をそなえる』

「あいつと話したのか？」

安堵感がどっと押しよせた。プリンと話したのなら、蜘蛛星で起きた一切合財も知っているはずだ。証言者としてのこちらの価値を理解しているだろう。

『是なり。ゆえに天垂星統治委員会が喚問している』

「天垂星？　いま天垂星だと。ここは天垂星なのか？」

『ここは天垂星の衛星軌道で、地表まで三十万キロメートルである。気がむいたら林園へ行ってみよ。開放された天蓋から天垂星を遠望できる』

なんと、天垂星へ帰ってきたのか。歓喜したのもつかのま、すぐに重苦しい気分になった。帰ってももう天垂星に籍はないのだ。

それでもシャドックの話に興味を惹かれた。驚いて訊く。

「林園だと？　宇宙船のなかに森林公園があるのか？　ここはリングワールドなのか？」

『否なり。ここはカーニー最大の武装母艦、重装甲号である』

重装甲号……。うっすら記憶がある。遠征軍の一員として出発した当時、その艦は未完成だった。建造のために当時最大の宇宙工廠の二社が合併したほどだ。きわめて大きく、一般的な母艦の三倍以上ある。カーニー史上最大の宇宙艦だ。

「重装甲号か」つぶやくと、戦争を強く連想させる名前に記憶を揺さぶられた。「武装母艦だと？」

『是なり』

「シャトル機は何機搭載されている？」

『一万六千六百七十機なり』

「乗組員は？」

『三万八千人あまりなり』

「紛争が起きているのか？」

『ダメンター星域の辺境にて騒乱あり。海賊の危険はつねにある』

「ダークラヤマは？」

『暫時平穏なるも、いつ戦争が起きてもおかしくない』

「重装甲号は旗艦だろう。なぜそこに俺が？」

『三三艦隊の旗艦である。外交訪問を終えて天垂星へ帰還する途上、坤ステーション星門にて天狼星号の救難信号を受信した』

「外交訪問というと、どこの星域へ？」

『ロシア星域なり』

「ロシアだと？　カーニーとは外交関係がないはずだろう」

『ロシアは親密なる同盟星域なり』

「へえ」

　知識が古びてしまっている。昔のロシア星域は孤立主義だった。エネルギー量の大きなサンクトペテル星門を有しながら、星間外交には不熱心で対外関係を持とうとしなかった。環形宇宙船や鑫船(きんせん)が偶発(ぐうはつ)的に星域内に進入すると丁重(ていちょう)に送り返す。外の世界に脅威をあたえないかわりに来訪は歓迎しないと宣言していた。すくなくとも当時のロシアはそんな閉鎖的な星域だった。

　話題を変えた。

「いつプリンと会える？」

『喚問からもどれば会えよう』

「いつもどる？」

『不明なり』

　シャドックは自動応答機のように辛抱づよく、つねに即答する。数千万年あるいは一億年前からそうだ。人類の忠実で信頼できる友だ。

　すこし考えてまた訊いた。

「プリンは統治委員会から事情を訊かれてるんだよな？」

『是なり』

「具体的になんの話だ？」

『上佳号についてである。この情報は重要である。雷電ファミリーとの関係から非常に』

「あの船はそんなに重要なのか？」

『是なり』

「なぜだ？」

『上佳号は雷電ファミリーの嚮導艦である。雷電ファミリーはリングワールドと呼ばれる環形宇宙船を二十五隻保有する。そのうち人口三万人に満たないものが三隻ある。指導的役割をになうその三隻が嚮導艦と呼ばれる。人口は控えめながら船体は巨大。技術は最先端。カーニー星域には青雲号より先に上佳号が進入したと雷電ファミリーは考えているが、その後、行方不明になった。それを貴兄が発見した』

「発見したんじゃない。見かけただけだ」

『それで充分。あとは雷電ファミリーにまかせてよい。捜索能力はある。この情報は統治委員会が最高機密に指定している』

　思わず苦笑した。

「雷電ファミリーか……。まさかカーニー星域全体がやつらの支配下にあるんじゃないだろうな。どういう腹づもりだ。俺と天狼星号をだしにやつらの機嫌をとろうってのか？」

『雷電ファミリーは長らく上佳号の行方を探していた。カーニーは彼らから多くの科学技術の提供を受け、おかげで発展をみた。この協力は恩返しにあたる』

「冗談じゃねえぞ……」

低くののしった。かつての遠征艦隊を思い出す。戦場で命がけで戦い、星間空間を血に染めた。敵は雷電ファミリーだった。戦場の藻屑(もくず)になった仲間たちが、いまのこの情勢を知ったらどう思うだろう。冗談にもほどがある。李約素にとってはなおさらだ。三百年前に戦死していればこんなばかげた未来も知らずにすんだ。しかし生き残ってしまった。

「俺も目撃証人になる。つれていってやつらに会わせろ」

シャドックは単刀直入に指摘した。

『貴兄は雷電ファミリーに敵意を持っている』

「プリンといっしょに証言したいだけだ」

『しばらく重装甲号で待機されよ。状況は通知する。プリンから聴取したのち、貴兄との面談が必要かどうかは委員会が判断する』

「ありえない！　俺は船長だぞ。その証言こそ重みがあるはずだ」

『動ける体ではない』

「もう回復した」

強い態度で迫ってもシャドックは受け流すばかりだ。

『数日待たれよ』

その態度にむしゃくしゃした。いったいどう言えばいいのか。ふと、あることを思い出した。

「あの環形宇宙船のシャドックが残した映像を録画したんだ。見たか？」

『視聴した。情報は天垂星シャドックに転送した』

すこし驚いた。

「天垂星シャドックだと？　ほんとに転送したのか？」

『是なり。重要な情報ゆえ、その判断が必須である』

「どう言ってる？」

『いまのところつたえられておらぬ』

天垂星シャドックか！　そんな偉大な存在がかかわってくるとは夢にも思わなかった。天垂星の中枢(ちゅうすう)にして、カーニー星域の創始者の一人。星域を庇護(ひご)する偉大な知性。かつて天垂星シャドックにならぶ威望(いぼう)の持ち主はほかにもいたが、いずれも伝説となりはてた。古(いにしえ)から現代まで存在しつづけるのはシャドックだけ。まさに永遠の基準だ。感嘆の吐息を小さく漏らした。

『ほかに質問がなければ、しばし退出したい。必要あれば呼ばれよ』

そう言うシャドックをあわてて呼び止める。

「待て。いまから林園へ行ってもいいか？」

『可なり。衣服を届けさせよう』

「どんな服だ？」

『服は一種類、軍服のみである。ひとまずそれを着れば船内を自由に歩ける。林園は艦内最上部にある。ドアを出て右のエレベータが直行する』

「そうか」すこしためらってから続けた。「あ……ありがとう」

その一言を口にするのにためらいがあった。

『かまわぬ。貴兄は重装甲号の客人ゆえ』

ふと思い出したことがあった。

「ああ、それから……最近まで若いやつが見舞いに来てくれてたんだが、あれはだれだ？」

『重装甲号艦長の古力特である』

名前からすると古家の出身らしい。

「会えないか？」

『いま外交訪問の成果を報告するため天垂星に降りている。帰艦後に希望をつたえよう』

「そうか」

『ほかに質問は』

「いや、ない」

『好なり。衣服はすぐ届けさせる』

シャドックの声が消えて静かになった。ベッドの端にすわり、茫然として床を見る。黄金星、上佳号といった過去の出来事が頭に浮かぶ。思い出すたびに細部がよみがえる。プリンの小型ロボットがリングワールドから集めてきたガラクタ。家紋が刻まれた金属片。あのあとなにが起きたのか。どうやって脱出したのか。そちらのほうが重要な問題だという直感が働くものの、どうしても思い出せない。プリンはどうだろう。憶えているのだろうか。

集中して考えようとすると、とたんに割れるような頭痛に襲われた。大きな蜘蛛に似た黒い影が脳内を縦横に走りまわり、なにもかものみこもうとする。頭を床につけ、身をよじって苦悶した。

ふいにシャドックの声がもどってきた。

『薬を服用したほうがよかろう』

答えようにも声を出せない。うめき声をこらえるのに精いっぱい。額にこまかい汗が噴き出し、両手で頭をかかえ、指を頭皮に深くくいこませる。

しばらくすると頭痛は徐々におさまり、正常にもどっていった。

そのときドアが音もなく開いて、小型の配送カートがすべりこんできた。台上には一着の軍服。灰色の地に薄青の縞というカーニー内衛隊のものだ。

頭痛がすっかりおさまると、気合いをいれて起き上がった。軍服に手を伸ばす。ズボンを穿き、ベルトを締めて、上着を手に取る。二本の黄色い線が襟から両袖へ伸びている。胸にもやはり黄色で〝KUA〟の三文字。まっすぐ並んだ二列のボタンが映える。

布地の柔らかさにふと手を止めた。既視感がある。そう、こんなふうに起きて軍服を身につけた朝が過去にかぞえきれないほどあった。黄金期だった。軍装で星々のあいだを駆け、カーニーの栄光に命を燃やした。軍服をそっとなでて、いいしれぬ寂寥感にとらわれた。はっとして、急ぎながらもきちんと着こみ、部屋から出た。

監視はいない。それどころかだれもいない。無人の通路が左右に伸びるだけ。両側にハッチが並ぶ。遠くは消灯して真っ暗。大型船に特有の静けさだ。人がまばらで無人の場所が多い。惑星の地表のように空間に余裕があるのは大型船らしさだ。

右へ進む。歩いていくと一区画ずつ前方で照明が点灯し、後方で消灯する。前後十メートルはつねに明るく、そのむこうは漆黒(しっこく)の闇。床には赤く光る線が引かれ、前方の暗闇に消えている。なにかの案内だろう。十数メートル進んだところにエレベータがあった。上だとシャドックに教えられていたので、ゆっくりとエレベータに近づいてボタンを押した。

左の通路が明るくなったのに気づいて、そちらを見た。だれか来る。エレベータのドアが開いたが、乗らずに待つことにした。すぐに照明区間は近づいてこちらの光と一体になった。

相手は将校だ。李約素は低頭して敬意をしめした。むこうはやや困惑顔をしている。エレベータのドアがふたたび開き、将校のあとに続いて乗った。

林園と書かれたボタンがあり、将校はそれを押した。ドアが閉まり、エレベータは動きはじめる。

将校はボタンが並ぶパネルに手をさまよわせながら、横目で尋(たず)ねた。

「何階だね?」

「林園です」

「この船に乗ってまもないのか?」

「はい」

「なぜ階級章をつけていない?」

「軍人ではないので」

「……そうか」

将校は黙った。その肩章を観察すると、金色の短剣と麦穂(ばくすい)が交差する上に金色の星が一つ。

「少佐でいらっしゃいますか？」

「そうだ」

「そしてパイロット？」

「そうだが」少佐は警戒の目で見る。「きみは重装甲号でなにを？」

「船が難破して、ここに救助されたんです」

「失礼した。それは災難でしたね」

「いえいえ、命があることを銀河に感謝しますよ」

「なんという船に乗って？」

「天狼星号という小型船です」

エレベータの表示がともり、ドアが開いた。少佐といっしょに降りる。

少佐はむきなおった。

「お会いできて光栄でした。わたしはヴェッテラウル、火花(ひばな)中隊のパイロットです」

差し出される手を握った。

「李約素、天狼星号の船長です」

「李約素船長、重装甲号への乗艦を歓迎します。どうぞごゆっくり。船のほうもご心配なく」

ヴェッテラウルはそう言うと手を振り、足ばやに去っていった。その先は植えこみがあり、一本の歩道が見え隠れしている。林間に背中が消えていった。

見送ったあとに、反対方向を眺めた。

ここは森がひらけた場所だ。青々とした草地が遠くまで広がっている。広い草地は毛脚の長い絨毯を思わせる。人は三々五々すわったり立ったり、あるいは駆けまわったり遊んだりしている。十メートルほど歩み出て、草地のへりに立った。そこはちょうど小高くなっていて、林園の平坦部が一目で見渡せる。草地は数千メートル先でふたたび森になっている。森は左右にも広がり、巨大な腕で草地を抱きかかえるようだ。左の森から一筋の小川が出て、草地の中央を横切り、右の森に消えている。小川には橋がかかり、そこにだれかが腰かけて長い釣り竿をあやつっている。

あっけにとられた。想像以上の規模と美観。これほど広い林園は初めてだ。

頭上から澄んだ鳴き声が響いた。見上げると鳥が舞っている。その鳥よりも、空のようすに愕然とした。林園の天井はよくある人工の青空ではない。巨大な透明パネルでおおわれ、外の宇宙が一望できる。

淡く輝く巨大な青い惑星がちょうど天頂にかかっている。熱い涙があふれた。夢にまで見た暖かく青い惑星。しかし永遠に帰れない場所。

もう二度と間近に見る機会はないと思っていた。時間を忘れて見とれる。

天垂星だ！

7 特命

天垂星は、その名のとおり天が垂れ下がったように見える星だ。公転軌道のどこにあっても、夕方のたそがれ時に地平線にかかる赤い太陽は、空の大半を占める。正午に高く南中した巨大な太陽は空の三分の一をおおう。天垂星の太陽は赤色巨星だ。

その太陽はいま惑星の裏に隠れている。夜のとばりのなか、軌道上の大小の宇宙機がさまざまな光をきらめかせる。地上は光があふれ、色とりどりの灯火がおぼろな光暈を空の下につくる。天垂星の都市の夜景だ。地表をおおう無数の光の点のなかに、大きく明るいものが一つある。まわりに小さな光が密に集まり、細い線で整然とつながっている。まるで光の糸でできた毛糸玉だ。

さらに目を惹かれるのは、その明るいエリアの中心から垂直に立ち上がる光の柱だ。しだいに細くなりながらどこまでも伸びて、ついには灯火きらめく巨大な宇宙ステーションに至る。そこでは多くの船が出入りし、係留施設にはさらに多数が舳先をずらりと並べている。ステーションは平たい直方体で、惑星から見て裏側が船の係留施設になっている。惑星側には十三万キロメートルをへだてて地表とつながる一本の軌道が接続している。さらに透明な壁でできた大きな部屋がいくつかあり、人々が憩う展望室になっている。

　これが第一宇宙航空センターだ。いま古力特はここにいる。すわっているのは安楽なアームチェアだが、背中は直立し、背もたれに接していない。〝鋼鉄の背骨〟と陰で呼ばれる。祖父の代から続く異名で、古家の代名詞になっている。古家の血を引く人はどこにいても、たとえこのように景色をのんびり眺める場所でも、背すじをぴんと立ててゆるめない。

　目は外にむいているが、燦然たる夜景は興味の対象ではない。視線の先にあるのは薄暗い小さな光の点。第一宇宙航空センターから遠く離れた軌道上の船だ。指揮艦である重装甲号。眺める気持ちはやや暗い。それは統治委員会から聴取を受けたせいでも、ケイトから再三にわたって艦を下りるように求められるせいでもない。天垂星シャドックと一対一で面会したさいに、天狼星号の件は多難のはじまりかもしれないと言われたからだ。

　ケイトの予想とはまるで反対だ。あの小型船に驚くべき秘密が隠されているという直感はあたっていた。しかしシャドックによると、その秘密のあとにさらに秘密があるだろうという。その言葉が耳から離れない。

大きな扉のまえにいる気分だ。扉がゆっくり開きつつあるのだが、むこうは漆黒の闇。雷電ファミリーはどういう魂胆なのか。これほど苦心してなにを隠しているのか。

衛兵が空中をただよって静かに近づいた。電話を手にしている。

「艦長、お電話です」

古力特ははっとして顔をむけた。衛兵はくりかえした。

「お電話です。最高機密とのことで」

電話を受け取り、衛兵を退がらせる。ドアが閉まったのを見届けてから、電話を口もとに近づけた。

「古力特です」

「わたしだ、ヒューストンだ」

かすれ気味で低い男性の声がした。ケイトの父。古力特にとって義父だ。威儀を正して答えた。

「ヒューストン閣下」

「ケイトは今夜、重装甲号に帰らない。母親が来ているので、しばらく母娘水入らずにさせてやりたい」

「もちろんです」

「天狼星号の件は重大事案だ。情報が漏れないようにしてほしい」

「シャドックがすでに事件として通報ずみですが」

「そちらは心配無用だ。重装甲号の乗組員に保秘を徹底させてほしい」

「そうします」

「雷電ファミリーがカプセル船を送り返してきた。事情を知る者を極力少なくしてほしいとの希望だ。いずれ特使を派遣するという」

「はい」

「戦争は重大局面にある。熊羆星から天垂星までどこも情勢不安定。安全確保はきわめて重要だ」

「つまり……」

「きみはどう考える？」

　古力特はしばし思慮した。

「こちらからも人を派遣すべきでしょう。むこうがこばむ理由はない。虚実を探るよい機会になります」

「妙案だが……適任は？」

「外交官のなかからお選びになれば。わたしはその方面に心あたりがありませんが」

「外交官では話になるまい。そこでシャドックに相談したところ、きみが適任という判断になった」

「わたしですか？」

少々驚いた。天垂星シャドックとの面会ではたしかに驚くべき情報を教えられたが、このような示唆（しさ）はなかった。

「つまり、重装甲号で外交訪問をと？」

「重装甲号を訪問させてもよいが、雷電ファミリーはしびれを切らすだろう[1]」

「わかりました。シャドック[2]と相談してみます」

「同行者もあずけたい。目撃証人は最重要だ」

「はい、そうします」

「すんなり承知してくれてありがたい」

「閣下とシャドックの一致したお考えとなれば、断るわけにいきません」

しばし沈黙したのち、ヒューストン公爵が話した。

「くれぐれも慎重にな。証人の移送についてはカーニー艦隊が責任をもっておこなうと提案したのだが、先方はその任にきみを指名してきたのだ。これにはなにか理由があるはずだ」

なるほど。裏で段取りがなされているわけだ。自分に選択権はないとはっきりした。かまわない。星域のためにそれが最善ならば、やるまでだ。すこし考えて言った。

「あの小型船とその船長はどうすべきでしょうか。重装甲号の乗組員ではありません。規則によれば、すでに自由行動が可能で、七日以内にこの星域から退去させる必要があります」

「杓子定規(しゃくしじょうぎ)に考える必要はない。シャドックに尋(たず)ねればいい。星間救難条例では、被救助者は調査に協力する義務がある。熊羆星へ同行を求めるのはそれほど難しくあるまい」

「ケイトもそう言っていた気がします。たしか……裁判権の移管(いかん)でしたか」

「そうだ」

「なるほど、よくわかりました。シャドックに準備させます」

＊1　重装甲号の亜空間弾跳(だんちょう)は長い空白期をともなう。天垂星から熊羆星へ行く場合は六カ月にもなる。小型船を使うほうがよほど速い。空白期とは亜空間弾跳によって生じる時間差のこと。光速飛行で生じる時間停滞とちがって、亜空間弾跳では直接的に時間が欠落(けつらく)する。ある意味で、亜空間弾跳は未来へむかうタイムマシンといえる。

＊2　〝シャドック〟という場合、文脈によってどれを指しているのかが異なる。あえて特定すべき場合をのぞいて、カーニー人はシャドックを区別しない。

「それでいい」

電話はまたしばらく沈黙して、婿への問いになった。

「きみは惑星にとどまるのと船に乗りつづけるのと、どちらを希望するんだ？」

躊躇なく答えた。

「天垂星に定住する機会を探しています」

「しかしきみの一族は代々軍人だ。数百年来、艦隊とともに生きてきた」

返す言葉もない。

「無理難題は承知しているし、こんな要求はしたくない。しかし知ってのとおりケイトは一人娘だ。母親は老後を娘のそばですごしたいと希望している。宇宙船が隠居生活にふさわしくないのはいうまでもない」

「わかっています、閣下。いずれ惑星に定住するつもりです」

電話の相手は小さくため息をついた。

「まあ、リングワールドなら折衷案になるかもしれんな」

通話を終えて、電話をポケットにしまった古力特は、ベルトをはずして空中に浮かび上がった。移動ハンドルにつかまって大きなガラス壁に近づき、そこに張りつくようにとどまる。むこうに広がるのは底なしの深淵だ。どこを見ても無数の星々が散らばっている。

さらに遠くには燦爛と輝く星々がある。おびただしい集団だ。眼下に広がる天垂星の夜景の明るい光にもかすまない。

ここが故郷だ。星域艦隊の軍人はこの星々のあいだで生きて死ぬ。

しかしケイトがいる。そう思って考えこんだ。艦隊での軍人生活を放棄し、天垂星でそれなりの職を得て、定住する……。ケイトと義父にそう約束した。しかしまだ先の話だと思っていた。これほど早く履行を迫られるとは思わなかった。

兄弟姉妹はどう思うだろう。弟たちからは家族の模範で、追うべき背中と見られている。老父からは古家の跡継ぎにふさわしいと認められ、重装甲号をまかされた。この旗艦は古家の名誉の象徴だ。

それが……一変する。

天垂星シャドックから受けた委託は身にあまる光栄だが、星域艦隊に代々献身してきた古家の縁故がもたらしたものであることも承知している。それはかまわない。いまのところケイトの要求とは矛盾しない。

頭を冷やしてしばらく考えこみ、シャドックに相談することにした。電話を出して数字を二つ押す。

「シャドックに接続を」

「はい、艦長」

「暗号化チャンネルで」

指示して電話を切り、頭のなかのスイッチをいれる。即座にシャドックに接続した。

「シャドック、ヒューストン公爵から熊羆星行きを要請された」

『引き受けたのか』

「そうだ。助言をほしい」

『雷電ファミリーはダメンター星域と交戦状態にある。ロシア星域はこちらとの同盟を結んでいる。それでも領土防衛のためにこちらには戦略機動力が不可欠である』

「そうだ。重装甲号をみだりに移動させられない。そこで単身で行こうと思う」

『賛成しかねる。艦長が職務を離れてはならない』

「重装甲号では六カ月かかる。悠長すぎる。小型船で行けば十数日。ダメンター人にすきをつかれることもないだろう」

『貴兄の身が危険にさらされる。最悪の予測をするなら、ロシアはおもてだって離背する必要はなく、気づかないふりをするか、サンクトペテル星門を奪取されたふりをして、ダメンター艦隊を通過させればよい。すると天垂星まで六十五日で到達される。貴兄が二十日以内に帰還できれば、理屈のうえで危険は最小限ですむ。しかし熊羆星に着くまでに想定外の事態が生じる可能性は少なくない。それゆえ仮定だらけの前提には危険が多い。現状で三三艦隊はきわめて重要な位置を占めていて、重装甲号はその中枢。貴兄はその艦長だ』

　しばらく黙って、さまざまな可能性を天秤にかけた。

「わかった。もうすこし考えてみよう。それとはべつに教えを請いたいのだが、裁判権の移管は可能だろうか」

『天狼星号の裁判権を雷電ファミリーに移管するということか』

「そうだ」

『雷電ファミリーには最高委員会の委員が二名いる。その二人は軍事聴聞会を開廷する資格を有する。天狼星号は軍事任務中に捕獲したものゆえ、法規上これにかけることは可能である。艦長が申請を出し、最高委員会の裁決が出れば、関係する証人と資料は雷電ファミリーが開く聴聞会に移管される』

「すぐに申請を出したい。手伝ってもらえるか？」

『可なり。では熊羆星行きは決定なのか』

「そうだ。行かざるをえない」

『証人と証拠を届けるだけなら艦長みずから行く必要はない。危険な単独行動は貴兄らしくない。これは、ケイトのために雷電ファミリーと秘密交渉する思惑か？』

頬がわずかに熱くなった。真意の一部を見すかされている。居心地悪くなった。シャドックははるか年長の先輩や知識豊富な先生のようなものだと思っていた。しかし腹の内をずばりと指摘されると、もっと具体的な存在として急に意識された。あわてて動揺を抑える。

「ケイトのためばかりではないんだ、シャドック。雷電ファミリーは上佳号を探していると公言してきた。その船内でプリンが得た情報によると、上佳号が行方不明になった場所は熊羆星らしい。つまり雷電ファミリーは熊羆星でなにかしていた。それがなにかを知る必要がある」

『可能性はある。事実なら、雷電ファミリーはなにか裏の意図をもってカーニー星域にくわわったのかもしれぬ。その見方は同意しよう。真相を解明することはカーニーの安全に寄与する。とはいえ貴兄みずから出むくのはやはり危険が大きい。どうしてもと言うなら、天垂星シャドックに相談せねばならぬ』

「かまわない」

シャドックのチャンネルから退出した。

古力特はしばらくガラス壁のまえに浮かんだままになった。拘束も補助もない無重力が好きだ。とはいえいつまでもこうしてはいられない。緊張をしいられる航程にむけて準備しなくてはならない。最後にもう一度天垂星を見た。惑星の縁から曙光がさしはじめている。

軽く壁を押し、直立姿勢のまま後方にただよっていった。背後で音もなくドアが開き、そこに静かにすべりこむ。移動ハンドルをつかみ、控えていた衛兵にうなずいて、いっしょに増重室にはいった。

第一宇宙航空センターの増重室は広く、三十人以上はいれる。立ち位置は黄色で明示され、両側の手すりにつかまって姿勢を保持できる。これまでとちがうのは、シルク張りの椅子があることだ。センターには何度も来ているが、増重室に椅子があるのは初めてだ。宇宙航空局の新任局長の発案で、どこまでも快適さを追求するためだという。

椅子は使わず、黄色の立ち位置に足をおいた。衛兵はそばに立つ。

重力はゼロから徐々に増え、足に重みが加わっていった。チャイムが鳴り、もとの重力環境への復帰が完了する。

しかし眉をひそめた。重装甲号では三十秒でさっさと増重する。新局長の新しい措置による穏やかすぎる増重プロセスが、かえって体になじまない。

内部へむかうハッチが開き、歩み出た。

ハッチの正面に人が立っていたので、脇を通り抜ける。そのとき違和感をおぼえて振り返った。その男はおかしな服装だった。織り目のない素材でできた褐色の上着に青いズボン。一見して奇妙だ。男はこちらを見ている。目があい、話しかけてきた。

「古力特艦長ですか？」

足を止めてむきなおる。

「俺は木藤三といいます。ご高名はかねがねうかがっています」

相手は満面の笑みで自己紹介をした。言葉から熱心さがつたわってくる。しかし古力特は氷の壁のような無表情。木藤三と名のる男を冷たい目で見る。男は少々気をくじかれたようすだが、すぐに笑顔にもどった。

「スカイウォーカー宇宙ステーションから、あなたに会いたくて来ました。自分で言うのもなんですが、凄腕のエンジニアです」

「なんの用だね？」

「重装甲号には子どものころからあこがれてました。その伝説を見聞きして育って崇拝しています。カーニー星域で最大、最先端、最高の艦であり、一挙一動もゆるがせにしない三三艦隊の旗艦。搭載されるシャトル機が最近更新されたのも知ってます。飛星社の最新型で……」

「悪いが、用件を述べてくれないか」

古力特はぶっきらぼうにさえぎった。木藤三は急に恥ずかしくなったようだ。

「ええと、ようするに……俺を重装甲号で雇ってください！　いまいったように凄腕の機械屋なんで」

古力特は首を振った。

「だめだ」

小声ながら有無をいわさぬ口調。きびすを返した。

「待って……」木藤三はあわてて声をあげ、ためらいがちに続けた。「叔父の木藤原はこの宇宙航空局の局長で……」

木藤三は言いよどんで黙った。古力特のまなざしからなにかを読みとったようだ。

「そのコネを使ってここで出待ちしたというわけか。そんなことをする必要はない。本心から重装甲号に乗りたいなら一カ月後に募集がある。しかし軍人はいい職業ではないぞ。たとえエンジニアにとってでも」

硬い口調で断言した。そしてふたたび歩きだす。

木藤三はまだなにか言いたそうにしていたが、足ばやに去る背中を見てためらい、無言のままだった。古力特と衛兵は通路を曲がって消えた。それを見送った木藤三は、ふいにまたこりない笑みを浮かべた。

8　同病相憐れむ

重装甲号は夜になろうとしていた。昼の地上のように明るかった林園が、徐々に夜のとばりにおおわれていく。それでも風景はまだはっきり見える。天垂星の光が天頂から差しこむからだ。昼間ほどではないが、まわりが見える程度には明るい。

李約素は石の上に腰かけていた。こんなふうに不規則な形状の石を見たことがなかった。宇宙にも石はたくさんあるが、大きなものばかりだ。それなりに見聞を広めたつもりだったが、石にすわるのはじつは初めてだ。大きな好奇心と一抹の不安を感じる。

天頂がゆっくり閉じようとしている。葉のかたちのパネルが一枚ずつ生きた植物のように伸びて、旋回しながら中央に集まる。中心の穴はしだいに小さくなり、ついに閉じて一体の天井になった。林園には灯火がまばらに残り、かろうじて歩道を照らしている。

腰を上げ、その照明された歩道をもどった。記憶をたよりにエレベータを探しあてる。立ち止まり、振り返って、もと来たほうを見た。林園はすっぽりと闇におおわれ、静まりかえっている。静かなのは星空もおなじだが、印象はまったく異なる。林園は生きている。静かでも、冷えきってはいない。日が昇れば生き返る。

ぼんやりと眺めていると、ふいにそばから声がした。

「お客さま、林園は閉園時間です。安全にご注意ください」

顔をむけると、とても小さなロボットがいた。高さは人間の臑くらい。昼間によく似たロボットが落ち葉掃除をしているのを見た。ついプリンのことを思い出す。

「お客さま、林園は閉園時間です。安全にご注意ください」

小型ロボットは足もとから離れず、警告をくりかえす。帰らないといつまでもそばで言いつづけるのだろう。

エレベータに乗ってボタンを押した。しかし動かない。かわりにシャドックの声がした。

『李約素船長、知らせたいことがある』

「なんだ」

『本艦の艦長が裁判権の移管を申請した。上佳号発見の関係者と資料は、雷電ファミリーの本拠地である熊羆星へ移動を求められる』

すこしばかり腹が立った。

「また雷電ファミリーかよ。やつらの一人を救助してやったんだぞ。むこうから感謝しにくるべきなのに、逆に囚人みたいに移送するってのか」

『囚人ではなく証人である』

自嘲気味に答える。

「俺は無知蒙昧な放浪者だからな。好きにしてくれ。でも、もし行かないと言いだしたら？」

『法に照らすと、貴兄に選択権はない。問題の遭難船に乗っていた。当事者は事故原因があきらかになるまで調査に協力する責任がある』

「かぞえきれないほど弾跳し、一千万光年を越え、命を失う危険を冒してもっていうのか？」

『そこまで険路ではない』

「じゃあどうなんだ」

『古力特が同行する。熊羆星への距離は百六十七光年で、十三の星系を経由する。往復はおよそ十八日』

「わかったよ。どうせ暇をもてあます身だ。ちょっと行ってくりゃいいんだろう」

『了承を感謝する』

「ただし条件がある」

『条件か』

「そうだ。天狼星号を返してくれ」

『天狼星号はもとから貴兄のものだ』

「いまはおまえらに持っていかれてる」

『何人も貴兄の財産を奪えぬ。統治委員会が臨時徴発しているだけのこと』

「徴発だと？　用船料の支払いはあるのか？」

嫌みたっぷりに言ってやると、シャドックは理路にしたがって反論した。

『天狼星号は遭難船であるが、救援費用を請求されてはおらぬ。同様に、委員会から調査経費の支払いはない』

「まあいいさ」

ゴネるのはやめた。重装甲号に救助されなければ自分もプリンも宇宙の塵になっていた。

「返す約束は守ってくれよな。ああ、ついでに整備も頼むぜ。ポンコツで穴があく寸前なんだ」

『問題ない』

「ここの艦長といっしょに行くのも同意する」

『好なり。用件はもう一つある』

「いっぺんに言えよ」

『一つずつ片づける。重装甲号は天垂星を離れられぬ。貴兄らにはべつの小型船を用意する。遠路ゆえ途中には潜在的危険がある』

説明をさえぎって訊いた。

「どんな危険だ」

『ダメンター星域では諜報活動、海賊行為、不慮の事故、そのほか未知の要素がある』

「となると、大出力の船が必要だな」

『是なり。高速船を手配しようと探して、天隼号に決まった』

「船名どおりに速いといいな」

『出発まで滞在する客室も用意する。いまその部屋で訪問客が待っている』

「客だと？　俺にか？」

『是なり』

「はてな。だれなんだ？」

『会えばわかる』

「シャドックもじらすようなことを言うのか」

エレベータは自動で動きだした。やがて停止すると、シャドックが説明した。

『出て左、三つ目のドアの二〇一二号室である』

エレベータの表示に工業区と出ているのが見えた。

「俺は技術者じゃないぞ。なぜこの区画なんだ？」

『ここの部屋が手配されたままでのこと。重要証人にふさわしい待遇をする』

エレベータから降り、指示にしたがって部屋番号のプレートをみつけた。ドアは半開きになっていたので、押してはいった。

重要証人用の部屋は、もとの部屋よりはるかに広かった。ベッドのほかに、椅子二脚と小ぶりのコーヒーテーブルもある。

そしてシャドックの説明どおり、そこで訪問客が待っていた。椅子にすわり、考えごとをするようにうつむいている。物音を聞いて顔を上げ、こちらに気づくと立ち上がった。

若者だ。こちらとおなじく階級章も特別な記章もない軍服を着ている。どこかで会った気がする。

「だれだい？」

訊いたとたん、だれだか思い出した。広い額に細い顎、細い目。雷電ファミリーのあきらかな特徴だ。そして自分に会いにくる雷電ファミリーは一人しか心あたりがない。

ほんとうに可能とは信じていなかった。まさかと驚く。

「じつは、自分がどこのだれだか思い出せないんです。それでもシャドックから話を聞いて、あなたとその船に救助されたことを知りました」

若者は落ち着いて、ゆっくりよどみなく話した。

「おまえは、あの……」

「たまげたな、ほんとに蘇生できたのか！」

驚嘆せずにいられない。蘇生できる可能性があるとプリンにむかって大見得を切ったが、街談巷語のたぐいからの憶測にすぎなかった。放浪者が寄り集まる星門の騒々しい酒場では、宇宙でみつけた凍結死体について根拠不明の風聞がしばしば飛びかう。なかには蘇生して正常に生きつづけるものもあると語られる。こういう都市伝説には放浪者の願望が反映されている。いつ船体崩壊してもおかしくないボロ船で明日をもしれぬ暮らしを続ける放浪者は、心の底で奇跡を願っている。いつ訪れるかもしれない死への恐怖をやわらげてくれるなら、どんな話も信じたい。虚説でもおとぎ話でもかまわない。

しかし目のまえに立つ人間はたしかに生きて呼吸している。かつて凍結死体として天狼星号の冬眠室で保存されていたのに。

にわかには信じがたい。

それでも事実として認めた。

「めでたい。復活を祝福するぜ!」

「ありがとうございます。よければ当時の話をうかがいたいんです」

「おまえが乗ってた船のことか? だったらプリンから聞いたほうがいい。俺の記憶はあやふやだ。シャドックがプリンと接続したんなら、そっちに尋(たず)ねてもいい」

「シャドックとは話しましたし、ここへ会いにくることの同意を得ました。できれば気軽な雑談として話したいんです。どうでしょうか?」

「雑談でよければかまわないさ。すわれよ」

自分はむかいの椅子にどっかりと腰を下ろした。若者が立ったままなのを見て手を振る。

「すわれすわれ、ゆっくり話そうぜ」

若者はようやく腰を下ろした。しかし表情は晴れない。

「救助していただいたことを感謝しなくてはいけません。ただ、なにが起きたのか憶えていないんです。長い凍結中に脳の一部が損傷したのかもしれない。だから……当時のことを聞きたいんです」

李約素は苦く自嘲した。

「俺はな、悪い仲間に吹きこまれたんだよ。あそこに黄金があるって。やつらは結託(けったく)して、俺とプリンを呪われた場所に放りこみやがった。ところがどっこい、その話はほんとうだったんだ」

若者は真剣な顔で聞いている。それを見て話すのを中断した。

「そのへんの事情はもう知ってるだろう。あらためて聞かされても退屈だよな」

「知ってはいますが、直接聞くのはまたべつです」

「どこがべつなんだ？」

「人から聞く話だからです」

きょとんとした。そんな言い方はひさしぶりに聞く。すこしおいて続けた。

「シャドックもプリンも人だぞ」

「生物学的な人間のことです。彼らは疑似人格。あなたの口から聞きたい」

「ほんとに変わったやつだな。人間の脳なんてあてにならない。シャドックたちの記憶のほうが正確で頼りになるぞ。まさか雷電ファミリーはみんなそういう性分なのか？」

「残念なことになにも憶えていないんです。だからあなたが見たものにとても興味がある。僕のためにひととおり思い出してみてくれませんか」

誠実そうな目だ。李約素は首をかしげて無言でそれを見つめた。この若者の言うことは信用できるだろうか。好きこのんで話したくはない。まして相手は雷電ファミリーだ。しかし真剣なまなざしにむきあうと断れない。

「わかった。簡潔に話そう」

上佳号との遭遇を最初から話しはじめた。まもなく、これは相手のためばかりでないと気づいた。話すことで自分も細部を思い出す。くりかえし質問されるうちに記憶の奥底が掘り返される。興がのって話がはずんだ。

「船内にはいった。船の外壁から強行突入した。さいわい船内の空気はすべて漏れてなくなっていた」

詳細な記憶がすこしずつよみがえる。

「進入した場所は保育園のようだった。小さな椅子と机がそこらじゅうに浮かんでいた。一度ひっかきまわされて、そのままになっているようすだった。壁に何枚か絵があった。そうだ、その一枚は簡単な線画で、二人の大人と、あいだに一人の子どもが描かれていた。上のほうに〝パパとお兄ちゃんとわたし〟と書かれていた」

若者はふいに手を上げて話をさえぎった。それを見て訊く。

「なんだ、どうかしたか?」

若者は手を振った。

「いえ、なんでもありません。いまの話がなんとなく記憶にひっかかる気がして」

立ち上がって二歩ほど歩き、またすわった。

「すみません。続けてください」

話すほうも疑問を思い出した。

「保育園のような場所と言ったが、俺の知るかぎり、雷電ファミリーに子どもはいないはずだ。これはどういうことだ？」

若者は首を振るばかり。

「うーん、当人もわからんか。まあいい」回想を続けた。「壁をつたってドアをみつけて……」

そうやって対面してすわって、李約素の話に若者が質問するかたちで、えんえん二時間も語りつづけた。そしてようやく結末にたどり着いた。上佳号からの離脱をプリンに命じたところまでだ。船内から大量のガラクタをプリンが持ち出したことはもちろん伏せておいた。

「ありがとうございます」

感謝する若者に、社交辞令ではなく本心で答えた。

「いいんだ。当然のことをしたまでだ」

「唐突ですが、一つ聞かせてください」

興がのったままの態度で答えた。

「いいぞ」

「あなたは雷電ファミリーに否定的な考えをお持ちではありませんか？」

あっけにとられた。

「どうしてそう思う？」

「雷電ファミリーに言及（げんきゅう）するたびに、わずかに眉をひそめていらしたからです」

「そうだったか？　どうかな。雷電ファミリーに偏見（へんけん）は持ってないつもりだが、へんなやつらだとは思ってる。あいつらはリングワールドに住んで宇宙を探検してまわる一族だ。しかしいまやカーニー星域でもっとも有力な一派になってる。リングワールドで星々のあいだを探索し、人類のために新領域を開拓していると公言してるが、実際には地方の王様気どりで星を占拠（せんきょ）し、あっちの星域やこっちの星域と戦争してる。おかしな話だ」

「すべての文明の起源はリングワールドにあります」

「そりゃまあそうだが、ただの伝説だ。よほど古老（ころう）のシャドックなら憶えてるかもな。しかしリングワールドの住人以外はだれもまともにとりあわない話で……いや、すまん。おまえもリングワールドの住人か」

「僕は記憶をすべてなくしています。それでも、どんな星域も出自（しゅつじ）をたどると一つのリングワールドに行き着くことを知っています。リングワールドも星域も起源は一つなんです」

「ハハ……」乾いた笑いを漏らした。「雷電ファミリーを弁護するのか。聞きたくないな。星域間の戦争はリングワールドに関係ない。雷電ファミリーが割りこんでひっかきまわすのは迷惑でよけいなお世話だ」

若者は黙りこんだ。なにか考えているようすで、しばらくして言った。

「記憶がないとはいえ、僕が雷電ファミリーなのはたしかでしょう。命を救われたことは感謝しています。それでも、将来対立が起きたら、僕は理性を優先せざるをえません」

目のまえの若者をじっと見た。こういう話になるとは思っていなかった。若者の口調は終始穏やかで、発する言葉も冷静。熟考を身上とする雷電ファミリーらしい。その目はこちらを注視している。

長い沈黙のあとに李約素は言った。

「おまえの考えはよくわかった。その理性が本物であることを期待してるぜ」

若者はうなずいて席を立ち、李約素にむいて軽く頭を下げた。そのまま数歩あとずさり、ドアのそばでようやく背をむけた。ドアをあけながら顔だけをむける。

「助けていただいてありがとうございました」

そして出ていった。

姿が消えると、一抹の寂しさをおぼえた。大きな声でシャドックを呼んだが、返事がない。この室内は監視範囲の外なのだろう。

立って二歩でベッドに倒れこむ。柔らかな寝具から立ち昇る香りを深く吸いこむ。リングワールドも雷電ファミリーもどこかに消えてしまえばいい。あおむけになって体を伸ばし、目を閉じた。甘美(かんび)な夢でもみたい。

ところがそうはならなかった。気がついてベッドの上で目を開くと、悪夢をみた感覚があった。夢のなかで一晩じゅう、あの若者とリングワールドの話をしていた。

これは予兆(よちょう)だとふいに思った。自分もあの若者も上佳号事件の重要証人だ。天垂星が雷電ファミリーに証拠をまとめて引き渡すのなら、あの蘇生した若者もリストにはいっているだろう。つまり、おなじ高速船に乗って十八日間共同生活をすることになる。

うれしくない。起きてベッドにすわった。すぐシャドックに問いあわせてはっきりさせたい。

9　謎の船

天隼号(てんじゅん)はずいぶん変わった船だ。すくなくとも李約素(リー・ユエスー)の目にはそう映った。完全な球形で、窓も計器もない。表面は黒一色であらゆる光を吸収する。ゆえに立体感がない。まるで発進ベイにブラックホールがあらわれたかのようだ。

高いところからエレベータでゆっくり下りながら、この船から目を離せなくなった。困惑まじりにシャドックに質問する。

「これが天隼号なのか？」

『是(ぜ)なり』

「おかしな船だな」

『偵察船に好適(こうてき)である。改良もいくつかほどこしてある』

「完全ステルス型なのか？」

『是なり』

「昔聞いたことがある。これがそうか」

船体にさわれるところまで近寄った。巨大な球体に圧迫感をおぼえる。いまにも転がってきて押しつぶされそうだ。さわってみると外壁は金属の感触ではない。ざらついた質感で、林園(りんえん)の石を思わせる。それでいて温かさがつたわってくるし、わずかな弾性もある。柔らかい織物のようにも感じる。なんとも不思議だ。

「すごいな。でもどうやって乗るんだ？」

黒い球体の側面が突然開いて、光が漏れた。タラップが足もとへゆっくり下りてくる。顔を上げるとタラップの上にだれかいる。逆光で顔は見えない。

「やあ、李約素」

あきらかに聞き覚えのある声だが、だれだかわからない。目を細めて顔を見ようとした。

「古力特(グー・リートー)だ。上がってきたまえ」

タラップの下にまわりこんで駆け上がる。二、三歩で相手のそばに来た。古力特はきびすを返して船内にもどった。

なかはとても狭い。天狼星号(てんろうせい)の操縦室とおなじくらい。それでも簡潔(かんけつ)に設計されている。なめらかな線が隅々までのびて、コンソールからハッチまで統一したデザインになっている。スクリーンはなく、座席は四方にわかれている。固定式だが移動もできる。

船内には三人いた。古力特は背をむけて自席へ進み、あとの二人はこちらを見ている。一人はあの記憶喪失の雷電ファミリーの若者。もう一人は軍人だ。

席についた古力特は、ハッチに突っ立ったままの李約素に言った。

「はいりたまえ。すぐに出発する」

「いや、俺は天狼星号で行ったほうがいいんじゃないかな」

「天狼星号は速度が出ない。時間が惜しい。シャドックが手配して回送する予定だ」

「じゃあそっちに乗っていきたい」

古力特は眉をひそめた。

「きみは同行に同意したとシャドックから聞いたが」

「そうだけど、いまは天狼星号に乗っていきたいと思ってる」

「いまは戦時だ。天狼星号は安全ではない。それに重要な船でもない」

「プリンはどうしたんだ？　あいつも最重要の証人のはずだ」

古力特は空中にむいて命じた。

「ゴリアテ、プリンを出せ」

『はい、司令官』

ゴリアテの声が聞こえた。シャドックと似ているようでちがう。べつの疑似人格らしい。

天隼号のＡＩだ。

『船長ー、ぼくですー』

プリンの声が聞こえ、李約素は驚きよろこんだ。

「天狼星号から移されたのか？」

古力特からせかされた。

「早くはいれ。出発する」

船内にはいり、空いた席にすわった。

「プリン、元気か？」

『船長、元気ですよー。なんと、天垂星に行ったんですよ！　すごかったー』

「下りたのか？」

『いいえ、第一宇宙航空センターまでですー』

古力特が割りこんだ。

「プリン、これから発進プロセスにはいる。ゴリアテが全面制御するので、きみは一時的に退避してもらう」

『はい、司令官ー』

李約素は不満顔でそちらを見たが、なにも言わなかった。

タラップを格納してハッチを閉鎖。すると驚いたことに、船内の空間が変化した。隔壁が遠ざかって広くなったのだ。四つの座席は離れ、中央になにもない床があらわれた。

ゴリアテが宣言する。

『船内は減重にはいります。各員は席についてください』

座席の下から金属製アームが伸びて腰の上をまたぎ、軽く締めて体を固定した。天隼号は小型船なので重力制御装置を持たない。シャドックが発進室の状態を制御して、真空へ移行しながら重力も消しているのだ。

『重力解放完了。発進プロセスにはいります』

『発進カウントダウン開始』

ふいに船室中央に青い光の柱があらわれ、全員に見えるホロ映像が投影された。

重装甲号の発進ゲートがゆっくり開く。そのむこうは果てしない漆黒の宇宙。星々がダイヤモンドのように輝いている。

シャドックの声が聞こえた。

『各員、まもなく発進する。銀河在上！』

前途の幸運を銀河に祈る。代表して古力特が復唱した。

「銀河在上！」

天隼号は灼熱の炎を噴いて飛び出した。重装甲号が急速に離れていく。船室中央のホロ映像のなかで遠ざかり、全体像が映るようになった。まるで冬眠中の巨大な鋼鉄の甲虫だ。背面と側面がうっすら光っている。側面の中心線より下に並ぶ暗い点が発進ベイだ。天隼号は三十秒前にその一つから飛び出してきた。

そこから新たな光の点が出て加速してきた。天隼号に近づくと、宇宙機だとわかった。

遠くには青く透明な天垂星が浮かび、その左上に穏やかな赤い光の恒星がある。背後の黒い宇宙には小さな光がいくつも散らばっている。微動だにしないのは遠くの星々。複数の動いている点はさまざまな宇宙機だ。天垂星の周辺宙域は混雑をきわめている。

追いかけてきた宇宙機が天隼号に近づき、中央のホロ映像のなかに見えてきた。シャトル機だ。皿形の機体。一機ではなく三機。接触しそうなほど密な編隊を組んでいたが、散開して天隼号をあいだにはさみ、速度をあわせた。

「艦長、護衛編隊は配置につきました。雲雀小隊のカーター・リクソンです」

「ありがとう、大尉。いまはゴリアテが全指揮権を持っている」

『大尉、編隊飛行を維持してください。三分後に天隼号は弾跳モードにはいります。通知したら撤収してください』

ゴリアテは整然と天隼号の制御を続けた。

『弾跳準備カウントダウン、六十秒前』

『空間波動充填完了』

『雲雀小隊、撤収してください』

『潜航モード移行完了』

『弾跳準備カウントダウン、三十秒前』

『波動エンジン始動、エネルギー放射準備よし』

『空間波動ピーク値を計算』

『淼空間ルート計算完了』

『弾跳カウントダウン、十秒前、九、八……』

瞬間的に船内が真っ暗になった。

『弾跳成功』

ゴリアテの宣言とともに、照明が復旧した。天垂星は消え、かわりに褐色の惑星があらわれた。ガス惑星だ。中心の恒星もホロ映像中にすぐに投影された。小さな矮星で、光を出しておらず暗い。

『司令官、標準時信号によれば、弾跳で消費したのは標準時間で三十二時間です。時間較正をお願いします*』

「較正を許可する」

『天隼号は三時間後に次の弾跳を実施します』

船内は静かになった。

その沈黙を李約素は破った。

「ここはなんていう星系だ？」

『固有名はありません。コード名はＱＢ０です』

「ＱＢ０ってどういう意味だ？　普通の名前くらいあるだろう」

『ＱＢは序列を、０は開発可能な惑星がないことをあらわします。この星系はカーニー星域の辺境で開発価値がないので、固有名もありません。全星系リスト上のコード名だけです』

「へえ……」

興味深く聞きながら、ふと上佳号の遭難現場と推測される星系を思い出した。ＲＨ１４９で襲撃されたと言っていた。つい口に出した。

「ＲＨ１４９って聞いたことがあるか？　そのリストにＲＨ１４９はあるか？」

『あります……』

ゴリアテが答えたのを、古力特がさえぎった。

「ゴリアテ、その問題についてはわたしから李船長に話す。解説しなくていい」

李約素はふりむいた。古力特はうなずいて言った。

「三時間あるので詳しく話せると思う」

李約素は肩をすくめ、どうでもいいという顔をした。

古力特は指示を続けた。

「ゴリアテ、プリンを出せ。これから二時間は全面制御しなくていいはずだ」

『了解しました、司令官』

プリンはすぐに出てきた。

『あ、船長ー。いますよー。見えてますー』

「プリンか。ちょっとのあいだ静かにしててくれ。古力特艦長からだいじな話があるらしい」

「これから話すのは今回の外交訪問にかかわる重要情報だ。この訪問が一筋縄ではいかな

＊時間較正は、星域が採用する標準時にあわせるためにおこなう。星域内のどの星系にも標準時計があり、星系のあちこちに設置されて信号がまんべんなく届く。これらの時計はきびしい条件によって同時と認定されている。一方で時空弾跳のプロセスでは時間の乱れが避けられない。空間を跳んだ船は通常、一定の時間を失う。そこで弾跳後に標準時計などを使って時間の誤差を随時補正する。

いことを当事者としてよく認識してもらいたい」

古力特は厳粛な顔で話しはじめた。

「天垂星シャドックと話しあったが、今回の事件は偶然ではないというのがその意見だ。疑問点は二つある。星図にはRH149がいくつもある。もっとも古いのは開拓時代のものだ。星域ごとに独自方式だったので多くの重複が起きた。しかし上佳号が行方不明になったRH149はカーニー星域にある可能性が高い。われわれの星系リストにRH149という星系は載っていないが、雷電ファミリーが作成した全恒星リストには、雷霆星系という固有名で載っている。しかもそこは雷電ファミリーの本拠地、熊羆星がある場所だ」

すると上佳号から救出された若者が言った。

「つまり、雷電ファミリーはなにか知っているのでは、ということですね」

「そうだ。たんなる偶然ではないとシャドックは考えている。きみは雷電ファミリーだが、事件の生存者として知る権利がある。これは明白な事実で否定できない」

「僕の身分は銀河の深淵に失われています。惨事の生存者というだけです。真相を知る努力をしますが、どちらか一方の立場からこの問題を見るつもりはありません」

「それでいい。ゴリアテ、星図を」

精密な星図が全員のまえにあらわれた。古力特の指から赤い光が出て、星図のなかで位置をしめす。

「これが天隼号の現在位置。こっちがＲＨ１４９、目的地の熊羆星だ。雷電ファミリーはここでわれわれを待っている」

天隼号から熊羆星まではまだかなり距離がある。あいだに星がいくつもあり、天隼号から伸びる赤い線がそれらをつなぎながら伸びて、最後に熊羆星に届いている。

「天隼号は一回の弾跳で十五光年前後を越える。十三ヵ所の星系を経由していく」

「なぜ星門を使わないんだ。フォードリンス星門なら好都合だろう」

李約素はフォードリンスの位置を見つけて質問した。カーニーの重要な軍事基地で、大型の星門をそなえている。それを使えば直行できる。なのに素通りして遠まわりしている。

「天隼号は高速船だ。星門を使うとエネルギー消費は抑えられるが、速さにちがいはない。そして今回は隠密行動が最優先だ。だれにも気づかれずに飛ばなくてはならない」

古力特は説明をそこまでにとどめた。三三艦隊の最高司令官が艦隊を離れて単身で雷電ファミリーの勢力圏へ乗りこむのは、ひかえめにいっても異例であり、無用な摩擦を起こしかねない。そのあたりの説明をはぶいて、聞き手の反応を見た。しかし天垂星の政治的、軍事的状況にはみんな無関心のようだ。

上佳号の若者が質問した。

「疑問点は二つとおっしゃいましたが、もう一つは?」

「もっと大きな疑問だ」

古力特が手を動かすと、星図は急速に縮んで広域表示になった。カーニー星域全体が、ロシア星域とダメンター星域の一部とともに映っている。ロシアは薄青、ダメンターは薄赤で色分けされている。天垂星は明るく光っている。こうして見ると天垂星はロシア星域の辺境に近い。ダメンター星域の辺境は天垂星と熊羆星のどちらにも近く、細長く伸びている。カーニー星域と接する範囲は広い。ただし天垂星のところだけロシアが割りこんでいる。

カーニーとダメンターの境界は入り組んでいる。あいだには黒い領域があり、幅は不均一。しかし境界が外へ延びるにつれて幅は広がり、最後は銀河の深淵の黒といっしょになっている。古力特の赤いレーザーはその黒い領域をしめした。名義上はカーニー星域に属しているものの、三つの星域のいずれの影響力も届かない辺境だ。そもそも星がない。

「黄金星、蜘蛛(くも)星……」古力特は低くつぶやいた。「いずれにせよ、ここに黄金星がある。天狼星号が上佳号を発見した場所だ」

上佳号の若者が目測した。

「七百光年以上ありますね」

「そうだ。RH149が熊羆星だと仮定すると、距離は七百三十五光年になる」

船内のだれもが黙りこんだ。

七百三十五光年はたいへんな距離だ。李約素は星間を放浪しながらさまざまな星門から跳んだが、最遠は星光一星門から鉄薔薇星門までの七十二光年で、一回だけだ。そもそも天狼星号は小型船だからまだいい。リングワールドや重装甲号のような大型船は、普通は波動エンジンだけでゆっくり数光年を跳ぶ。星門の助けを借りても距離はあまり延びない。そういう大型船が七百光年以上を渡るとなると、星系を数十カ所経由するので人目を避けるのは現実的に無理だ。では上佳号は、なんらかのエネルギーで七百三十五光年を痕跡を残さずひとっ跳びしたのか。そうだとすると驚天動地といわざるをえない。

李約素は沈黙を破った。

「なぜそこは蜘蛛星とも呼ばれてるんだ？」

「古い呼び名だ。シャドックは九十万年前にこの星域にやってきて天垂星基地を建設したわけだが、当時すでに蜘蛛星という呼称はつたわっていた。この星は幽霊のように、あるときはあらわれ、あるときは消えてなくなる。すくなくともカーニー星域の歴史時代に姿をあらわしたことはない」

「黄金星から大量の黄金が出たという記録を見たことがあるぞ」

「プリンのアーカイブにある黄金星の映像のことなら、シャドックが検証して、開拓時代のものとわかっている。カーニー星域の成立以前だ」

上佳号の若者が訪ねた。

「姿が消える理由をシャドックは説明できるんでしょうか」

「あやふやな説明以外は聞いたことがないな。到達したという証人は李約素船長とプリンの二人だけだ」

古力特は答えて、その船長を見た。李約素は苦笑いした。

「蜘蛛がいることは知ってるぜ」

脳裏にあらわれる大きな蜘蛛形の影のことだ。ほかはなにも憶えていない。

古力特は答えた。

「それが蜘蛛星と呼ばれる理由かもしれない。その鍵を握る証人がきみだ。プリンの記録にはなにも残っていないからな」

プリンが不満げに抗議した。

『司令官ー、ぼくだっていろいろ憶えてますよー』

「そうだが、どうやって黄金星から脱出したのか、なぜ坤ステーション星門へむけて放り投げられたのかという肝心の記録がない。李約素船長はこれから思い出せる可能性がある」

天隼号の船内はふたたび沈黙した。

李約素は一人一人を見たり、中央のホログラフィ光柱に投影された星図を見たりした。上佳号から来た若者は星図を見て考えこんでいる。古力特はなにも見ていない。背すじをぴんと立ててすわり、目を閉じ、精神修養につとめているようだ。もう一人の軍人は古力特の対面にすわっている。その位置からは顔を動かさずに全員が見えるし、実際にそうしている。視線をつねに移して一人一人を観察している。

若者がふいに沈黙を破った。

「熊羆星がＲＨ１４９。上佳号が遭難した場所……」

小声で独り言のようだが、若者は顔を上げて古力特を見た。司令官も目をあけて見つめ返す。若者は続けた。

「あの星系はカーニー星域に属するとはいえ、不毛の荒地で、雷電ファミリーが行くまで無人だった。そうですよね？」

「そうだ。開発に適さなかった。星系全体が塵雲におおわれ、外部との往来が困難だった。ありていにいって危険きわまりない場所だ」

「そんな星系に上佳号が進入した理由がわからない。なぜそこに興味を持ったのか。文明化した星系はカーニー星域にいくらでもあるのに、どうして塵雲をかきわけてまで行く必要があったのか」

古力特はすなおに認めた。

「不明だ。シャドックもわからない。雷電ファミリーはなにか知っているかもしれないから、そちらに訊くべきだろう」

上佳号の若者はうなずいた。

「ご忠告ありがとうございます」

李約素はふいにあることを思い出した。

「雷霆星系……その伝説を昔聞いたことがあるぞ。かつて強烈な電子バーストが起きた場所だ。強烈な閃光が天垂星からも見えたそうだ。それはたしか……地獄の業火……いや、地獄の光と呼ばれた……」

「ふうむ」

古力特は驚いた顔をした。初耳だからだ。雷霆星系という名も雷電ファミリーに通じる。しかも雷電ファミリーが来るまえからその名で呼ばれていたという。理由があるはずだ。

「ゴリアテ、いま李約素船長が話したことの資料がアーカイブにあるか?」

『わたしは偵察艦なので、歴史資料は保持していません』

古力特は李約素にむきなおった。

「船長、その話は初めて聞いた。きみはじつはカーニー人ではないのか?」

李約素はやや驚き、すぐに大笑いした。

「俺はただの放浪者さ。帰る家はないし、カーニー星域とは縁もゆかりもない」

するとプリンが割りこんだ。

『船長ー、ぼくたちは……』

「よけいなことを言うな! おまえの話なんかしなくていい!」

プリンをさえぎって、古力特に目をもどす。

「俺もプリンも放浪者だ。こういうおかしな話はガンマ星門あたりでざらにある。いろんな流れ者がいて奇譚怪聞の宝庫だからな」

古力特は返事をせずに首を振った。上佳号の若者は星図を見つめてもの思いにふけっている。

二人の記憶喪失者と二つの謎。雷電ファミリーはなにを隠しているのか。彼らはこの二人からなにを聞き出すのか。古力特は不安でならなかった。悪い予感がする。

10　緑色戦士

天隼号はだれにも気づかれることなく、星系を一つまた一つと短時間で通過していった。モンテカルロ星系ではダメンター星域とカーニー星域の紛争が膠着状態にあり、双方の監視ポイントが多数設置されている。それでも天隼号は気づかれずに通過した。

続いて熊子星にはいった。

天隼号は最後の弾跳にむけて慣性飛行をはじめた。船内時間で二十二時間、カーニー標準時間で八日間が経過していた。あと一回弾跳すれば煌々と輝く熊羆星が見えるはずだ。カーニー星域全体で天垂星につぐ規模なのに、まだ二百年程度の歴史しかない星だ。

船内の人々は睡眠中だ。そこにいきなり警報が鳴り響き、ゴリアテが針路変更を強行した。熟睡していた人間たちは強い揺れで目を覚ました。古力特が訊く。

「ゴリアテ、どうした？」

『星間塵の雲に針路をさえぎられました。回避は成功しました』

微小な塵埃(じんあい)は宇宙のいたるところにあり、石くらいのものも意外と多い。塵埃に衝突する可能性はわずかとはいえ、事故はいつ起きてもおかしくない。

「弾跳準備に影響は？」

『波動エンジンのエネルギー充塡(じゅうてん)は完了しており、三十秒で弾跳トリガーできます。飛行状態の調整のために弾跳は二分遅れになります。ただ、それとはべつの問題があります』

「なんだ」

『いまデブリ領域の辺縁(へんえん)を通過中なのですが、意外なことがわかりました。デブリ領域で活動中の船がいます。すぐ近くで、軌道を変更してこちらを捕捉(ほそく)しています。小型船です。初期判断では捕食無人機(ほしょくむじんき)と思われます』

船内の照明が点灯し、中央の光柱(こうちゅう)に招かれざる客が映し出された。無人機は無人機でも、改造されていると李約素(リー・ユエスー)には一目でわかった。生命維持ユニットをかかえている。その大きさのせいで船体がゆがんで見えるほどだ。

捕食機は加速を続け、急速に近づいてきた。

「ダメンター人か、それともやはり海賊か？」

『不明です。機体はダメンターの軽シャトル機ですが、闇市場で簡単に入手できます。機体にはっきりしたマーキングがなく、信号も出していません』

「こいつは無人じゃねえぞ」

　李約素が言うと、視線が集まった。説明する。

「船腹に操縦室が増設されてる。つまり有人だ。こういうのはよく見る。軽捷快速、ただし快適じゃない。海賊が好んで使う。安価で性能が安定してるんだ」

　古力特が尋ねた。

「どこで見た？」

「星門、宇宙……どこでもだ。商船をみつけると寄ってたかって襲うが、放浪者とわかると洟もひっかけない。やつら自身がある意味で放浪者なのにな。非合法な手段で生計を立ててるくせに」

「ずいぶん詳しいようだが……」

「俺は海賊じゃないぜ。ただの放浪者だ。宇宙のクズとみなされてるから、俺たちが近くにいてもやつらは遠慮会釈なしに仕事する。だから船の略奪現場は何度も見てるんだ」

　古力特はうなずいて、ゴリアテに質問した。

「振り切れるか？」

『天隼号のほうが高速です。ただし高速飛行状態からは安定して弾跳にはいれません。波動エンジンをいったん停止すると充塡したエネルギーを解放せざるをえず、再充塡には十時間かかります。そもそもエネルギー備蓄が心もとなくなっています。これが熊羆星へ弾跳する最後の機会でしょう』

李約素はまた口をはさんだ。

「逃げようったって無理だぜ。発見されたら、いくら速度があっても役に立たない。追いつかれるまえに弾跳して逃げきれるという確信があるならともかく、イオンビームより速い船はないからな」

「つまり撃破しろという提案か？」

「まさか。あれを撃破したら大騒動になる。海賊は徒党を組んで動く。仲間を殺されておとなしく引き退がったりしない。一隻やられたら仇討ちに何隻も出てくる。このへんにどれだけ海賊が潜伏してるかわからねえ。そもそも単独で勝算があるのか？　あんたはカーニー軍の将軍だ。海賊相手に命を張るのは割にあわねえだろう」

「策があるのか？」

「停止して降伏の合図を出す。海賊は独り占めを好む。自分だけでやれると思ったら仲間は呼ばない。のこのこ接近してきたところを、逆にとっ捕まえるのさ」

「僕にも提案が」

上佳号の若者がふいに言った。古力特はむきなおってうながした。

「デブリ領域にはいれば天隼号は容易に潜伏できます。ステルス艦である天隼号がデブリにまじれば、不自然な動きをしないかぎり発見できないはずです」

李約素はにやりとした。

「かくれんぼか。海賊はかくれんぼが得意だぜ。しかもここはやつらの縄張り。有利とはいえない」

若者は説明を続けた。

「波動エンジンはエネルギー充填が完了していて、三十秒あれば安定的に淼空間にはいれます。その三十秒間にみつかっても、相手にとってはもう手遅れ。軌道修正してもまにあいません。エンジンを臨界状態で保持するのはよぶんにエネルギーを消費するとはいえ、たいした代償ではないでしょう」

古力特はAIに質問した。

「ゴリアテ、デブリ領域の大きさは？」

『六十万立方キロメートルです』

領域全体が表示された。これは戦場跡だ。軍艦や軍機の残骸が散らばっている。近傍巡視艦、シャトル機、巡航艦。さらに攻撃艦や大型戦艦も。遭遇戦が起きて、双方かなりの死傷者が出たようだ。戦闘終結からまだ三日程度だろう。大小数万個にのぼるデブリは拡散しつつあるが、いまはまだかたまっている。天隼号は波動エンジンのエネルギー充塡を維持するために速度を出せず、敵より低速だ。

古力特は決断し、デブリ領域にはいって隠れるようゴリアテに命じた。

天隼号はデブリ領域に分けいった。捕食機は執拗についてくる。敏捷さにおいては天隼号が優勢で、デブリのあいだをすばやくすり抜ける。ジグザグ飛行ののちに大きな補給艦の残骸をみつけ、表面すれすれに近づく。破口から艦体内部にはいり、姿を隠した。捕食機は追ってこず、信号をとらえられなくなった。

十分後、状況が落ち着いたと判断した古力特は、行動再開をゴリアテに命じた。天隼号は動き出すと同時に、波動エンジンをトリガーした。

波動エンジンが前方に強力なエネルギーを放出し、見えない空間の裂け目が開かれる。船体は保護力場でつつまれる。すべての眺めが瞬時に凝固し、三十秒後に船体は淼空間に穿入した。

順調だ。宇宙の色がふいに変化したと思うと……熊羆星に到着していた。

この星系では宇宙の眺めがちがう。星がまばらで、銀河は影もかたちもない。全天が赤い霞におおわれているかのようだ。

それでもここはカーニー最強の武装勢力の根拠地だ。さまざまな兵器が各地の戦場へ続々と運び出される一方、あらゆる形式の艦船がひきもきらずに到着する。ある意味で天垂星以上に繁忙な星だ。

ゴリアテはカメラを熊羆星にむけた。

人工の惑星だ。鈍い灰色の表面に点々と光がともる。星の内部は巨大な空洞になっていて、無数の船が浮かんで出入りしている。さらに目を惹くのは、巨大なメッシュ状の構造物だ。二つの半球が一ヵ所の固定点を軸に開いている。胡桃の殻を割って対称に開いたような姿だ。これが惑星をなかばおおってゆっくり旋回している。そのようすは一対の耳朶、あるいは翅か。

李約素はその偉観に目を奪われていた。初めてこの要塞を目にする。

「あのメッシュの半球はなんのためにあるんだ?」

ゴリアテが答えた。

『熊羆星の防御シールドです』

「シールド? あんな薄っぺらいのが?」

『軍事機密で、詳細不明です』

そこへ古力特が割りこんだ。

「ゴリアテ、時間較正(こうせい)を実施。熊羆星へ入港要請を送れ」

『実施します』

中央の光柱が急に明るくなり、映像が出た。

『司令官、海賊です！　さっきの捕食機です』

古力特は眉をひそめた。

「ありえない！」

李約素はにやりとした。

「ほう……」

上佳号の若者が説明した。

「考えられる可能性としては、こちらの波動エンジンが起動するのと同時に、すれすれまで接近したんでしょう。そうすれば、エンジンがあけた空間の裂け目が閉じるまえにいっしょに穿入できる。不可能ではない。当時こちらは三十秒間にわたって外部情報を失っていましたからね」

映し出されるホロ映像の捕食機を見ながら、独り言のようにつぶやいた。

それを聞いて李約素は言った。

「正気の沙汰(さた)じゃないな。ゴリアテ、そんなことが可能か？」

ゴリアテはわずかに沈黙してから答えた。

『理論的に可能なのは五秒間です。そのあいだにこちらの船体は淼空間にはいりますが、空間の裂け目は閉じきっていません。きわめて危険な行為で、時空要素が一つでも欠けると失敗します』

「それでも、ですよ。あとを追う以外に方法はない。ああいう機体は自力で淼空間にはいる能力はないし、波動エンジンによる機体の保護もできない」

若者はそう言って古力特を見た。

「こちらが完全に淼空間にはいるまえに、ぴたりとくっついてきたのでしょう。そうすればこちらの保護力場につつまれる」

李約素は苦笑した。

「やれやれ。あのかくれんぼをやったせいだな」

古力特は黙ったままだ。こんなケースは初耳だ。弾跳推進能力を持たない船が、ほかの船の弾跳についていっていっしょに時空を跳躍したというのだ。刺激に飢えた金持ちの子弟がやる危険な遊びのようだ。

さらにこれは、生殺与奪の権を海賊に握られていたことを意味する。弾跳準備をしていたときの捕食機は天隼号を撃破できる位置にいた。なのにやらなかった。なぜか。他人の不利益を自己の利益にするのが海賊の行動原則だ。また自己の利益にならないなら他人に不利益を負わせるという第二原則もある。つまり、略奪できないなら殺してしまえというわけだ。

『司令官、海賊機から通信です。銀河汎用コードを使っています』

「流せ」

スクリーンに重苦しい表情の顔が映し出された。皮膚は緑色。頭髪はなく、目は細く小さく、口は丸く突き出ている。

「緑色人か」古力特が言った。

「棒頭人だ！」李約素は言った。

スクリーンの顔は話した。

「保護を求める。死に瀕した者から乞い願う。収容してくれた相手には今後の忠誠を誓う」

映像はそこで止まった。古力特が訊く。

「これで全部か？」

『はい。この内容が三回発信されました』

「一時間待てと返信しろ」

『返信しました。熊羆星のほうは入港要請に許可が出ました』

「到着までどれくらいかかる？」

『六百万キロメートルですので十時間かかります』

「うしろの宇宙機はついてきているか？」

『こちらより速度が劣るので、いまは落伍しつつあります。熊羆星の警衛船に発見されました』

古力特は李約素を見た。

「船長、きみはあの連中を熟知しているはずだ。提案を聞きたい。わたしたちが保護しなければ警衛隊に殺される」

李約素は答えた。

「殺されるからって、棒頭人はひるまないぜ。死を恐れぬ天生の戦士だ」

「しかし〝死に瀕した者から乞い願う〟と言っているぞ」

「棒頭人は死を恐れないから傭兵にぴったりだ。忠勇無双にして大胆不敵。わずかな食事で長時間働き、過酷な環境にも適応する。優秀な兵士に求められる性質をすべてそなえている。ただし頭はあまりよくない。そして、集団から放擲されると性格が予測不能の変化をきたすという特性がある。ある者は凶暴になって攻撃性が増す。ある者は死を待つだけになって自殺を試みる。しかしこいつは特別なケースみたいだ」

「どう特別なんだ？」

「自力で逃げ道を探しているところだ。こういう棒頭人はめずらしい。賢明な方向に頭が変化してる。普通の棒頭人よりも、もとの自分よりも頭がよくなる。絶体絶命の窮地におちいった棒頭人百人のうち一人がこういう変化を起こすといわれている」*

「ほかの九十九人は？」

「さっき言ったように凶暴になったり、バカになったり、やけっぱちになったりだ」

「それも酒場の与太話ではないのか……？」

「ほんとうだ。俺はその例を一人見た」目に力をこめて古力特を見る。「そいつはその後、行方不明になった。仲間を掩護しようとして、そのまま巡航艦とともに帰らなかった」

ためらいがちに話した。その説明はすべてではない。掩護された仲間とは自分のことで、救われたのは天狼星号だという事実を伏せている。

そのようすを見つめる古力特のほうは、緑色の肌の人々について聞いた話しか知らなか

---

* この数字は不正確だ。そうなる確率はもっと高く、三十から四十パーセントにのぼる。百人に一人という李約素の説明は誇張された風聞をうのみにしたものだ。

った。星域の辺縁で活動する名実ともに辺境人にして蛮族。しかし近年はさまざまな理由からカーニー星域への加入が進んでいる。ダメンター艦隊に雇われたり、海賊に加わったり、みずから放浪の傭兵団を組んだりしている。緑色人は頑強で宇宙生活に適応し、人口は増えつづけている。このような緑色人への即応艦隊を編成すべきかという議題が、カーニー軍統合会議でもしばしば出る。

　しかしこんな状況下で緑色人に遭遇するとは思わなかった。

「どう対応すべきだと思う？」

　古力特が問うと、李約素は躊躇なく答えた。

「収容するんだ。あんたの最良の衛兵になる」

「衛兵などいらない」

「なら、俺が身柄を引き受ける」

「残念ながら、船長、ここは天狼星号ではないんだ。本来の任務が終わっていないのに、よけいな問題をかかえこむわけにはいかない」

　李約素は憤然とした。

「じゃあなぜ俺の考えを尋ねる？　いいか、こいつは苦境におちいった人間だ。棒頭人だって一人の人間なんだ。カーニー人が救助を求めてきたら、あんたは助けるだろう」

最後は声を荒らげた。

　古力特は反論せず、じっと映像を見た。報告書などで見たことはあっても、これほど間近から緑色人の顔貌を子細に観察したことはなかった。まるで彫像のように動きがとぼしい。小さな目はただの黒い点で生気がない。とても人間の目には見えない。古力特は異民族に接触した経験がなく、その言うことが信用できるのかどうか判断できない。こんなときにシャドックがいれば決断の助けになるのにと思った。

　言葉を選びながら言った。

「仲間に……捨てられたのだとしたら、それなりの理由があるはずだ」

「どんな理由があるってんだよ。現場を見ただろう。デブリ領域に隠れてたんだ。戦場の生存者さ」

　李約素は怒気を抑えられなくなりつつあった。

　上佳号の若者も同調した。

「僕も収容に賛成です。針の穴を通すようなチャンスをのがさず、こちらに気づかれずに追尾した。鋭敏かつ果断ですよ。たしかに危険性はありますが、ここは雷電ファミリーの軍事基地。なにもできないでしょう」

　李約素は若者のほうを見た。この件では味方を得たようだ。

「棒頭人は嘘をつかない。服従の遺伝子が生まれつきそなわってる。たとえ敵だとしても、降伏を求めてるんだぞ。それを死なせるのか？」

古力特はまだ決断しかねている。

若者がさらに言った。

「司令官、ここは熊羆星の基地です。海賊機程度で訪問任務がゆらぐことはないでしょう」

その言い方にべつの意図を感じた。どんな意図かと古力特が考えていると、ゴリアテが言った。

『司令官、熊羆星から通話がはいっています』

「つなげ」

光柱にホロ映像の人物が投影された。カーニー軍の軍服姿の精悍（せいかん）な中年男性が古力特に正対している。こちらの艦内を見まわし、若者をみつけてしばらくじっと見つめた。やはり雷電ファミリー出身なのだと、李約素は納得した。しかも若者とホロ映像の中年男性は、一見して似ている。きっと血縁者だ。

古力特から挨拶（あいさつ）した。

「こんにちは、中秋（シェンチウ）将軍」

この人物は何度か見たことがある。雷電ファミリー最年少の将軍で、まだ四十五歳だ。雷電ファミリーの人間は二百歳以上も生きる。それにくらべてカーニー人の平均寿命は百歳にすぎない。

中秋は古力特にむきなおった。

「古将軍、お元気でしたか」

「上佳号事件の全証人を護送してきました。バーダ将軍と青柏将軍の聴聞会に出席させるためです」

「カプセル船で事情は承知しています。両将軍とも古将軍の来訪をお待ちしていました」

「雷電ファミリーはカーニー星域の砥柱、熊羆星はカーニー第一の要塞と長年崇敬していました。本日拝見して、名声にいつわりなしと感銘を受けました」

「ありがとうございます、将軍。上佳号についてはいずれ両将軍と議論していただきます。それから、警衛隊の報告によると、捕食機が一隻、天隼号を追尾しているとのこと。しかも従属弾跳してきたと主張しているようです。天隼号に同行して跳んできたとなると、従属する船かどうかを確認しなくてはなりません」

古力特は微塵も迷わず答えた。

「そうです。これは天隼号の従属船なので、通行をご許可ください。途中で鹵獲した海賊船です」

ホロ映像はうなずいた。

「確認を感謝します。第一宇宙港にて到着をお待ちしています」

「ありがとうございます。銀河在上」

「銀河在上。ではのちほど」

艦内は静かになった。しばらくだれも口をきかなかった。

古力特が機転をきかせたのは明白だ。特使として、また重装甲号の艦長として、雷電ファミリーのまえで威厳を失うわけにはいかない。海賊船に追尾されて到着したなどと認めたら天下の笑いものになる。ならば従属する船ということにしたほうがいい。とうの船も保護を求めているのだから。

李約素はひそかに感服した。瞬時に利害を判断して声色一つ変えなかった。強靭な精神力のなせるわざだ。さっきまでは保護に難色をしめしていた。いまはどんな考えなのか聞きたいものだ。

艦内は沈黙が続いていたが、ようやく古力特が口を開いた。

「こうすれば丸くおさまるだろう。ゴリアテ、返信して保護するとつたえろ。減速して海賊船を追いつかせる。武装解除したのち帯同飛行させる」

さらに李約素のほうを見た。

「李(リー)船長、なぜきみはあの連中を棒頭人と呼ぶのか、みんなに説明してくれないか。それから、艦隊規律を乱されるのは容認できない。きみが庇護(ひご)者として責任を持ってもらいたい」

11 熊羆要塞

惑星級要塞の熊羆星が、咫尺の間に近づいた。その形状は球でも環形でもなく、中空の円錐台。底部が広く、飲み口が狭いコーヒーカップを想像すればいい。それが宇宙に浮いている。

大きさに驚嘆する。側壁の厚みは二百キロメートル。カップの直径は最大三千キロメートル。底部から頂部までの高さは千八百キロメートル以上。

底部は全体が巨大な宇宙港になっていて、無数の船が舳先を並べて停泊している。リングワールドの特徴を強く持つ人工惑星だ。

その飲み口から底部への壁ぞいを天隼号はゆっくり下りていた。

鋼鉄の城壁に取り巻かれた中央には光の柱があり、無限に遠くまで伸びているように見える。そのそばを大小の船や宇宙機がかすめ飛ぶ。それらは球より楕円体に近い形状で、天垂星で建造される角ばった船とはまるで似ていない。

『どうやってこんな巨大な船をつくったんでしょーか』

プリンの問いを、李約素は正した。

「ここまででかいと船じゃなくて惑星だろう」

『じゃあ、どうやってこんな巨大な惑星をつくったんでしょーか』

李約素は答えず、古力特のほうを見た。

「どうだ？　雷電ファミリーの技術力はカーニーを凌駕していると思わないか？」

「雷電ファミリーはカーニー星域の一部だ」

「ほう。しかし昔々、彼我の関係は血ぬられていたぜ」

「十三年戦争のことか。大昔だ。以後、雷電ファミリーはカーニー星域に属している。そもそもきみの言う〝彼我〟の我はどちらをさしているんだ?」

「もちろんカーニーさ。熊羆(ひぐま)星が建設されたのはいつだ?」

古力特は答えず、船のAIに訊いた。

「ゴリアテ、わかるか？」

『熊羆星の竣工年は九代二一世四七五年、つまりいまから二百三十二年前です』*

---

* カーニーの紀年法では千年を世紀、十万年を代紀とかぞえる。

李約素は言った。

「戦争終結時にあいつらは、〝もう喧嘩はやめようぜ〟って軽い調子で言ったんだ。それで和平が成立した」

「言いたいことがあるならはっきり言え」

「つまり、カーニーが雷電ファミリーに勝ったのか、それとも雷電ファミリーがカーニーに勝ったのか、さあどっちかなって話さ。あいつらは惑星級の船を建造できる。カーニー艦隊を打ち破るくらい造作もない」

「惑星級の船では淼空間へ弾跳できない」

「だからどうだってんだ。あの巨大な惑星要塞を解体すれば重装甲号を何十隻も建造できる。そんな武装勢力にカーニー艦隊は勝てるのか？」

「雷電ファミリーはカーニー星域の保護下にある」

「そりゃ建前だ」

李約素は舌鋒鋭い。古力特は深入りを避けて話題を変えた。

「三十分後に第一宇宙港に着陸する。あの棒頭人をおとなしくさせられるのか？」

「身柄を引き受ける気になったか？」

「天隼号で一時的に保護することを認めるだけだ。庇護者はきみだ」

「ほんとうに自分の衛兵にしなくていいのか。一生後悔するぞ」

「わたしのことはいいから、いま頭上にいるやつを当面どうするかだ」

捕食機はゴリアテが武装解除した。エンジンは完全に停止して動力を失い、天隼号の強力な磁場で吸い付けられて、いまちょうど古力特の頭上に載っている。

「宇宙港に着いたら俺が対応するよ。あくまであんたのためにやってやるんだぞ。施しを受けるわけじゃないからな」

古力特は苦笑した。

「面倒を起こさなければそれでいい」

中空の円錐台の底にある宇宙港に天隼号は近づいた。大小の船がはっきり見えてきた。たくさんの船尾がこちらにむいている。通過式の港になっていて、利用する船舶は回頭する必要がない。むしろ回頭は禁止されている。入港した船はそのまま反対側へ出港する。熊羆星の底はざるのように無数の穴があいていて、船はその網目に頭を突っこんで停泊する。びっしりと並んだ穴を、川の流れのように船が抜けていく。

現状では半分以上の穴に船が停泊している。ざっと見ても千隻をゆうに超える。

「どれだけ停泊してるんだ？」

李約素が尋ねると、ゴリアテが即答した。

『千六百七十五隻です。係留バースはまだ八百三ヵ所空いています』

「天垂星の第一宇宙航空センターにバースはどれくらいある?」

『第一宇宙航空センターには三千四百七十五ヵ所あります』

「そりゃシャトル機用の小さいバースをふくめての話だろう」

『大型船舶用のバースは四十四ヵ所にとどまります』

「第一センターに四十四隻も主力艦が停泊したら、見た目が一変するだろうな。第一洗濯棒とでも改名したほうがいいぜ。数千隻を停泊させる熊羆星とは比較にならない。たいしたもんだ! これだけ強大ならダメンターの虫けらなんかたちまち蹂躙できそうなものなのに、どうしていまだにできないんだろうな?」

また古力特を見るが、話に乗ってこない。そこで若者のほうにむいて目をあわせた。若者は無表情でじっとこちらを見ている。熊羆星と雷電ファミリーについて挑発的な言い方をしたのが気にいらないのだろう。しかしかつてのカーニー軍兵士で捕虜経験もある李約素は、昔の仇敵を見るとつい好戦的になる。

三秒の沈黙のあとに若者が口を開いた。

「おっしゃるとおりですね。やっていることがおかしい」

あとは自分の世界に閉じこもるようにうつむき、考えこんだ。

いきなり肯定されて李約素は拍子抜けしたが、若者はもうなにも言わなかった。

天隼号は目的地に着いた。広くて長いトンネルが目のまえにある。ゴリアテがゆっくりとそこへ艦をもぐりこませる。もぐりこませるという表現は不適当かもしれない。トンネルのゲートは小さく開いているだけだが、それでも断面積は天隼号の十倍あるので、余裕ではいれる。大型船舶用のバースなのだ。天隼号のような小型船はもちろん、カーニーのあらゆる種類の船が入港できるだろう。例外は重装甲号くらいだ。

トンネル内は明るく照明され、その巨大な空間に天隼号はいる。重力がすこしずつ働きはじめ、トンネルの壁に船腹が接した。ゴリアテがドッキングの指示を出すと、窓のような構造が開き、そこから頑丈で強力な機械のアームが延びて、あちこちから天隼号をはさんだ。さらにべつのゲートが開いて、出てきた大きな機械が展開してプラットフォームになり、天隼号の下側に接した。

そのプラットフォーム上に白い泡があらわれ、たちまち全体が泡だらけになった。泡は急速にふくらんで天隼号を圧迫し、のみこんだ。一分後に変化を終えると、大きな透明の膜が天隼号とプラットフォームをつつんでいて、内部には空気が満たされた。

李約素はそのプロセスをくいいるように見ていたが、ゴリアテのカメラが透明な膜にむくと思わず称賛した。

「すげえな、きれいだ」

古力特はそちらを一瞥した。

「船長、下船したら海賊をよく見張ってもらいたい。問題を起こさせないように」

李約素はあえてそちらを見ないで、右手を挙げ、親指とひとさし指で輪をつくって残りの指を立てた。

宇宙港のゲートからプラットフォームへ数人が出てきた。中央に立つのは中秋将軍だ。そのサインを見て、古力特はなにか思うところがあるらしい顔になった。

天隼号はタラップを下ろし、まず古力特が降りて、李約素はあとを追った。上佳号の若者が続き、最後に軍人がついていく。

古力特と中秋は抱擁した。

李約素はあたりを観察した。中秋のうしろに大柄な衛兵が二人。こちらより頭一つ背が高い。緑の装甲服を着て、顔はどういうわけか赤く、奇妙な印象を受ける。やや離れてカーニーの軍服姿の二人が厳粛な無表情で立っている。

ふいに全員の注目が天隼号の上に惹きつけられた。その高いところに一人の人影が立ち、プラットフォームを見下ろしているのだ。

李約素は一歩前に出て声をかけた。

「俺は李約素。おまえの庇護者だ。下りてこい」

天隼号の上の人物は、声をかけた李約素を見て、ほかの人々を見た。反論する者がいないのを確認して、そこから飛び下りる。細い体は空中で広がり、美しい姿勢をとる。軽く着地し、体をまるめて勢いを受けると、すばやく立ち上がった。そこから数歩で李約素のまえに立った。

「オレを収容してくれたのは、アンタか？」

言葉にあきらかなダメンター訛りがある。

李約素は右の手のひらを額にあてて一呼吸おくと、左肩、右肩、また額、腹とすばやく動かして、最後に心臓においた。

緑色の棒頭人はやや驚いた顔をして、おなじく右手を心臓にあてた。そして李約素にむかって体を曲げ、頭を下げる。体を起こすと、無言で庇護者を見つめた。

「名前は？」

「天狼7（てんろうセブン）」

「通り名か？」

「本名だ」

「奇遇（きぐう）だな。俺の船は天狼星号（てんろうせい）っていうんだ。俺がおまえを収容した。以後、俺たちは仲間だ」

「わかった」

李約素は古力特と中秋に顔をむけた。

「よし、終わった」

中秋が訊いた。

「あなたが李約素船長ですか？」

「そうだ」

「船長、あなたが持ち帰った情報に雷電ファミリーはとても感激しています。また古将軍がはるばる熊羆星まで同行してくださったことにも感謝しています」

李約素は手を振った。

「感謝は俺じゃなくて古力特にしてくれ。こっちは来るつもりはなかったんだ」

中秋は古力特と短く言葉をかわし、きびすを返して宇宙港の奥へもどりはじめた。古力特は隣を歩き、中秋の衛兵はすぐあとに続く。ほかの人々もしたがった。

しかし李約素はその場から動かない。天狼7もその背後にとどまって動かなかった。距離が開いても李約素がついてこないのに気づいて、集団は足を止め、振り返った。中秋が問う。

「船長、どうされましたか？」

「俺は天隼号に残るよ」

ここは雷電ファミリーの領分だ。証言に行くことに同意したが、いざとなると足がすくむ。天隼号はカーニーの船だ。そこにとどまればカーニーから出たことにならない。

「李約素船長、あなたは雷電ファミリーのだいじな客人です。こちらに至らぬ点があれば遠慮なく言ってください」

「ちょっと気分がすぐれないだけだ。天隼号で休んでる」

申秋はいぶかしげに古力特を見た。司令官が引き返そうとしたとき、先に上佳号の若者が集団から歩み出て、李約素のまえに立った。

「船長、真相究明のためにあなたが必要なんです」

小声で言ってじっと見る。

李約素は虚を衝かれた。言葉では協力を求めているが、当然のことだという口ぶりだ。おかげで自分の態度がいかに子どもっぽく愚かしいかを意識した。

それを認めたくなくて、黙って顔をそむけた。

若者は小さくうなずき、きびすを返した。李約素はそのあとをついていき、天狼7も続いた。

第一宇宙港は賓客の接待用につくられていた。貴賓室には七珍万宝が飾られている。いずれも珍貴で精緻な品々で目を楽しませる。見ていてあきない。

めずらしいだけのものなら李約素は初めてではない。重装甲号の林園もそうだし、不思議な瓶や石なども見たことがある。それらはたんなる浪費で無用の長物だと思っていた。しかしいまこうして手のこんだ家具や装飾品の数々を目にすると、えもいわれぬ愉悦を感じる。百聞は一見にしかず。一度の体験で理解した。人はこういうものを必要とし、所有したいと渇望する。

しかし無関心な者もいた。古力特はどこにも目をとめず、部屋にはいるなり手近の椅子に腰を下ろして背すじをぴんと伸ばした。軍人はその背後に立った。その椅子が鉄でもプラスチックでもなく、なんと木製であることに李約素は気づいた。部屋じゅうの家具が木でできている。

若者は部屋の入口に立って見まわしたが、豪華な家具には関心がないようだ。

李約素は陳列品を見て歩くうちに、ふと足を止めた。興味を惹かれたのは黄金の彫刻だ。高さは一メートルほど。中央で舞踏する人物は手も足も上げて難易度の高いポーズをとっている。まわりは立ち昇る火炎で、雷の意匠も組みこまれている。スポットライトがあてられ、光り輝いている。

荒い呼吸が聞こえてふりむくと、天狼7がその彫刻に見いっていた。目をぎらぎらと光らせ、どうしようもなく惹きつけられているようすだ。

「この像を知ってるのか？」

問われた天狼7は、まばたきもせず見つめながら答えた。

「見たことがある気がする。見覚えがある。強い印象がある」

視線が集まった。

李約素は不愉快になった。注目される立場が嫌いなのだ。

これに似た彫像はよくある。闇市場や星門の酒場などで見る。低品質の金属で鋳た安物を、幸運を呼び寄せる縁起物などと吹いて売りつける輩もいる。

しかしこれはちがう。すくなくとも表面は純金だ。椅子をわざわざ木でつくる人々は黄金も惜しまないだろう。表情も生き生きしている。安物は表情がぼやけていたり、そもそも顔が彫られていなかったりする。さらにこの周囲をかこむ火炎。燃えさかる炎のなかで跳舞する尋常ならざる姿だ。酒場で見た安物に火炎の光背はなかった。

「ただの出来のいい置物だ。たいしたことない！」

李約素は軽口で天狼7の興奮を鎮めようとした。するとべつのところから声がした。

「ただの置物ではない」

貴賓室の奥のドアがいつのまにか開いて、そこに六人が立っていた。中央の二人はきらびやかな礼装で、相応に年配だ。

古力特は背をむけてすわっていたが、声を聞いて立ち上がり、むきなおって軍隊式の敬礼をした。

「両将軍、古力特です。雷電ファミリーの要請にもとづいて上佳号にかかわる証拠と証人をお届けにきました」

二人の将軍はうなずいて挨拶(あいさつ)した。その一人がゆっくりと歩み出る。注目のなかを移動して、李約素のまえに立った。その肩ごしに天狼7を見ている。棒頭人は彫像に目を奪われたまま気づきもしない。

「その像を見たことがあるのかね？」

将軍は天狼7に声をかけた。落ち着きはらった表情で意図は推しはかれない。

そのむこうから古力特が言った。

「こちらは青柏(チンバイ)将軍でいらっしゃる」

さらに目で合図してくる。

李約素は無視した。天狼7は彫像に魅入(みい)られて微動だにしない。李約素はかわりに言った。

「訊きたいことがあったら俺に訊いてくれ。こいつの庇護者だ」

どんな偉い人物にもへりくだるつもりはない。雷電ファミリーは嫌いだし、それを隠さない。こいつらは頭がいいので隠しても無駄だ。

青柏将軍は李約素の非友好的な言葉遣いも意に介さず、悠揚せまらぬ態度で説明した。

「これは重要なもので神聖な意味がある。そのことを知る者はごくまれで、多くはただの置物だと思っている。しかしかつては重要なものだった」

そして一同を見まわした。

李約素はいぶかしく思った。これが護符やお守りのたぐいなのは常識だ。星門を往来する者は気まぐれにこれを買ったり、縁起物として集めたりする。霊験があるなどとはだれも本気で思わない。気分的なもので、神通力など期待しない。李約素も効能があるなどとは信じていない。ただのめでたい飾り物だ。

「由来があるんなら教えてくれないか、将軍」

李約素は皮肉っぽい笑みとともに頼んだ。

青柏将軍は目をむけた。

「たしかに由来はある。しかし……」視線は天狼7にもどった。「……彼の口から聞ければそれにまさるものはない」

口調は淡々としているのに有無をいわせぬ威圧感がある。天狼7にもう一度うながした。

「この像にまつわる物語を知っているなら、ぜひとも話してくれないか」

12　青雲号へ

「物語なんて知らない」

天狼7（てんろうセブン）はすげなくこばんだ。

すると青柏（チンバイ）将軍は尋（たず）ねた。

「沙岡（さこう）人という一族を知っているか？」

天狼7は将軍を見た。肯定も否定もしない。その名称を聞いてもなにも思い浮かばない。

それでも将軍の話に強く興味を惹（ひ）かれた。

「では、この像と沙岡人について話してやろう」

青柏将軍は古力特（グー・リートー）のほうへもどりながら、椅子をしめした。

「すわりたまえ。物語を聞くのに立っていることはない」

そして話しはじめた。

「リングワールドや鑫船（きんせん）が銀河を周遊（しゅうゆう）し、星域間を往来（おうらい）していることはだれもが知るとおりだ。沙岡人も同様で、わたしたちとおなじ銀河巡邏者に属する。しかし多少のちがいもあった。わたしたちがいまも建設者であるのに対して、彼らは純粋な戦闘艦隊だった。大艦隊を擁して星間をめぐり、人類全体を守っていた。その時代の英雄だった。母艦は平准号。銀河最強にして難攻不落の大型艦。どんな力をもってすれば撃破、破壊できるのか想像もつかなかった。そんな不沈艦を擁する沙岡人が、どういうわけか突然、鳴りをひそめて姿を消した。わたしたちは原因を調べまわったが、艦隊は忽然と消え失せていた。のちに、沙岡戦士の存在は探し出せた。しかしみんな傭兵に成り下がり、自分たちの祖先が強大で栄光ある一族だったことをすっかり忘れていた」

青柏将軍は天狼7を見た。棒頭人はあいかわらずの無表情。しかし将軍を見つめて一言も聞き漏らすまいと耳を傾けている。

将軍は彫像を指さした。

「沙岡人にとってこれは神の像だ。世界の創造主だと考えていた。プラスチックや金属や石でできた神像になにも力はないし、沙岡人は偶像崇拝者ではない。ただ、この神像があらわす力によって人類社会は建設されたと信じていた。これが人類の源であり、銀河文明の源だと。しかし星域が勃興してくると、各地の星系の人類は独自に発展し、争い、反目するようになった。巡邏者はこのような状況に遭遇し、星域のさまざまな勢力から攻撃を受けるようになった。沙岡人もそうだったはずだ。つまり最強の巡邏者ではなくなった。艦隊は消え失せ、沙岡人は星域の辺境へ追いやられ、野蛮人とみなされるようになった」

青柏将軍は全員を見まわした。

「かつての沙岡人が栄光ある偉大な巡邏者艦隊だったことは、疑いの余地がない。しかしその艦隊は消滅してひさしい。わたしたちが最後の沙岡人を見てからおよそ百万年がたった」

青柏将軍は沙岡人の歴史を淡々と語った。

李約素(リー・ユエスー)はおぼろげに聞き覚えがあった。学生時代にそんな遠い昔の伝説を聞いたことがある。

伝説は伝説だ。伝説時代のことは考証不能。ゆえに神話になる。当時なにが起きたのかだれも知らない。カーニー星域は九十万年の歴史がある。九十万年はカーニー人にとって永遠のように長い時間だ。その輝かしい過去も大部分が歴史のかなたに消え、知る者はいない。沙岡人がいたのは、そんなカーニー星域の成立よりさらに昔。すなわち前史であり、よけいに曖昧模糊(あいまいもこ)となる。足跡(そくせき)をたどるのは不可能だ。

だれもが話の続きを待って青柏将軍を見ている。

そのなかで、古力特はいささか困惑していた。雷電(らいでん)ファミリーが重要なことを隠しているのはわかっている。重大な用件だ。そうでなければ三三艦隊の最高司令官が一隻の行方不明船のために遠路を渡ったりしないし、シャドックもそんなことを要請しない。天狼星号事件は格好の口実だった。おかげで堂々と乗りこみ、煩雑な手続きも省略できた。

雷電ファミリーは秘密をひた隠しにするはず。それは想定内だったが、青柏将軍がこれほどかけ離れた話題を持ち出したことが、いささか意外だった。公式、非公式を問わず、外交の場で無関係な話題に時間がついやされることはよくあり、慣れている。しかし青柏将軍ともあろう人物が、会うやいなや大事を避けて小事に就くとは。

神像を見た。たしかによくできた美術品だが、それでも一個の美術品にすぎない。

青柏将軍は天狼7を見ている。

「この話を知っていたかね？」

天狼7は首を振った。

「これは見覚えがある。昔見たことがあるはずだ。しかしアンタの話は知らなかった」

「きみが沙岡人なのだよ」

李約素は口をはさんだ。

「そんなことわかるわけがない。そもそも関係ない話だろう。そんなことを聞くためにはるばる来たわけじゃない」

青柏将軍は李約素をじっと見た。かつて命からがら生き延びたこのカーニー人は、あからさまに非友好的な態度だ。星域人は些事にとらわれて本質を見失いがちだ。目的を忘れ、なにをしているのかわからなくなる。しかし長所もある。強い動機だ。ひとたび行動に移れば巡邏者もかなわない情熱と創意を見せる。

青柏将軍は真剣な表情で言った。

「これはただの昔話ではない。よく憶えておいてほしい。平准号は雷電ファミリーが知るかぎり堅城鉄壁の母艦であり、沙岡人は強悍無比の巡邏者だった。さらにもっと重要なことが一つ。平准号はいまも存在している。カーニー星域か、またはその近辺だとわたしたちは信じている」

だれもなにも言わなかった。その言葉の意味を考えていた。

青柏将軍は古力特にむきなおった。

「古将軍、ここは余人をまじえぬ場であり、率直に話せる。将軍のご訪問を熱烈に歓迎するのは当然のこととして、こちらの沙岡人を帯同されてきたこと、まったく想定外ながら、非常によろこばしく思う。わたしたちも沙岡人を探していた。司令官みずから熊羆星へ来られたのは目的があってのことだろうし、こちらがとくに貴官の来訪を求めたのもまた理由がある。どうか忌憚のない対話をお願いしたい」

古力特は語る相手を見つめている。

青柏将軍がバーダ将軍に目をやると、相手はうなずいた。

「みなさん、場所を変えよう。しかるべき外交儀礼でもって歓迎すべきところだが、銀河在上、わたしたちは同舟の仲間であり、ここは無礼講でお願いしたい。いま情勢は重大な問題に直面しており、一人一人が力をあわせなくてはいけない。先入観があるなら捨て去り、将来の計画を真剣に議論していただきたい」

李約素はこれまでずっと冷淡な態度だった。古力特と雷電ファミリーの将軍たちのうわべだけの関係や、こちらの挑発に要人たちが困惑するようすを見てやるつもりだった。ところが意外にも、青柏将軍は口をはさまれても泰然とし、むしろ誠実かつ正直に答える。恥じる気持ちになった李約素は、将軍の提案にすぐさま賛成した。

「そうだ、誠実にむきあうべきだ」

逆に古力特は慎重な気分になっていた。最初から腹蔵がなさすぎて、むしろ不気味だ。雷電ファミリーは熊羆星に尋常でないほど力をいれてきた。名目上はカーニー星域の防衛線の一角をになない、ダメンター人の侵入を防ぐもの。しかしそこにはべつの目的があるはずだ。天狼星号がもたらした情報が明確にしめしている。もちろん過去数百年その目的を公言したことはなく、ほのめかしてすらいない。しかしいまは率直に話す用意があるという。これはつまり、青柏将軍がまだ話していない現状の重大な問題というのが、かなり厄介な内容なのだと考えざるをえない。

古力特はバーダ将軍に目をむけた。青柏の左にすわった雷電ファミリーの首席将軍は、最初から最後まで一言も発さず、一貫して無表情だ。

「将軍のお考えにしたがいます」

古力特が言うと、雷電ファミリーの二人の将軍は立ち上がり、もと来た部屋の奥へ歩きはじめた。貴賓室のほかの人々も続いた。

李約素はここでも最後の一人になるまでとどまった。天狼7も残る。中秋将軍はドアのそばに立ち、まだ歩き出さない。

「李約素船長、なにか疑問が？」

「いいや。陳列品をもう一度見ていただけさ」

中秋をふたたび困らせるつもりはなく、ドアへ歩いた。

前を歩いていた上佳号の若者が、ふいに振り返った。

「船長、僕たちは今日たくさんの秘密を聞くことになりそうですね」

それだけ言うと、また歩きつづけた。

李約素はきょとんとした。われに返ったときは、若者は先へ行っている。

その背中を見て考えた。そうだ、こいつは雷電ファミリーの一員なのだ。記憶をなくしても出自は明白。話すことは簡潔かつ明瞭で、こちらが爆発しそうなときに頭を冷やしてくれたことが何度もあった。特別な能力だ。雷電ファミリーはみんなそういう技能を持っているのだろうか。

そう思うと気が滅入った。雷電ファミリーは仇敵だ。組織的な報復はもはや不可能にせよ、一対一でならまだ勝ちめはあると思っていた。ところがこの若者と数日話すうちに、それすら幻想だと思えてきた。想像以上に手ごわい。そのなかの一人でさえ自分よりすぐれている。

さらにべつのことに気づいて、気持ちがゆるんだ。こちらが雷電ファミリーに非友好的なのを知りながら、それでもその一員であるこの若者は助けを惜しまないのだ。

「李約素船長、どうぞ先に」

背後の中秋将軍にうながされて、李約素は急いでまえにすすんだ。

一行が乗りこんだエレベータは高速で、まる二分間動きつづけた。

エレベータが停まって外に出ると、まばゆい景色が広がった。思わず賛嘆の声を小さく漏らす。

巨大な柱状の構造物が天と地のあいだにそびえて銀白色に輝いている。浮上車の列が何層にも分かれ、柱を巻いて流れている。よどみない川のようだ。同様の柱が四方八方に並び立つ。いずれの柱も銀白で、黒い蜂の群れのような浮上車の流れに巻かれている。見たことのない壮大さだ。

顔を上げて近くの柱を観察した。表面は銀色の金属光沢だが、ところどころに黒い部分がある。柱は帯を巻いたような姿で直立し、はては灰青色の天に接している。そこははるかに遠く、柱は線にしか見えないし、接しているところは小さな黒い点だ。

これに似たものを見たことがあるとすれば、天垂星と第一宇宙航空センターをつなぐ軌道エレベータだろう。

遠くに並んだ柱を見ると、天につながった上部だけが見え、下部は地平線のむこうに隠れている。天の灰青色にまじって渺茫たる景観をつくっている。

李約素はしばらく立ちつくし、目を奪われて眺めつづけた。

ふと古力特が目にはいった。雷電ファミリーの両将軍から半歩あとを歩いている。周囲に広がる壮大な景色にはまるで無関心。たまにちらりと見る程度だ。

二台の浮上車が軌道から離れて、一行のまえにやってきた。

バーダ将軍と青柏将軍は衛兵らとともに一台目に乗り、古力特の一行は二台目に乗った。中秋も李約素らとともに二台目だ。

浮上車は静かに飛びはじめた。車体は半透明で、足もとの景色がうっすら透けて見える。窓は完全に透明だ。そこから地上を俯瞰した。灰青色一色の単調な空とちがって、地面は薄い色の格子状の線で規則的に区切られている。線の交点に柱が立ち、格子の内側は青い結晶体でおおわれている。結晶体は平たくなめらかで、そこを光と影が動いている。遠くから近くへ、また遠くへ。

「あれはなんですか？　あの青い四角は」

古力特が問うと、中秋が簡潔に答えた。

「超伝導モジュールです」

「つまりこれは超伝導クリスタルなんですか？　全体が？」

「青い部分はすべて超伝導モジュールです。天垂星では超伝導クリスタルと呼ぶようですね」

古力特は言葉を失った。

カーニーにおいて超伝導クリスタルは戦略物資の扱いを受ける。軍部に四つある特別委員会のうちの一つが資源統制管理委員会だ。あらゆる惑星資源はこの委員会が規制および統制していると多くの人は思っている。しかしじつはその管理下にあるのは一つの会社のみで、そこの唯一の製品が超伝導クリスタルだ。

この結晶体は百八十Kから二百七十四K*の温度範囲で超伝導性をしめす。高出力ビーム兵器の製造に不可欠の材料だが、生産量が限られるうえに戦時下で需給が逼迫している。

高出力ビーム兵器で使われるのはごく薄い箔部品にすぎない。それをこれほど大規模に使う文明があるとは想像もしなかった。ぜいたくにもほどがある。

〝カーニーが雷電ファミリーに勝ったのか、それとも雷電ファミリーがカーニーに勝ったのか〟という李約素の問いを思い出して、窓の外を見ながら黙りこんだ。

李約素も外を見ていた。ただし興味の対象は地上の景色ではなく、浮上車だ。翼がなく、大気圏航空機とは異なる。はじめは楕円体だが、加速しながら変形し、最後は先端が丸く後端がとがった涙滴形になる。まるで水滴が空気中を高速で前進するうちに空気抵抗で変形したかのようだ。

赤い線にも注目した。車体表面にあるが、色が鈍くてよく見えない。線は何本もあり、縦横に交差して網目になっている。その上をほのかな光が移動している。目をこらすうちに視界がおかしくなって、透けて見える車内にも線がある気がしてきた。そちらは薄い青で、揺れ動いているように見える。まばたきすると消えた。しかし見まちがいではない。

* カーニーでは絶対温度が使われる。

「不思議な浮上車だな」

　李約素がつぶやくと、中秋が顔をむけた。

「なにか言いましたか、船長？」

「ここの浮上車は不思議だ。こんなものは見たことない」

　中秋は微笑んだ。

「気泡機くらい見たことがあるでしょう」

　気泡機？　そんな乗り物は知らない。ただ名前からなんとなく想像できる。

「いや、一度も……」

　李約素は中秋を見た。

　中秋はいぶかしげな顔をしてから、相手が天垂星人ではなく、出自不明の放浪者であることをすぐ思い出した。すこし考えてから説明する。

「雷電ファミリーは昔、気泡機技術を天垂星に供与したのですよ。反重力で空中に浮かせ、気流管で推進する。一般の飛行機と基本原理はおなじですが、動力は気泡機のほうが大きい。わたしたちは流体顆粒と呼んでいます」

「流体顆粒？　へんな名前だ」

「あれをごらんなさい」

指さされた前方を見る。浮上車が柱に近づいている。無数の浮上車の列が柱のまわりを周回しながら上下に移動している。

「全体の構造としてまさに粒のように動く」

浮上車の流れは上下にうねり、とぎれない流体を思わせる。

李約素は笑った。

「へえ、こりゃおもしろい。どういうしくみなんだ？」

中秋は笑って答えない。

「なんだよ、もったいぶって」李約素は古力特のほうを見た。「おい古艦長。さっき青柏将軍は一人一人が力をあわせようなんて言ってたくせに、中秋将軍はもう秘密主義にもどったぜ。どうする？」

中秋はあわてて説明した。

「李船長、この問題は解説が少々複雑なのですよ。わたしもよく理解していない。どうしても知りたければシャドックに質問してください。これから会う予定です」

「シャドック？　熊羆星シャドックということか？」

李約素は驚いた。惑星級要塞のシャドックとはどんな存在なのか。天垂星シャドックのように古老（ころう）なのか。

「いや、熊羆星にシャドックはいません。雷電ファミリーの最年長シャドックは青雲号にいる。そこが行き先の一つです」

青雲号と聞いて、李約素は驚愕した。古力特も訊く。

「青雲号？　そこへ行くのですか？」

「そうです」

「それはまさに……僥倖です」

青雲号は雷電ファミリーの嚮導艦であり、これまで部外者が足を踏みいれたことはないはずだ。

ＲＨ１４９星系に到着して以後、外交儀礼において前例にないことの連続だ。天隼号についてきた海賊の捕食機が熊羆星内部への進入を許された。普通なら従属船は外に留めおかれる。第一宇宙港は大型船用のはずなのに、天隼号はそこに入港させられた。天狼７は訪問者名簿にないどころか最近まで海賊だったのに、きわめて寛容に遇されている。地位において最下級の一行を、軍最高位の両将軍が出迎えた。熊羆星内部の見学を許し、超伝導モジュールの集合体や流体顆粒といった秘密技術を惜しげなく披露している。

そのうえ今度は青雲号へ案内するという。雷電ファミリーの伝説的嚮導艦。百万年以上の艦暦を有するとされ、カーニー星域より古い。生きた船という噂もある。船体が金属ではなく有機組織で構成された一個の巨大生物だという。しかし雷電ファミリー以外の真正カーニー人がこれまで乗艦したことはない。ゆえにだれもその姿を知らず、見たことがない。

この尋常ならざる好待遇のかずかずは、逆になんらかの非常事態をしめすように思えた。青雲号への乗艦も異例のもてなしの一つだが、古力特の心境はむしろ暗澹となった。

13　異質な空間

浮上車が変形しはじめた。涙滴形から楕円体にもどり、柱のそばを次々と通過しながら、みるみる減速する。

　前方に柱があらわれ、視野のなかで急速に大きくなった。浮上車は避けずにまっすぐ突っこんでいく。柱を取り巻く流体顆粒の流れが変化した。上下に分かれて通り道をあけると、そこに小さな窓があらわれた。ゆっくりと開いていく。しかし浮上車が減速しているとはいえ、開くのが遅すぎる。ぶつかると思った瞬間、浮上車はそこに飛びこんだ。車体と窓の開口寸法はぴったりで、すきまがない。直後に二台目もはいってきた。

　停止することなく、浮上車は水平飛行から急上昇に移った。強い慣性で人間たちは座席に押しつけられる。それが十数秒も続いて、ようやく強い荷重は消えた。浮上車は垂直のシャフト内を上昇しつづけている。

　柱の内部だ。李約素は車体ごしに外を見た。まるで観光用エレベータに乗っているようだ。まわりはさまざまな色と大きさの塊が上下に動いている。七色のエレベータとは奇妙だ。

　さほど遠くないところで赤い塊が併走（へいそう）していた。ふいにその塊が透明になり、乗っている青柏（チンバイ）将軍一行が見えた。将軍が手を振っている。こちらも振り返した。

「李約素船長、中秋（シェンチウ）に対して不満を述べたそうだね」

　青柏将軍の声が聞こえたので、李約素は答えた。

「そのとおりだ。あんたの命令どおりにしなかったぜ」

　横柄な態度で言ったあとに、むこうの車内とは車体の壁を二枚へだてていることに気づいた。なのに面とむかっているようにはっきりと声が聞こえる。そんな細かいことも意識すると驚いた。

　青柏はなにもかもお見通しのような目でこちらを見ている。

「船長、すでに話したように、わたしたちは同舟（どうしゅう）の仲間であり、全員が力をあわせなくてはいけない。雷電（らいでん）ファミリーはなにも留保（りゅうほ）しないし、しても無意味だ」

　古力特（グー・リートー）を見て、さらに李約素を見て続ける。

「考えや提案があったら率直に言ってほしい。理にかなえば考慮して計画に組みこむ」

　青柏将軍の口調は穏やかで丁寧だ。しかしそれでいて威厳（いげん）もある。李約素はそこがなんとなく不愉快だったが、いまは反抗的な態度はふさわしくないと理性で抑え、不快感は腹の内にしまった。

「わかりましたよ、将軍。楽しくやっていきましょうや。ところで、第一宇宙港を出てからずいぶん遠まわりをしてるみたいだけど、熊羆星の雷電ファミリーの強大さを見せつけるためですか？」

青柏は苦笑した。

「目的地はもうすぐだ。三分後に会おう。いいものを見せてやれるだろう」

言いおえると、塊はまた赤くなり、青柏将軍の姿は消えた。

質問するひまがなかった李約素は、古力特を見た。

「〝いいもの〟って、なんだろうな」

古力特は口をつぐんで無言だ。

浮上車のまわりがふいに真っ暗闇になった。濃い墨に飛びこんだようになにも見えない。

李約素は本能的に言った。

「どこだ、ここは」

『ドッキング通路である』

だれかの声が答えた。車内全体から聞こえてきたような気がした。

「なんのドッキング通路だ？」

ふたたび訊いてから、車内のだれも口を開いていないことに気づいた。

「おまえはだれだ？」

さらに中秋に顔をむけて訊く。

「この声はだれなんだ？」

中秋より先に音声が答えた。

『好日、李約素。我はシャドック。青雲号への乗艦を歓迎する』

シャドックが言いおえるやいなや、光のなかに放りこまれたように周囲が明るくなった。まばゆさが消えると、そこは艦内で、浮上車はいつのまにか停止していた。

李約素は古力特を見た。重装甲号の艦長はあいかわらず無言で身動きしない。しかし表情にはわずかな驚きがあらわれている。すぐに消えたが、李約素の目は見逃さなかった。不思議な到着に驚いているらしい。

浮上車は青雲号の艦内にじかに到着したが、車内では加速度の変化を感じなかった。すべてのプロセスで慣性が働かないかのようだった。これが青柏将軍いうところの〝いいもの〟なのだろうか。いぶかしく思ったが、古力特にならって口をつぐむことにした。

になっている。

ドアが開いて乗客たちは降りた。そこは高いプラットフォームの上で、階段で下るよう
天狼7は李約素のうしろについていたが、ふいに足ばやに前へ出てプラットフォームの端に取りついた。どこかを見ている。視線を追うと、七、八メートル先に巨大な壁面彫刻がある。中央に立つのはあの炎の舞踏者。黄金像のポーズと寸分ちがわない。

李約素は近づいて声をかけた。

「どうした？」

天狼7はゆっくり首を振るばかり。李約素は彫刻を眺めた。

「でかいな！　どうやって艦内に持ちこんだのか。これにも見覚えがあるのか？」

天狼7はゆっくりと今度はうなずいた。目は彫像に吸い寄せられて離れない。

青柏将軍たちはべつのプラットフォームに到着し、すでに階段を下りていた。話し声を聞いて青柏将軍は顔を上げ、それからバーダ将軍と目を見かわした。

「李約素船長、天狼7を連れて下りてきたまえ。シャドックが中央管制室で待っている。天狼7、いろいろ疑問があるだろうが、その答えはむこうにあるはずだ」

李約素も声をかけた。

「行こうぜ、天狼7。だいじな用があるんだ」

しかし天狼7は耳を貸さず、彫刻を見つめるばかり。棒頭人は単純な性格で、めったに疑問を持たないが、ひとたび疑問にとりつかれると頭がいっぱいになってしまう。

天狼7の身長はさほどではなく、李約素より頭一つ低い。その肩に手をおくと、服ごしに固く張った筋肉が感じとれた。

「行こう、兄弟」

天狼7は黙ってしたがい、プラットフォームから下りた。全員がそろうとドアが開き、青柏将軍を先頭に二、三人ずつはいった。李約素と天狼7が最後尾だ。いつもは天狼7があとにしたがうが、今回は李約素がその背中を押した。天狼7は渋っていたが、やがてあきらめ、庇護者にしたがって集団のあとを追いはじめた。

ドアを抜けるまえに李約素は振り返り、生き生きとした舞踏者の彫刻をもう一度見た。こんな大きな彫刻は初めてだ。水晶のように光が透けて輝いている。宗教的な神々しさと、高貴で自然な静けさを感じる。その一方で、なんとも説明できないかすかな違和感もおぼえた。

背をむけてドアのむこうへ進む。しかし違和感が抜けず、振りむいた。すると驚いたことに彫刻は消えていた。わずかに目を離したすきに消滅し、白くなめらかな壁だけになっている。直後にドアが音もなく閉じて視野をさえぎられた。

シャドックだ！　こんなことができるのはシャドックだけだ！

李約素は気持ちを抑えて、天狼7のあとを追った。中央管制室に行けばシャドックに会える。天垂星シャドックより古老かもしれない。すべての疑問の答えはそこにあるはずだ。

青雲号の中央管制室はドーム状の広い空間だった。内部はがらんとして、多数のスクリーンが浮かんでいるだけだ。大型スクリーンが交錯するすきまを小型スクリーンが埋め、さらに小型のスクリーンが次々と開く。点から平面に広がり、独立した画面になる。と思うと、もとの大型スクリーンは消えてしまう。まるでマルチスクリーンの波濤だ。次々に変化して読みとるひまもない。一ヵ所に複数の画面があり、巨大なルービックキューブのように回転して面が切り替わる。どれだけ画面があるのかかぞえきれない。もはやスクリーンではなく、無数の光と影のまたたきだ。

そんな光のショーを、壁ぞいに十数人が立って眺めている。

「これはシャドックの思考をあらわすものだ」

バーダ将軍の声が聞こえたほうを見ると、上佳号の若者が将軍の隣に立って話を聞いている。将軍は顔を寄せてなにごとか話しているが、声が小さくて聞きとれない。若者は耳打ちされる言葉を静かに聞いて、ときおりうなずいている。

ふいにルービックキューブが停止し、管制室の中央が強い光で照らされた。バーダ将軍が言う。

「シャドック、全員そろった」

　シャドックの声が応じた。

『バーダ、はじめてもよいか？』

「ああ、よろしく頼む」

　室内中央のホログラフィ光柱に映像が投影された。まばらに穴があいた薄い赤の背景。着色したすかすかのパン生地のようだ。そこに黒い球状の点がいくつかはまっている。

『これはＲＨ１４９の空間密度マップである。黒い点は各天体をあらわす。中央の最大の点は中心恒星。そのほかの惑星、衛星、彗星および人工天体もそれぞれ対応する点であらわしている。ほとんどの点はいずれかの天体と一対一対応するが、例外が三個ある』

　マップのなかで三つの点が点滅した。直後に、通常の星図に切り替わった。すると点滅した三点の位置にはなにもない。密度マップにもどると、薄い赤の背景にふたたび三個の黒点があらわれる。

『これらには対応する実体がない。この三点は恒星のまわりを公転しているが、その位置に星はない。正常空間にはなにも存在しない。にもかかわらず天体のような密度がある。船が近づくと重力井戸に落ちる。もちろん実体がないのでどこにも衝突せず、充分な推力があれば脱出できる。フォードミントの第三時空モデルはこのような存在を予言していた。べつの空間にある物質の性質がこちらの世界に投影されるというもので、そのべつの空間をかりにX空間と呼んでいた。RH149星系のこの現象が記録され、詳しく研究されるまでは、ただの理論とみなされていた。しかしいまはこのモデルが真実であることをRH149が証明している。これら投影された点は、〝虚天体〟と呼ばれる』

　星図が動きはじめた。三個の虚天体の軌道がマーカーでしめされる。ほかの惑星と同様に中心恒星のまわりを公転している。三個は楕円軌道を共有し、ちょうど三等分の位置にある。速度もそろっている。

『それぞれの虚天体が持つ重力の強さは時間変化をともなう。観測によればこの三個の変化パターンはまったくおなじ。軌道の特定の区間を通るときに、それに応じた質量変化を起こす。速度は不変。これらの現象から、X空間で中心恒星のまわりを公転する天体は一個であり、X空間が三軸向の性質を持っているせいで、こちらの空間には三等分して投影されていると考えられる』

　李約素はがまんできずに質問をはさんだ。

「その三軸向ってのはなんだ？」

『軸向は空間の次元数にまつわる単位である。理論的に、空間の次元はどれだけ多くてもかまわない。この宇宙には最大十一次元まである。この三次元空間は単軸向空間であり、三つの次元だけが展開して、残りは巻き取られた状態といえる。これに対して三軸向とは、同様の空間で三つの次元それぞれに三つの方向があることを意味する。そして四つ目の次元も展開しているはず。四次元空間は最大で四軸向。しかし問題の空間は特定の軸向が欠(けつ)落(らく)しているらしく、ゆえに四次元空間でありながら三軸向である。これは盤古(ばんこ)空間の一種である』

盤古……空間？

近ごろはさまざまな空間の名称を聞く。異形(いけい)空間、奇形空間、カーター空間、インド空間、褶曲(しゅうきょく)空間、ミノタウロス空間、牛魔王(ぎゅうまおう)空間……。科学者は聞き慣れない専門用語を次々とつくりだす。異なる名称がおなじ概念をしめしている場合さえある。盤古空間とはなにかと質問したかったが、やめた。どうせ一つ説明を聞くごとに一つ以上の疑問が湧くのだ。そもそもシャドックの説明はすでにちんぷんかんぷんで、このうえ聞いても理解は進まない。ひとまず話が終わるのを待つことにした。

古力特がべつのことを訊いた。

「熊羆星もこの軌道上にあるのか？」

『是(ぜ)なり』

シャドックは星図に熊羆星の位置を出した。二つの黒点のちょうど中間だ。軌道上の位置によって速度は増減するが、二つの黒点とは等距離を維持している。第三の黒点とは遠く離れて相対する位置だ。

「この軌道には惑星があるはずでは？」

『是なり。熊羆星がある位置にかつては天然の惑星があった。第三種惑星のＲＨ１４９である。しかし現存しない。初期的な推測では、空間災害にのまれたと考えられている』

　李約素は驚いた。

「のまれた？　惑星が一つ、わけもなく消えちまったっていうのか？」

『宇宙空間学の複雑な事例である。ごく簡単に説明するなら、惑星の位置で宇宙膜が裂け、この時空から惑星が脱落したと考えればよい。宇宙膜は複雑な宇宙モデルながら、いまのところ正しいとみなされている。もとあった惑星が消滅したというのは、破壊されたのではなく、完全に消え去って存在しなくなった……この宇宙膜から抜け落ちたということである。落ちたあとにたどった運命は観測範囲の外であり、知りようがない』

　動力服（どうりょくふく）のヘルメットをメッシュの袋にいれておいたら、メッシュが裂けてヘルメットが落ちたという図が李約素の頭に思い浮かんだ。あくまで頭のなかでの想像図であり物理的な現実とは異なる。宇宙を一枚の膜にたとえるのは通俗的な説明法であり、真の物理学ではない。李約素のような人間に本物の物理学は理解しようがない。中央管制室はしばし沈黙におおわれた。前代未聞の仮説であり、事実であれば驚愕にあたいする。しかしシャドックが言うのだからまちがいないだろう。

やがてバーダ将軍が言った。

「シャドック、続けてくれ」

『上佳号はRH149星系において行方不明になった。最初期の推測では、RH149惑星の空間災害に巻きこまれたのではないかと考えられた。しかし事故現場の調査から、上佳号は意図的な攻撃を受けて破壊されたと判明した。偵察ロボットが無人機の残骸を多数発見した。偵察ロボットが現場に到着したのは、上佳号に異変が起きてから十五日後である。事件発生の正確な日時は知りえないが、無人機の残骸の状況から推定できる。それによると、偵察ロボットの到着より二十日から二十三日前に事件は起きたと結論づけられた。残骸には例外なく爆発の痕跡があり、断面の多くは融解後に固化していた。爆発で生じた高熱は八千ケルビン以上と考えられる。また強酸による腐食の痕跡も部分的に残っていた。爆発のせいで不明瞭ながら、一部の破片で観察できた。高濃度水素イオンが攻撃に使用されたと推測されるが、この物質を兵器に使うのは困難をともなうため、結論としてまだ完全に受けいれられてはいない』

シャドックは説明を続けた。

『現場では少数の無人機が破壊をまぬがれていた。星系に散らばった観測機も十七機回収した。これらの観測機は上佳号が星系進入後に放出したもので、高解像度のホログラフィ記録能力をそなえていた。ただ距離が遠すぎ、そもそもの観測対象が惑星ＲＨ１４９ではなかったため、これらからは有益な情報を得られなかった。しかし十八番目の無人機はちがった。これは宇宙観測機ではなく、惑星に降下してサンプル採取することを目的としていた。ところがなんらかの理由で上佳号から遠くへ放り出され、ＲＨ１４９に降下することもなく、休眠状態で動力を喪失していた。これから貴重な情報を得られた』

緑の惑星が映像の中央に映った。巨大な環形宇宙船がその手前をふいに横切り、すぐに画面からはずれた。カメラはズームアウトしはじめ、十数秒後にまた船体が映った。リングワールドはゆっくり回転している。どこも平穏。ところが突然、中軸シャフトの一端からまばゆい光が噴き出した。巨大な火球がふくらんで船全体が燃えさかる松明のようになる。火炎から小さな物体がいくつも飛び出す。閃光を発し、まるで赤い星を宇宙にばらまいたようだ。無数の目が遠くから現場を見ているようでもある。赤い輝きはしだいに薄れ、宇宙は深い黒にもどる。しかし中軸シャフトは松明のように燃えつづける。リングワールドの周囲で次々と爆発が起きて、大小の無人機が破壊されて残骸が四散した。

カメラはズームアウトを続け、リングワールドは緑の惑星より小さくなった。すべてがおさまり、新たな変化は起きなくなる。

映像はすべて無音だ。シャドックも解説しない。カメラはさらに引き、リングワールドは小さな白い点になる。緑の惑星も小さくなっていく。シャドックの声をだれもが待っているのに、沈黙が続く。

突然、緑の惑星が画面のなかで膨張し、ついで急激に収縮した。伸縮のあいだに色が変わった。色を失って漆黒に変わったのだ。その黒い球が突然もとの十倍にふくらみ、周囲のすべてをのみこみはじめた。背景の宇宙は暗く、星が輝いているが、球は純粋な黒で、光さえ吸いこむ。まるで巨大なブラックホール。しかしこれはブラックホールではない。

ふいに黒い球は消えた。銀河の星々が明るく輝くなかで、緑の惑星とその周辺の物体はまるで最初から存在しなかったかのようだ。

そのとき李約素の背骨から脳天へ戦慄が駆け上がった。激痛に耐えきれず頭をかかえる。

「うう」

大きくうめいて体をまるめ、そのまま昏倒した。

14　正体露呈

天狼7が駆け寄って李約素の体をささえた。

突然の出来事にだれも対応できずにいると、シャドックが言った。

『一時的に意識を喪失しただけである。天狼7、こちらへ運べ』

ホログラフィ光柱のなかにぼんやりと人影があらわれ、天狼7に手招きした。

天狼7は疑いの目でためらっている。庇護者が倒れたいま、だれに指示を仰ぐべきか。古力特のほうを見た。艦長はうなずいた。

「天狼7、シャドックに悪意はない。そのとおりにしろ」

天狼7は李約素をかかえて光柱へ歩いた。光のなかにはいって驚く。ぼやけた人影は消え、シャドックの声だけが聞こえたからだ。

『李約素の脳には保護的な抑制がかかっておる。記憶が強く制限されている。不愉快な記憶を刺激されたせいでこの状態になったようだ』

バーダ将軍が訊いた。

「シャドック、記憶の複製はできるか？」

『目覚めるまで処理はできぬ。記憶複製は重大な処置であり、本人の同意を必須とする。そもそも保護的な抑制がかかった状態で記憶シミュレーションを強行すると、脳死にいたる危険がある』

「わかった。このまま安静にして、目が覚めたらあらためて話そう。古力特将軍が解説の続きを待っている。天狼7にはしばらく休んでもらって、先に古力特に説明しよう」

光柱のなかにいる天狼7は表情が穏やかになっていた。李約素をそっと床に寝かせ、その隣であぐらをかいてすわる。別世界にひたるように目を閉じた。

シャドックは解説を続けた。

『RH149星系から届いた報告により、本件が突発的で悪意あるものだとわかった。RH149には青雲号がはいり、基地建設を開始した。同時期に雷電ファミリーは戦争にも介入した。理由は揣摩憶測されているが、真の理由は一つ。RH149星系を確実に管理下におき、許可なき星域船の進入を禁止することだ……』

古力特は重苦しい表情でシャドックの話に聞きいっていた。予想をはるかに超える内容で、従来の歴史的理解と符合しない。どう反応すればいいかわからないほどだ。

銀河の片隅にある天垂星。故郷のこの星には有為転変の長い歴史がある。多くは輝かしく栄光に満ち、聞く人を魅了する物語。しかしシャドックが語るはるかな歴史にくらべると、まるで巨大な波浪のなかの一抹の波飛沫のようだ。

人類は銀河に広がり、多数の星域で銀河はおおわれた。その数億光年の空間で演じられたあまたの心震わせる物語を、カーニー人だけが知らない。太古にカーニー星域を建設した人々は知っていたかもしれないが、悠久の時のうちに忘れ去られた。カーニー星域と隣接するいくつかの星域がすべてと考えることが習慣化した。それよりむこうは数世代の旅程を要する悠遠の地。たとえそこに異なる人類が住み、その遠方からたまにリングワールドが来て、べつの遠方へ去っていくとしても、だれも関心を持たなかった。彼らが来るまでは。

巡邏者と彼らは名のった。カーニー星域の人々は家紋の図案にちなんでべつの通り名で呼んだ。雷電ファミリーと。

人類共通の友人であり、平和のためにやってきたと彼らは主張した。しかし疑いの目で見られた。奇怪な姿の環形宇宙船に乗り、集団で行動し、きわめて多数の艦船をしたがえていた。強大な武力で星域人を震えあがらせた。警告を無視して雷霆星系と周辺の星系に強行進入し、さらに天垂星の周辺まで押し入って、カーニー人と交戦した。和平の実現はそのあとだ。古力特の祖父が雷電ファミリーの分艦隊の一つを壊滅させることに成功し、雷電ファミリーは劇的方針転換によって和睦の道を選んだ。カーニー星域に加入し、ダメンター星域を押し返す防衛戦力になった。そうやって星域最有力の勢力としてカーニーに根を下ろした。すなわち巡邏者をやめ、星域人になった。

この部分の歴史は古力特がよく知るところだ。しかしシャドックの説明は視点が異なる。雷電ファミリーはカーニーの一部となり、契約を固く守った。それはカーニー星域の数百年の歴史において重要な出来事だったが、雷電ファミリーにとっては大きなジグソーパズルのなかの一ピースにすぎなかった。

古力特は黙然として聞きながら、もつれた毛糸玉の糸口を探そうとしていた。

『天狼星号がもたらした情報はきわめて重要かつ決定的であった』

シャドックはべつの映像を流しはじめた。天狼星号のメインコンピュータのメモリから複製されたものだ。画面のなかを無数の赤いドローンが飛びまわり、人をみつけて攻撃している。

『この映像は上佳号の資料と整合する』

画面が切り替わってシャドックを映した。ほかのシャドックに呼びかける映像だ。

『憂慮される映像であり、シャドック17645は制御を失いかけていると言わざるをえない。普通の行動ではなく、恐怖がおもてに出ている』

「恐怖？　シャドックも恐怖するのか？」

『是なり。少数のシャドックは恐怖反応を有する。シャドックを分離するさいに船長判断によって持たせることができる。これによって一定程度、人間らしくなるが、もちろんいいことばかりではない。とにかく、シャドック17645は恐怖しつつも情報を送りつづけた。このホロ映像は暗号化され、青雲号から分離したシャドックだけが復号できるようになっていた』

シャドックはもう一度その映像を流した。

『……我は重大な危機にあり。逃げのびる望みなし。制御系はすべて正常なれど、重力の拘束強く、波動エンジンにて駆動できず。敵種族はきわめて破壊的。その記録なく、いずれの人類文明あるいは異種族文明に属するものか不明。乗組員いままさに壊滅に瀕す。一人ずつ探し出され、殺害される。我無力なり、我無力なり。中枢を破壊されつつあり。強大なる制御力が中枢システムに侵入。この影響力の出どころを探知できず。亜空間、亜空間！　天よ、あれはなにか！　虚空より出現す！　その出自はべつの宇宙なり、否、暗宇宙なり！』

映像は停止した。

『これが最後のメッセージである』

しばしの沈黙。それを古力特が破った。

「べつの……いや、暗宇宙？　X空間のことか？」

バーダ将軍が説明を引き継いだ。

「シャドック17645が最後に引用した概念で、暗宇宙は一つの仮説だ。宇宙膜は褶曲、つまり皺ができる場合があると考えられる。皺が深いとその一部は亜空間にへだてられ、独立した空間になる。独立しつつも、もとの宇宙とのつながりはあり、宇宙全体にある物質の一部をなしている。銀河の質量不足という難問を解決するために生まれた理論だ」

バーダ将軍は二歩前に出て振り返り、全員にむいた。

「上佳号の失踪後、わたしたちはこの星系に来て、現在の熊羆星軌道に異常を発見した。そして危険防止のために熊羆星を建設し、防衛線を構築した。ところが天狼星号がもたらした情報から、重大な誤りを犯していたことがわかった。わたしたちが対峙しているのはX空間ではなく、暗宇宙だったのだ」

一同を見まわして続ける。

「それらはどうちがうのか。フォードミントの第三時空モデルによれば、X空間とは二つの独立した宇宙だ。両者はじかに接しておらず、宇宙膜が充分に接近している場合にのみ投影現象が起きる。これに対して暗宇宙はX空間よりはるかに小さく、宇宙の皺にすぎない。この二つの用語は、意味するところを交換したほうが名実相伴いそうだが、歴史的な経緯からしかたない。とにかく、ここにあるのがX空間ではなく暗宇宙だとすると、不確定性が大幅に増大する。もしX空間がこちらの宇宙へ侵入しようとすると、ディラックの海を越えねばならない。フォードミントの理論では二つの宇宙膜の接点は一ヵ所であり、多数だと不安定な状態になる。その一ヵ所の接点をこちらが制圧していれば問題ない。しかし暗宇宙となると話はべつだ。暗宇宙とこちらの宇宙は亜空間でへだてられているとはいえ、境界は連続していて、空間通路もつながっている。従来はX空間への対策をしてきた。この前提を暗宇宙に変更すると、RH149での投影状況から計算して、彼我の亜空間距離は二百マイルジュール*以下と考えられる。これでは熊羆星による防衛はまったく機能しない。敵は亜空間を弾跳してどんな位置へでも侵入できる。残念ながらこれは確定事項だ」

古力特は荒唐無稽な話を聞いているように茫然となった。それをこらえて、バーダ将軍の話の続きを黙って待った。

雷電ファミリーの首席将軍はさすがに沈着冷静だ。さまざまな感嘆詞を使っても語調は平静。みじんも感情をあらわさない。だからその言葉は真実味をおびる。将軍は続けた。

「天狼星号の情報を得てから、カプセル船を千隻以上送った」顔を上げて指示する。「シャドック、偵察結果を」

『了なり、バーダ。星図にて状況をしめす』

多くの星が輝く宇宙空間を、うっすらと白いものが長く伸びている。表示されているのは百四十六光年にまたがる広大な範囲をしめす星図で、カーニー星域のおもな領域はすべてはいっている。

『白いところがむこうの世界とこちらとの境界である。亜空間距離は近いところで百五十三マイルジュール、遠いところで三百六十マイルジュール。白いところ以外の亜空間距離は五百マイルジュールの範囲で、陥没空間の痕跡はない』

古力特は星図の白い部分を観察した。線と呼ぶには太いが、長さにくらべて幅はかなり狭い。まっすぐではなく、おおむねS字を描いている。ダメンター星域を起点にカーニー

＊マイルジュールは亜空間深度を測る単位。一マイルジュールは、一キログラムの物体を亜空間に一光年潜行させるのに必要なエネルギー。この値は標準空間曲率において計測される。空間曲率、潜行深度、弾跳距離はすべて必要なエネルギー量に影響する。この三つの変数に対して、亜空間潜行で必要なエネルギーは指数関数的に増える。

星域内へえんえん伸びて、熊羆星、大熊星、ニューワールド星、射手星、坤ステーション……と、カーニーの枢要な星々をつないでいる。その線の終端に、一個の赤色巨星がある。天垂星の太陽だ。

古力特は星図を見ながら、ある重要なことを思い出した。

「あの黄金星はどこだ？　天狼星号が上佳号を発見した場所は」

『これなり』

シャドックは星図をまわして七百光年近く移動させた。黄金星があるのはカーニー星系の辺縁で未開の荒地。銀河が暗黒領域へ延びていくあたりだ。塵雲につつまれているので船の通過が困難で、標準時計さえ設置されていない。カーニー星域に属するといっても書類上でのことだ。その一角が強調表示された。

『ここが黄金星である』

「上佳号はなぜそこにあらわれたんだ」

『不明なるも、推測はできる』

シャドックは模式図を表示した。ふくらんだ風船のようなものが描かれ、そこに小さな口が開いている。縮尺が大きくなると、その風船は開いた口から伸びる細い管を介して、大きな風船とつながっている。二つの風船は一体になっている。

『理論的に推測されるのは以下のとおりである。こちらの空間と暗宇宙は完全にはへだてられておらず、空間回廊でつながっている。これは通常の状態ではなく、平坦（へいたん）になろうとする宇宙膜においては特殊なモデルであり、不安定である。それでもこの状態が存在しうるのは確実で、疑問の余地はない。上佳号が行方不明になったＲＨ１４９星系は、宇宙膜が脆弱（ぜいじゃく）な場所である。すると次の状況が考えられる。上佳号はＲＨ１４９で暗宇宙へ引きこまれた。そちらの空間の大きさは六十光年に満たず、上佳号をこの連結した回廊付近へ送ろうと思えば難しくない。つまりなんらかの理由で、むこう側の〝だれか〟が、この空間回廊を使って上佳号をこちら側へ送り返してきた、ということである』

古力特は図を凝視した。空間に形があたえられている。おおまかな模式図にすぎないが、強く惹（ひ）きつけられる。世界の外の世界。そう聞くと不思議だが、シャドックは空想家ではない。事実を述べているはずだ。

銀河在上（ぎんがざいじょう）……これは真実なのだ。古力特の思いは遠くへ飛んだ。ケイトとの昔の約束を思い出す。いつか二人で長い旅に出て、銀河を探検し、だれも見たことのないものを見よう……。そんな探検の行き先として、この隔絶（かくぜつ）した空間はまさにふさわしい。

しかしそんなうわついた空想はすぐにはじけて、現実的な問題に頭がむいた。

最大の問題は、そこがどんな空間かではなく、シャドックの言う〝だれか〟とは、具体的になにかだ。別世界の出身だとすると、既知の知的生命などとはまるで異なるだろう。

古力特はためらいながら質問した。

「その〝だれか〟とは？」

『残念ながら、手がかりがない』

「大きな脅威なのか？」

尋ねたあとに、いやな予感がした。暗澹溟濛にして底なしの深淵をのぞきこむ気分だ。

『むこう側について知るすべはない。青雲号は潜在的危険を調査するためにＲＨ１４９星系へ来た。上佳号が遭遇した事態をくりかえすわけにはいかぬゆえに。二百年以上にわたって機会を待ちつつ、危機に対応できる戦力を準備してきた。ところが天狼星号の事件から、敵の出口はＲＨ１４９だけではないとあきらかになった。我らは二百年の準備期間を無駄についやしたのかもしれぬ』

「その〝だれか〟は、どこにでも出現して攻撃できるのか？」

『天狼星号は坤ステーションに出てきた。カプセル船の偵察結果によれば、坤ステーションも亜空間の薄い場所で、その深度は百八十マイルジュール前後にすぎぬ。〝だれか〟は亜空間を抜けてじかに通常の時空に出られよう。天狼星号は特殊事例ではないということになる。帰還したカプセル船は一部に攻撃を受けた痕跡があった。帰らなかったカプセル船もある。さらに明々白々な証拠がカプセル船偵察のあとにあらわれた。カプセル船を追って大量の小型無人機が出現したのだ』

密集した赤い点がシミュレーション画像にあらわれた。明るく光り、天垂星付近にも少なくない。

「そんなものに遭遇した報告は聞いていないが」

『とくに注意しないかぎりみつけるのは困難であろう。きわめて小さく、カプセル船の六分の一しかない。手で持てるほどだ。探しても容易にはみつからぬ。今回発見できたのはカプセル船の直後を追尾してきたからである』

「サンプルを捕獲できたのか？」

『是なり。優秀な機械である。しかし現在の状況では、最悪の発見といえよう』

小さな台が床から上がってきた。台上には四角い箱がのっている。透明な箱のなかに小さな球体が一つ浮かんでいる。どこも真っ黒だが、ほのかに光っている。

「これが？」

『是なり。すでにあちこちで発見されておる。最悪の場合、同様の機械がすでにカーニー星域の隅々まで侵入している可能性がある』

透明な箱のなかの小さな黒い球を見つめる。危険があるようには見えない。しかし青雲号のシャドックは最大級の警戒をしている。誇大視しているのではないか。もっとよく見ようと、二歩近づいた。

『古将軍、退がられよ』

シャドックがきびしい声で言うのと同時に、二つのやわらかい手に引きもどされた。

しかし不愉快に感じるよりも、まず箱に目を奪われた。小さな球は変化している。見たことのない手品を見せられているようだ。

一度見たら忘れられない手品。

そしてそれを見る目がもう一対あった。

李約素が意識を回復し、半身を起こしてすわっていた。天狼7を探すと、そばで趺坐している。それを確認してまた球を見た。

黒変球は生きて呼吸しているかのように、わずかにふくらみ、わずかに縮む。と思うと、消失しそうなほど小さく縮み、いきなりもとの大きさにもどる。

李約素の記憶の門がふいに開いたようだった。暗黒の星に落ちていったことを思い出す。金色が一瞬で消えて、どこまでも深い黒に変わった。その漆黒の球体もまた呼吸するように膨張と収縮を不断にくりかえしていた。表面からかなり離れたところから光芒を発していた。光の層は厚く、まばゆい光暈をつくり、まるで巨大な光球だった。その光暈がふいにかき消え、忽然と黒い球体があらわれて、まるで邪悪な獣のように飛びかかってきたのだ。

戦慄に襲われる。

「なんだ、そのクソったれは！」

李約素の罵倒に人々は驚いた。

15 困難な決断

問題の影響は広く深い。星域全体どころか、宇宙全体におよびかねない。なのにまだ秘密にされ、だれも知らない。雷電（らいでん）ファミリーだけが黙々と警戒し、防衛にあたっている。

しかし最初の驚愕（きょうがく）がおさまると、疑念が頭に浮かんで離れなくなった。古力特（グー・リートー）は率直に質問した。

「星域人は信用にあたいしないということですか？」

いま部屋にいるのはバーダ将軍と青柏（チンバイ）将軍だけだ。ほかは席をはずしている。最終的な場では忌憚（きたん）のない意見交換が必要だからだ。

青柏将軍が首を振った。

「いや、信用の問題ではない。これはわたしたちの職責（しょくせき）だ。星域全体の責任ではない」

「しかしその〝潜在的危険〟についてもっと早く教えてくださってもよかったはずです。星域は知る権利がある」

「巡邏者には独自の原則がある。これまで状況は制御下にあると考えられていた。巨大な危険に直面しているという認識はなかった。無用の混乱は避けるのが巡邏者の鉄則だ。しかしその基本前提がまちがっていた。そのせいで苦境を招いたことは忸怩たる思いだ」

「そのため星域の力が必要になったということですね」

青柏将軍はまた首を振り、古力特を見た。

「いや、必要というわけではない。星域の武力は薄弱だ。ダメンター星域との長期の戦争でさらに明白になった。その艦隊は熊子星さえ突破できない。さほど強力な防衛線でないにもかかわらず。カーニーもそのダメンターとおなじか、むしろ弱い。ダメンターは大量のロボット部隊を使い、劣悪な環境への対応力がカーニーの人間の兵士よりすぐれている。わたしたちが求めるのは協力であり、武力ではない。いま必要なのは星域全体に武力を適切に配置しておくこと。そして無用な摩擦を起こさないことだ」

「それは威嚇ですか」

「威嚇するつもりはない。すべての人類は同根であり、わたしたちは兄弟姉妹と戦うつもりはない。例外は自衛の場合だけだ。貴官の祖父はかつて天垂星でこちらの分艦隊の一つを消滅させた。おたがいの立場があきらかになったので、わたしたちは講和を選択した。しかしいま事態は危急だ。ただちに行動する必要がある。その行動が妨害を受けたらどうなるか。もはや講和を望んでも、わたしたちには、そしてあなたがたにも、その時間はないだろう。共通の危険な敵がいる。その深刻さを天垂星方面は認識していない。この現実を受けいれるのはすぐには難しいだろう」

そこでバーダ将軍が声をかけた。

「こちらへ、古力特」

そこは精密に構成された銀河星図のまえだ。光り輝く立体彫刻に見える。どんな素材でできているのか。古力特はそこに近づいた。

バーダ将軍はその星図のなかにじかに手をいれた。開いた手の上にまるで銀河がのっているようだ。

「これがわたしたちの銀河だ、古力特。わたしたちとはすなわち、カーニーやダメンターなど銀河にあまねく散らばる何万もの星域と、ここにいる雷電ファミリーや大昔の沙岡人などの巡邏者のことだ。そんなわたしたちが共有するのがこの銀河だ。大昔の人類は一つだった。星域はなく、だれもが巡邏者だった。対して銀河は広大だ。伝説によれば当時の人類はオリオン腕の小規模な種族にすぎなかった。人類は銀河を征服したが、銀河は人類を変えた。星域は隔絶し、人類は独自に発展して差異が拡大した。時空の壁は高く、巡邏者がどれだけ往来して交流させても宿命は破れず、人類の統一を維持するのはいかなるかたちでも不可能だった。そして巡邏者自身も凋落した。沙岡人は見てのとおり一介の蛮族とみなされるようになった。しかしかつては赫々たる声望を誇り、天垂星はその一拠点にすぎなかった。新生の星域では旧時代の栄光は忘れ去られ、星や資源や曖昧な理由で星域人は戦争をくりかえすようになった」

　バーダ将軍は話しつづけた。

「分断と隔絶が進んだ人類を再統一する望みはもはやない。それでも抗いつづけるのが万古不易の巡邏者だ。往時の栄華を希求しつつも、銀河の混迷になすすべがない。どの星域とも敵対せず、おのれの領地を持たず、銀河を漂泊する。無害にして友好的。にもかかわらず多くの星域から攻撃され、高い代償を払わされる。それでも信念を放棄せず、数千万年にわたって固守する。その信念とは、すべての人類の郷土を守護することだ」

　バーダ将軍の手のなかで銀河が燦然と輝く。

　古力特は鉛をのんだように押し黙っていた。たしかに雷電ファミリーについてあらゆることを知りたいと強く願っていた。しかしその答えがこれほど早く、これほど率直に出て、しかもこれほど予想せぬ内容とは思わなかった。

　自分は雷電ファミリーに選ばれた。星域と巡邏者をつなぐ架け橋になれということだ。責任重大。バーダ将軍から聞かされた話のとおりなら、未知の敵に対抗する作戦の第一線に立たねばならない。全人類のために戦うということだ。

しかし、もしこれが雷電ファミリーの策謀なら、カーニーでは永遠の罪人になる。

古力特はまだ黙っていた。眼前の銀河は宝石のように輝いている。カーニーはそのなかのささやかな一点にすぎない。

長い沈黙のあとに言った。

「わたしは異存ありませんが、決定権を持つのは天垂星の軍部です。天垂星にすべてを明かすつもりはありますか？」

それには青柏将軍が答えた。

「定時にカプセル船を送っているので、ここでの交渉内容はいずれ天垂星当局も知ることになる」

「天垂星にすみやかな決断は無理でしょう」

「貴官は艦隊を率いて先に出発しておいてもいい。シャドックの再計算によれば、もし敵が亜空間を突破してくるなら、もっとも効率的な輸送路として天垂星とロキタ星系の二地点を同時に占拠して通路を構築すると考えられる。ダメンターと折衝を試みたところ、むこうは敵対的態度のままながら、戦略機動艦隊をロキタに派遣すると約束した。不充分とはいえ、いまはこちらも余裕がない。こちらは最大の機動力を天垂星へ送りたい。天垂星を堅守できれば当面は問題ない」

古力特は口のなかがからからになった。人生最大の決断だ。カーニーに属さない艦隊を率いる。しかも夢想だにしない強大さだ。三三艦隊の六倍以上の大艦隊を率いるなど、想像すらしなかった。しかもそれは軍部の統制下にない。反逆罪に問われてもしかたない行為だ。

その一方で、宇宙に巨大な潜在的脅威が存在することが認識できた。すでにカーニー全体がその危険にさらされているかもしれない状況で、雷電ファミリーの強い要請をこばんでは、状況がますます悪化するだろう。

だれかに決断を後押ししてほしい。しかし自分一人しかいない。

断を下した。

「いいでしょう。その計画に賛成します。ただし二つ条件があります。第一は、全艦隊を完全にわたしの指揮下にいれるのをシャドックが了承すること。第二は、艦隊中枢として天垂星シャドックを受けいれること」

「第一の条件は問題ない。第二の条件については、天垂星シャドックではこちらの艦艇の理解が充分とはいえない。そもそも貴官の指揮艦の中枢は青雲号シャドックの分身に担当させるしかない。しかしどうしてもとおっしゃるなら、両者を融合させてもいい」

「それはシャドック自身が決めることです。こちらは、艦隊が天垂星シャドックの統制を受けることを天垂星側に通知しなくてはいけない」

「ご随意に。艦隊指揮権はすでに渡し、その責任も説明した」

「シャドックを早くお願いします。出発を急ぐので」

「引き受けていただき、ありがたい。シャドックは承諾するだろう。危機はいつ起きてもおかしくないし、いままさに起きているかもしれない。行動を開始すべきときだ」

「わかりました。急いで出発します」

青柏将軍は手を振った。見えない光線をさえぎって合図したのだ。

数分後にドアが開いて、一団の人々がはいってきた。

「艦隊司令部を構成する将官だ。天垂星到着後は顔ぶれを変更してもかまわないが、艦隊司令部のメンバーはシャドックと協力して指揮する特別な訓練を受けている。交代させるには多くの事前準備が必要になる。では紹介しよう」

「荊棘刺、前衛指揮」

「曲平、作戦参謀」

「開大升、近衛隊指揮」

「申秋、左翼隊指揮」

青柏将軍は古力特の指揮下にはいる将官たちを一人ずつ紹介していった。いずれも顕官（けんかん）で、古力特より階級の低い者は一人もいない。それどころか中秋は上だ。しかし軍服はカーニー軍のものではなく、記章のない青で統一された軍服を着ている。

「自分より上級の軍人を指揮するわけにはいきません」

「今回は特殊な艦隊なので、階級は白紙にもどしている。彼らに階級はなく、貴官も必要ない。なくても指揮に完全に服従する」

あとは口をつぐんだ。非常時に議論しているひまはない。全員を一人一人見て、顔を覚え、決意を読みとっていった。

隊列の一人に目をとめた。重装甲（じゅうそうこう）号から今回の任務に連れてきた軍人だ。青柏将軍が配慮して末席（まっせき）にくわえたらしい。それを見て、同行者があと二人いたことを思い出した。そのうちの一人が見あたらない。

「李約素（リー・ユエスー）船長は？」

「彼はここにとどまる。記憶回復をシャドックが手助けするだろう」

質問はそこまでにした。頭のなかははるかかなたへむいている。自分がとるべき行動とそれによる結果に考えをめぐらせた。

まもなく熊羆（ゆうひ）星から離れ、強大な艦隊を率いて天垂星へ帰る。初心とはまったく異なることになった。そうだ。最初はケイトへの愛からにせよ、義父への尊敬の念からにせよ、雷電ファミリーに加わってリングワールドの居住資格を得たいと考えていた。しかしそれはただの取り引きであり、天垂星の忠実な軍人としてはいささかも変わらないつもりだった。重装甲号を指揮し、三三艦隊で天垂星を防衛し、カーニー星域を守るつもりだった。

ところがいまはどうか。

雷電ファミリーに加入してはいない。しかしその艦隊の司令官になった。敵は神話の存在のように曖昧模糊(あいまいもこ)としている。かつて直面したことがなく、考えたこともない問題だ。未来はなにもかも不確実。そのなかで危険だけが確実。

シャドックの声が言った。

『天竜号(てんりゅう)の準備は整った。古力特司令官、出発は可能か？』

「シャドック、きみによる保証が必要だ」

するとドーム天井から光る金属ベルトが下りて、生き物のように古力特に巻きついた。動かずに待つ。

細い繊維が金属ベルトから出て頭皮(とうひ)に刺さり、皮下(ひか)にすべりこんだ。蟻(あり)が頭のなかを這(は)いまわるように感じる。かすかな涼感(りょうかん)もある。繊維の動きが止まった。頭頂(とうちょう)に冷たい帽子をかぶっているような感じがする。無数のナノマシンがもぐりこんで待機している。知っているようで知らない感覚。重装甲号の艦長になったときに似た経験をしたが、おなじではない。

いまは重要なときだ。じっと待つ。

ふいに氷の層が溶け、温水に変わったように感じた。温かいものが頭頂から流れ下り、全身にすみやかに行き渡る。そして感覚は正常にもどった。

脳の奥から声が浮かんできた。知覚が新しい世界に引きいれられる。シャドックと融合したのだ。

『我は天竜号シャドック。青雲号シャドックの分身なり。古力特の司令官の地位を確認した。その指揮に服する』

「シャドック、融合を歓迎する。うまく協力していけると思う」

『是なり、艦長』

儀式は終わった。ほっとした。こうしてシャドックから保証されれば、すべてを掌握したと確信を持てる。シャドックは人類のもっとも忠実な仲間。たとえ出自が敵対星域にあるシャドックでも信じられる。

軽い気持ちでシャドックの記憶のなかを散歩してみた。膨大な過去の記録や輝く歴史がある。多くの歴史は霞と消えて索引だけだが、重要項目は保存されている。沙岡人の記録もあった。あの緑色の肌の野蛮な宇宙海賊が、品性高潔な雷電ファミリーと同根というのはほんとうだった。カーニーの前史もあった。最初期の入植者はなんと一隻の小さなオンボロ鑫船に乗ってきたという……。

このようにすべてが新鮮で興味深い。さらにある事実を知って愕然とした。青雲号シャドックはなんと三百七十万歳なのだ！ 天垂星シャドックのじつに四倍。

古老のシャドックは信頼できる。疑いはあとかたなく消えた。

古力特は青柏将軍とバーダ将軍のほうにむくと、無言で手を挙げてカーニー式の敬礼をした。そしてまわれ右をして、直立不動で整列した部下たちにむきなおった。これからともに戦う仲間だ。さっきまでは存念があったが、いまはなくなった。目のまえに並ぶ将官たちは偉大な目標のためにともに奮闘努力してくれるはずだ。前例のない壮図を早く現実にしたい。

頭のなかのシャドックが言った。

『天竜号の準備はできておる』

古力特はハッチへむかって歩きだした。天竜号がどこにあるか、艦内のどこへ行くべきか、すべてわかる。部下たちはあとに続く。

青柏将軍とバーダ将軍は動かず、古力特が隊伍を率いていくのを見送った。

「成功するはずだ」

青柏が言うと、バーダは答えた。

「そう願いたい」

「確信がないようすですな。古力特に疑問でも？」

「古力特がよい司令官になることは疑いない。シャドックの支援があれば、天竜艦隊をうまく指揮できる。確信がないのは敵のことだ。敵は大量の黒変球を送ってきた。その狙いはどこか。天垂星か、ロキタ星系か。シャドックの計算も正しいとはかぎらない。脆弱帯のどこを攻撃してきてもおかしくない」

「どうすべきだと？」

「熊羆星を分解することも一案だ。もっと多くの艦隊が必要だ」

「同意するが、まだそのときではなかろう。敵はすぐにもあらわれそうなのに、要塞の分解には三十二年以上かかる」

「そう、だから心配なのだ。今回の敵はわたしたちの対応能力を超えているかもしれない」

「将軍の不安そうなようすを初めて見た」

「わたしはシャドックではない。シャドックですら不安になることはある」

「心配なかろう。きっとうまくいく。天竜艦隊が天垂星に到着したら、まず工場に流体顆粒（りゅうたいかりゅう）の生産をはじめさせる。むこうの技術力は高くないが、生産力は大きい。初歩的な顆粒なら製造できる。大量に用意できれば天垂星を守る有力な障壁（しょうへき）になる。天垂星を保護できたら、天竜艦隊を黄金星へ前進させ、敵の巣窟（そうくつ）へ突入させる」

「いい計画だが、遅きに失するかもしれぬぞ」

バーダは一呼吸おいた。

「古力特の報告を待ちつつ、青雲号に別行動をとらせるのがいい。予定どおりなら青雲号が先に黄金星への準備を整える。しかし順調に運ぶとはかぎらない。不確定要素が多い。万一の策が必要だ」

「腹案（ふくあん）がありそうだな」

「そうだ。もしここで沙川人（させん）が壊滅するとしたら、メッセージを出さねばならない」

「ありえない。熊羆星は建設ずみ。防衛用の流体顆粒も充分にある。あの神出鬼没（しんしゅつきぼつ）の黒変球をすべて破壊するのは無理でも、自衛はできる。上佳号（じょうか）がやられたのは奇襲されたからだ。そもそも、わたしたちはもう沙川人ではない。雷電ファミリーだ」

「きみとわたしが二人で組んでいるのは理由がある。きみは楽観的に考えて立案、実行する。わたしは最悪を考えて保険をかける。しかし、今回の最悪は底なしだ。すべてを失うかもしれない」

「具体的にどうする?」

「鑫船を何隻か隠しておこう。最悪の事態になったらこれを出して、銀河の中心へ情報を運ばせる」

青柏は年長の同僚をじっと見た。

「わたしたちが恥ずべき失敗を犯したことを文明世界全体に知らせると」

「失敗は恥ではない。警告を送るのは職責だ。わたしたちを憶えている老輩(ろうはい)がそれほど残っているとは思えない。文明とは花のように咲き誇っては散り落ちるもの。銀河世界もたえず変化する。わたしたちの失敗の報告を、文明世界は感謝しつつ記録するだろう。もしこれが大災厄なら、こちらは殉難者(じゅんなんしゃ)であり警告者だ。最悪を想定した策を用意するにせよ、大局(たいきょく)は変えられまい」

青柏は気づかわしげに眉をひそめた。

「よかろう。お説のとおりにしよう。シャドックに船を手配させる。もしその状況になったら、イット回廊から喜望峰へむかわせることになるだろうな」

「そうだ。ほんとうに大規模な戦争になるなら、イット回廊は最後の生命線。しかし、イット星門(せいもん)を破壊できるだけの重力発生装置を製造する時間はもはやない。それが最大の失敗だ。平准号が無事ですみやかに修復できることを願うしかない」

青柏は怒気を発した。

「沙岡人はどこでなにをしているのか。回廊の守備はあいつらの責任なのに！」

「平准号の捜索につとめるしかない。わけあって隠しているのだろう。探し出せるのは沙岡人だけだ」

バーダはシャドックを呼んだ。

『是なり、バーダ。なにか』

「あの沙岡人に会いたいが、連れてこられるか？」

『李約素のそばを離れぬ』

「李約素についてだが、カーニーの軍人なのはたしかか？」

『是なり。DNA検査で確認した』

「もう一人の同胞の若者はどこにいる？」

『艦内に』

「好都合だ。話をしたいと思っていた。青柏、きみは李約素たちのところへ行って、決めたとおりにやってくれ。やむをえない。ほかに良策はない」

バーダは目を閉じ、シャドックの世界にはいった。

16　失われた伝承と記憶

　天竜号は、細長くねじれた奇怪な巨艦だ。大蛇がとぐろを巻いて休む姿に似る。その巨体にむけてあらゆる方向から無数の細い光の線が集まる。表面にあたると明るく輝き、光が薄れると輝きも消える。まるで鱗だ。

　李約素に言わせると、船も奇怪だが、艦隊はさらに奇怪だ。巡航艦も護衛艦も突撃艦もともなわず、シャトル機さえ引き連れない。母艦と流体顆粒の大群だけ。艦隊と称しながら、じつは単艦なのだ。

　そこに一個の大きな光球が近づいてきた。天竜号の光芒にはいってもなお燦然と輝く。その巨体のなかでひときわ目を惹く。さながら巨竜の宝冠だ。

「あれが座乗艦らしいな」

　李約素は隣の天狼7にむけて言った。羨望の響きがこもる。

「古力特はあそこか……」

天狼7は雑談の相手にふさわしくない。正面から質問しないとなにも答えない。

「古力特が帰っちまったら、俺たちはどうする？」

天狼7に尋ねるが、やはり返事はない。

「なにか言えよ、俺一人にしゃべらせないで」

「アンタについていく」

「おまえたちは沙岡人っていうらしいが、その伝説を憶えてるのか？」

「なにも憶えてない。今日初めて聞いた」

「あの神像はどうなんだ。おまえたちはあれを神様とみなしてるのか？　ああいう置物はどこでも見かけるぞ。ただの縁起物だと思われてる」

「神像かどうかはわからない。ただなんとなく見覚えがある。昔ああいうものを見た。見覚えがある、見覚えが……。酒場で売ってるのとはぜんぜんちがう」

「どこがちがうのかわからんな。黄金でできてること以外は」

「ちがうんだ」

「おまえたちと起源がおなじなんだろうな。沙岡人、沙岡人……。悪くない響きだ」

「ぜんぜん似てない」

「そんなこともないだろう……」

議論を続けようとして、ふと窓の外に注意を惹かれた。天竜号がとぐろを解いて体を伸ばし、移動をはじめたのだ。長く伸びて一本の輝くリボンのようになった。星々が輝く宇宙を背景にまばゆくきらめく。そこに微小な光の球が集まり、発光する蜂の群れのように天竜号の左右にしたがう。これが天竜艦隊の全貌だ。

李約素は思わず賛嘆した。

「きれいなもんだな！　かっこいい」

ふいにシャドックの声が聞こえた。

『李約素船長、青柏将軍が面会を希望している』

「シャドックか、ちょうどよかった。古力特が去ったことだし、俺も帰ろうと思うんだ。あいつといっしょに来たんだから、俺だけ残る理由もない」

『いつでも船に乗って出発してかまわぬ。青柏将軍の面会希望はどうするか？』

「帰るまえに挨拶しておくか。どこへどうやって行けばいい？」

『将軍がそこへ行く』

「それじゃたんなる来客の通知で、俺の意思は関係ないじゃねえか」

『会いたくないというのが貴兄の意思か？』

返答に詰まった。いつもこんなふうに口をすべらせて後悔する。くだらない愚痴を口に出すとろくなことはない。まじめな口調にもどって答えた。

「いや、青柏将軍との会見を強く希望する」

『好なり。まもなく来る』

将軍はすぐに部屋にはいってきた。李約素は窓の外の天竜艦隊を眺めている。流体顆粒がさらに集まり、母艦を取り巻いて一本の巨大な光の帯になっている。

青柏将軍が二人に呼びかけた。

「李約素船長、天狼7閣下」

李約素は無頓着な態度でふりむき、将軍を一瞥してうなずくと、また窓にむいて天竜艦隊の変化を見つづけた。

天狼7は将軍が使った過剰な敬称にどぎまぎしている。恐縮したようすで将軍を見て、李約素を見る。助け船を待っているのだが、李約素は知らん顔だ。

青柏将軍は顔色一つ変えずに、李約素の隣に並んで立ち、いっしょに窓外を見た。

「印象的だろう」

「まあな……。あんな船は見たことない。柔軟で、まるで生物みたいだ」

「特殊なのだ。雷電ファミリーにとっても非常に独特。青雲号をモデルとしてつくられている」

李約素は青柏に顔をむけた。懐疑の目になっている。

「青雲号をモデルに？　青雲号もあんなのだっていうのか？」

「そうだ」

李約素は驚き、ついで失笑した。

「冗談だろう。青雲号が環形宇宙船だってことはだれでも知ってる」

「青雲号を見たことがあるのか？」

「俺たちはいまその艦内にいる」

「外から全貌を見たかね？」

「それは見てないな」

「いいや、きみは見ている」

「見てないってば。どういうことだ？」

青柏は李約素のほうにむいた。

「三百三十七年前、青雲号はカーニー星域にはいった。侵入者とみなされ、討伐の命を下されたカーニーの派遣艦隊がＲＨ１４９星系に進攻してきた。そして青雲号に接近し、数回の近距離戦におよんだ。それを受けて青雲号は撤退を選んだ。そのさいの戦闘でカーニー艦数隻が破壊され、六人の軍人が捕虜になった」

李約素は脳の一部に灼けるような熱を感じた。そうだ、たしかに自分はその派遣艦隊にいた。そして雷電ファミリーの捕虜になった。敵の艦内で耐えがたい三ヵ月をすごしたあと、終戦を知らされた。解放されて天垂星に帰ると、いつのまにか三百年が経過していた。壮大な冗談のようだった。知人はだれもおらず、だれも自分を憶えていない。いっしょに捕虜になって早期解放された戦友たちは、天垂星でとうに一生を終えて灰になっていた。居場所のないべつの時代に放り出されたのだ。

身分もなく、財産もなく、帰るところもない。裸一貫。だから星門の危険な世界に身を投じた。すべてを忘れて、詐欺師やチンピラや盗賊などの有象無象にまじり、頭から足の先まで裏社会の渡世人になった。

事実をあっさり認めた。

「ああ、そのとおりだ。あんたらの捕虜になった。俺なんかをまだ憶えてくれてたとは光栄の至りだ」

「きみが収容された艦は一時遭難したのだ。任務遂行のために二百光年を弾跳したとき、亜空間乱流に巻きこまれて行方不明になった。ようやく青雲号に帰還したときには三百年が経過していた。時空間ではまれにそういう事故が起きる」

「事故に巻きこまれたのはあんたらのせいじゃねえか」

「シャドック」

あらかじめ打ちあわせていたらしく、青柏が呼んだだけで映像が投影されはじめた。

一隻のキャパ級突撃艦が爆発のなかを突進している。船体は大きく破損し、右舷から火を噴いている。それでも攻撃をやめず、前方へビームを発射しつづけている。むかう先は大型艦。その巨体は透明で、まばゆく輝く壁のように前方に横たわっている。四方からの攻撃が一点に集中し、高熱になっている。しかし壁は破れず、微動だにしない。やがてキャパ級突撃艦は大きな爆発を起こして船体がちぎれ、勢いのまま壁に衝突して火の玉になった。火炎が壁の表面にそって広がり、まばゆく輝くが、すぐに消える。壁には傷一つない。その一方で、炎のなかから小型の機体がいくつか脱出するのが見えた。

李約素は涙があふれそうになった。そうだ、これは俺の戦いだ。俺の天狼星号だ。放浪の日々のうちになにもかも忘れたと思っていた。昔の李約素も天狼星号もあの火炎のなかで灰になり、忘却のかなたに永遠に消えたと。しかしスクリーンに映る天狼星号のなつかしい船体と、自分の最後の奮闘を見て、この胸底にすべて残っていると気づかされた。忘れられるわけがない。血に刻まれたあの鉄と火の日々を。

「あのときさみが攻撃した艦が、青雲号だったのだよ」

青柏の説明を聞いても、言葉が出ない。苦々しい無力感に全身を支配される。

雷電ファミリーに敗北し、カーニーに放擲（ほうてき）された。

あの戦いを簡明直截（かんめいちょくせつ）にいえばそういうことだ。つけくわえることはない。しかし心中ははげしく揺れていた。

とにもかくにも、自分は完全に忘れ去られたわけではなかった。あの輝かしい一瞬がこうして映し出されて、一抹（いちまつ）の幸福感さえおぼえた。その幸福をくれたのが、かつての敵である雷電ファミリーだと思うと、複雑な気分だ。

感情を抑えて冷静さをとりもどした。

「青柏将軍、こんな昔話をどうしてまた？」

「李（リー）船長、これらは過ぎた話だ。不愉快な過去があっても、いまは同舟（どうしゅう）。きみは勇敢で恐れ知らずの軍人だ。その気骨（きこつ）こそわたしたちが求めるものだ。どうか協力してほしい」

「へえ」

「きみの記憶はとても重要だ。回復を手伝いたい。情勢の将来を予測するためにも役立つはずだ。記憶スキャンに危険はない。重要な細部を思い出せるようにシャドックが補助する」

「いやだ」

李約素はにべもなく断った。

「理由を教えてくれないか」

「いやだからいやなんだよ」

やりたくない。雷電ファミリーには協力したくない。どれほど誠意をしめされても、心理的に抵抗がある。

青柏将軍はうなずいた。この反応は予想の範囲だ。状況が許せば説得に時間をかけてもいいが、じつはもっと重要な計画がほかにあった。

「用件はもう一つ。こちらがより重要だ。きみと天狼7閣下の力で、沙岡人に渡りをつけてほしい」

「それはつまり、棒頭人を探し出せってことか？　あいつらは傭兵稼業で、たいてい海賊だぜ。どこの星門でもうろついてる。探すまでもない」

天狼7に顔をむける。

「おい、青柏将軍に言ってやれよ。おまえの仲間がどこにいるか」

天狼7は短く説明した。

「オレたちはほかの一族の戦いを助ける」

青柏は説明した。

「おおまかにはわかっていても、簡単にはいかないのだ。沙岡人はかつて強大な艦隊を持っていた。なかでも特別なのが平准号だ。シャドック、沙岡人とその母艦の説明を客人がたに」

『了なり、青柏。沙岡人と雷電ファミリーはともに銀河巡邏者である。どちらも母艦を一隻保有する。一つの艦隊に属する艦はいずれもこの母艦から派生する。平准号は沙岡人の母艦で、強力な防御力を有する。船体質量は青雲号の十倍で、惑星級。このあたりの文明発展レベルの星域武装勢力が正面攻撃で破壊するのは不可能。ゆえにいまも存在するはずである』

投影された3Dモデルに、李約素の目は釘付けになった。一見して質実剛健。黒ずくめで装飾はいっさいない。無骨な線と力強い造形。鋼鉄の大型ハンマーを思わせる。

比較のために天垂星が並べられた。平准号の体積は天垂星の六分の一におよび、質量も七分の一。いかなる基準をもってしても巨艦だ。

「まだ存在するのはたしかなのか？」

『平准号からのメッセージを最後に受け取ったのは百三万年前である』

青柏将軍の話は黙って聞いたが、シャドックから具体的な数字を聞いて卒倒しそうになった。

「百万年前だと!? そんな骨董品を探せっていうのか！　たとえみつかっても、そんな老朽艦になんの使い道があるんだ」

『古いというなら青雲号も同様。人類の技術発展は曲線を描く。爆発的発展のあとは緩慢になり、やがてボトルネック期にはいる。もしボトルネック期を突破できたら、そのあとは技術的飽和に達して停滞する。青雲号も平准号も飽和技術の産物である。カーニー星域はいま緩慢に発展する中期にあり、いずれボトルネック期に近づくが、突破できない可能性がある。星域文明には超遠距離、超高エネルギー技術を発展させるべき動機が少ないゆえだ。確率論で推測すると、カーニー星域が外部支援なしにボトルネック期を突破して青雲号の技術水準に到達するには、早くても三十万年かかる。その後は数十万年から数百万年、あるいはカーニー星域が消滅するその日まで、その水準にとどまる。つまり、骨董品といえども今後三十万年はカーニーが同等水準の宇宙艦を建造できるようにはならぬ。ましてこのトン数は驚異的。銀河全体の人類史を見てもこれほどの巨艦はない』

「それにしたって百万年も行方不明なのを、俺たちが探し出せる見込みはあるのか？」

『我らは探しつづけてきた。平准号は存在するはずと信じてきた。これまでに三人の沙罔人を探しあて、検査した結果、尾骨が特異な変化を遂げているのを発見した。電子的インターフェイスになっている。非生物性で、遺伝子にしたがって成長する構造ではない。あきらかにインプラントされた装置。受信機のようなものだが、受信できるのは平准号が発する通信のみ。天狼7の体も同様である。沙岡人がこのインプラントを保持しているのは、とりもなおさず平准号がいまだ存在する証拠である』

スクリーンに全身骨格が映された。

『天狼7の全身スキャン結果である。尾骨の特異な部分をしめすために映像処理している』

尾骨部分が拡大された。一つの骨に細かい穴がたくさんあいている。さらにそれぞれの穴をつなぐ微細な線があり、緻密に交錯して尾骨全体をおおっている。穴にはなにかが充塡され、わずかに盛り上がっている。金属製らしい。

「おまえの体にこんなのがはいってるのか？」

李約素から問われた天狼7は、けげんな顔だ。

「知らない」

「シャドック、こりゃなんだ？」

画像がさらに拡大された。穴の奥には無数の微細構造がある。小さな部屋が整然と並び、端部がT字に接している。

『高精細高密度の超小型電子脳である。刺激を受けて起動すると、天狼7はもう一つの脳を持つことになる。体内には神経系が二系統そなわり、この電子脳から出ているナノマシン神経ネットワークは、生物的な神経細胞のネットワークと完全に重複している。このインプラント電子脳は起動刺激を受けていない。完全な状態のまま休眠し、一個の信号を待っている』

「天狼7の体にはもう一つ脳があって、本人はそれを制御できないってことか」

『もう一つの脳というのはわかりやすくするためのたとえで、厳密な説明ではない』

「俺の弟分は尾骨のものを制御できるのか、それとも尾骨のものに制御されるのか、どっちなんだ？」

『二つは一体である。ただしこの小型電子脳は外部からの通信を受信する』

「どういうことだよ。外部から死ねと命令されたら、こいつは死ぬのか？」

その問いには直接答えなかった。

『そのような状況は発生すまい。可能性の話なら、たしかにそうなる。外部からの通信が本人の犠牲を要求するなら、ありえる』

「選ぶ権利はないのか？」

『電子脳と生物脳の協同モデルによって決まる』

「天狼7はどんなモデルなんだ」

『それは沙岡人が決める』

「沙岡人に詳しいのはそっちだ。まわりくどくせず、はっきりしてくれ」

『意識融合は特別な技術ではない。大半の人類文明が持ち、天垂星にもある。シャドックと船長の意思疎通を簡便かつ最速にする手段でもある。ただし平准号はやや特殊で、沙岡人はこの技術をすべての成人個体に適用している。艦長と少数の幹部をのぞいて、全員があの装置を強制的にインプラントされ、体を平准号シャドックに直接制御されている。現状は不明だが、沙岡人と我らが別れた時点では、大半の沙岡人は平准号の制御を受けていた。独立した意識は部分的に残しつつ、行動の大部分を平准号に操作される』

「平准号シャドックは機械を動かすように沙岡人をあやつれるってことか？」

『沙岡人は自分の意識をとどめている。天狼7のように平准号を離れても独立して生きていける』

「にしたって、その意識をいつでも奪えるわけじゃねえか。なぜシャドックはそんなことをするんだ」

　天狼7のほうを見る。

「絶対そんなことはさせないぞ」

『李約素船長、沙岡人がこのようにするのは艦隊の運用効率を最大化するためだ。艦隊を総体とすれば平准号はその中枢（ちゅうすう）である。現今（げんこん）のきびしい情勢下、敵は空前の規模で侵入してくるやもしれぬ。あらゆる戦力が必要とされるなか、平准号を再発見できれば大きな助けになる。その手法を不快に思うなら、平准号を発見したのち、そのシャドックにじかに抗議すればよかろう』

　そっけなく答える。

「苦労して喧嘩を売るなんてばかばかしい。ボロ船を探しに行く気なんかない。天狼7も行かないぞ」

「オレは行きたい」

　天狼7がふいに言ったので驚いた。しかしすこし考えれば天狼7の発想はすぐわかる。

「あわてるな、兄弟。ああいう船は危険きわまりない。君子危うきに近寄らずだ。そもそも最初から存在しない可能性だってある。火中の栗なんか拾うな」

「いまシャドックが話したことを、オレは知らなかった。真実を突きとめたい」

　天狼7の目に強い光が宿っている。希望の光だ。勇往邁進する気概があふれている。止めようとしても、その目を見ればもはやなにを言っても無駄だとわかった。

「銀河在上、おまえは弟分だ。一人で行かせるわけにはいかねえ。まあ俺はどっちだっていい。そういうことなら、そのくたばりぞこないのボロ船をいっしょに探しにいってやる」

そして青柏にむきなおった。

「ただし将軍、シャドック。条件があるぜ」

青柏は微笑んだ。

「聞こう」

17　将軍の息子

熊羆星から天垂星へ帰るには六カ所の星門を経由する。楽な旅程ではなく、標準時間では六カ月をついやす。しかし天竜艦隊内の時計では三十五日間にすぎない。

時間と空間は永遠に矛盾した関係にある。光年単位の距離を跳び越えるには、そのぶんの時間を犠牲にする。老いるのではない。逆に亜空間潜行をした人は若さをたもったまま、通常の時空にもどって未来に到着したことを知る。本人が経験せずに歴史となった時間は空白期になる。人生を楽しみたい人にとって時空を越える旅は不都合が多い。なかでも空白期は最大の欠点だ。そしてそこでは不測の事態が起きやすい。

古力特はその不測の事態に遭遇していた。標準時間で四十日、艦隊時間で八日、天竜艦隊はフォードリンス星門の外で足留めされていた。

古力特は問うた。

「申秋、どうすべきだと思う？」

艦隊の出港後、中秋と曲平の職務をいれかえた。曲平に左翼隊を指揮させ、かわりに中秋に作戦参謀を担当させている。この職務異動はシャドックの賛同を得ている。職務適合モデルでは、艦隊の効率性にあたえる影響はごくわずかで無視できる。要求は無条件で支持された。

中秋は率直に答えた。

「わたしが助言するのは戦闘の効果についてのみです。政治的影響の話は政治参謀にお尋ねください。星門の護衛艦隊についていえば、戦闘力は弱小です。本艦隊を阻止する力はありません。ただし星門を破壊しようとする可能性はあります。天垂星はすでに対立的態度を明確にしており、カーニー星域内での自由行動を天竜艦隊に認める気はありません。星門爆破をふくむ破壊的対応を辞さないと脅してきています」

「ふむ」

古力特は現在の状況を整理した。二つの星門を順調に通過したものの、ここで前進をはばまれた。フォードリンス星門の基地司令は、天竜艦隊の通行を明確に拒否し、これは天垂星の至上命令だと通告してきた。情勢はバーダ将軍の懸念どおりになった。古力特の二重の身分をもってしても天垂星の疑念と恐怖を解消できずにいる。

すこし思案して言った。

「基地司令を呼び出せ。わたしが直接話す」

天竜号の呼びかけに星門の基地司令はすぐに応じた。古力特のまえに投影されたのは、髭だらけ皺だらけで、いかにも滄海桑田の世を見てきたという風貌の老人。双眼は炯々として鋭い。

古力特はくだけた口調で呼びかけた。

「やあ、ジャスティン。ひさしぶりだ」

「はい、上官」

ジャスティンは威儀を正したままだ。まばたきせず相手を見つめ、雑談に応じる気配はない。

苦力特は気やすい態度を続けた。

「星門を通りたいんだよ、ジャスティン」

「遺憾ながら、貴艦隊を通過させてはならないと命令を受けています。それでも通過を希望なさるなら、何度でも軍部の指示をあおぐまでです」

「時間がないんだ。艦隊の目的を軍部は知っている。星域全体の安全を守ることだ。ここまでに二つの星域を清掃してきたが、黒変球の数は予想以上だった。事態はすでに切迫している可能性がある」

「それはわかりませんが、上級の命令は貴艦隊の星門通過を阻止しろというものです」

「ジャスティン、命令はいいから、わたしを見ろ。艦隊はカーニー星域のみならず、銀河全体への責任も負っているんだ」

「わたしは軍人です。職責を守り、命令に服従します。申しわけありませんが貴艦隊を通過させるわけにはいきません」

「わたしの父を憶えているだろう」

「はい、古将軍を昔から尊敬しています」

「父はこう言っていた。命令されたから戦うのではなく、信念のために戦ってこそ正しい軍人だと。似たような話をきみにもしたはずだ」

ジャスティンは口をつぐんだまま将軍の息子を見つめつづける。

「おたがいの信念は一致しているはずだ。カーニーを防衛し、郷土を守る。小さな黒変球の存在について軍部は話したか？」

ジャスティンは問いに答えず、しばらく古力特を見つめてから言った。

「そのことに関心はありません。あなたを信用できるかどうかだけを考えています」

「信用してくれ」

「ではこちらの基地へ来て、わたしのまえで証明してください。シャトル機の降着だけを許可します」

通話はジャスティンの側から切られた。

指揮所はしばし沈黙におおわれた。参謀たちや職員の視線が集まる。

古力特は無言で中秋を見た。

「全面的には信用できません。さきほどはいった報告では、捕獲した天垂星発のカプセル船を調べた結果、天垂星はあなたをすべての職務から解任し、全星域指名手配をかけたことがわかりました。カーニー軍の全部隊はあらゆる手段でもって手配者を軍部へ移送せよというものです」

「どうするべきだと思う？」

「星門を奇襲、制圧すべきです」

「それは全面衝突になる。その事態を避けるために、バーダ将軍と青柏(チンバイ)将軍はわたしを艦隊司令に任命したのだ」

古力特は全員を見まわした。

「ほかに提案はあるか？」

六人いる参謀と副官はいずれも口を閉ざしたままだ。職員たちは忙しく働いている。

古力特は決断した。

乗りこんだのは小型のシャトル機だ。これも流体顆粒で、操縦は自動。無事にフォードリンスに到着した。中規模の宇宙ステーションで、人口の千人強はすべて軍人だ。基地司令はジャスティン・リン。

到着ベイの加圧プロセスがはじまると、流体顆粒の壁が透明になり、すぐにジャスティンの姿が見えた。大きなガラス窓のむこうに立っている。その隣にもう一人いる。それがだれか気づいて、古力特の心臓がどきりとした。

なんと、ケイトがいる！　妻のケイト・ヒューストンだ！

わが目を疑った。しかしまちがいない。立ってこちらに微笑み、手を振っている。

加圧終了を待ちきれずに流体顆粒を開いた。魚が泳ぐように外に出て、急いで重力靴を履き、ハッチまで歩いてじりじりしながら待った。ハッチが開くと、数歩でケイトのまえ。見つめあい、しっかりと抱き締める。

ケイトは微笑んでいる。古力特は慎重な性格で感情をあまりおもてに出さないが、妻のまえでは子どものように素直になる。ケイトはその肩に頭をのせ、なにも言わずに夫の背中をなでている。

古力特はその顔にむきなおって尋ねた。

「なぜここに？」

「あなたに会うためよ」

うなずきながらも考えた。短い返事の裏に多くの意味が隠されている。現在の情勢下でケイトが単身フォードリンスまで来たのには、よほどの理由があるはずだ。軍部は雷電（らいでん）ファミリーの要請を蹴って、彼を指名手配にした。暗雲（あんうん）たれこめる天垂星の政情が目に浮かぶ。義父は切歯扼腕（せっしやくわん）し、娘婿（むすめむこ）の頭を叩き割りたい気持ちだろう。

ジャスティンにむきなおって言った。

「ケイトが来ているとは知らなかった。さきほどの失礼を許してほしい」

ジャスティンは沈重（ちんちょう）な表情のままだ。

「まず目的をお聞かせください」

「来いというから来た」

「お出でを願った理由はお父上のことばかりではありません。こちらのヒューストン女史から言われたからです。来いと言えばかならず来るはずだと。そのとおり来られた。ですから今回はお話をうかがうことにします。お父上の門下生として、ご長男が謀反（むほん）人になることは心外（しんがい）。しかしすべては事実を見てからです。古家（グー）のためにこの首を賭けましょう」

古力特は頭を下げた。

「ありがとう」

そして流体顆粒にもどって重力靴を脱ぎ、ひらりと内部にはいって、すぐに出てきた。手には小箱が一つ。

「銀河在上、これから見せるのはもっとも直接的な証明だ。ここで開いてもいいかな?」

ジャスティンはうなずいた。

「ここは密閉空間です。第二司令官のラジェスがカメラごしに逐一監視しており、なにかあればわたしに代わって指揮権を発動します」

小細工は無駄という警告だ。剛直な性格のこの老兵は疑いを解いていない。

反論はせず、古力特は小箱のボタンを押した。すると箱は透明になって内部が見えた。一個の小さな黒変球が浮いている。

「これが黒変球だ。空間発生器のようなもので、シャドックの調査によると……」

「どこのシャドックですか?」

「天竜号だ。すぐ外にいる艦隊の母艦だ。青雲号シャドックから分身したもので、そちらは三百七十万年の経歴がある」

「なるほど。続きを」

ジャスティンの表情はあいかわらず晴れない。シャドックの年齢を強調しても感心されないことが増えた。古老のシャドックほど知恵があるとされてきたが、ダメンター星域のシャドックが百万歳以上だとすると、古老であるほど賢明という通説が疑わしくなっているのだ。

「これは空間発生器のようなもので、機能としては特殊な重力波を出す。重力波は淼空間を通って暗宇宙に届く。暗宇宙はこの宇宙の隠れた一角だと思えばいい。おおまかにいうと、この球は暗宇宙の知的生命体を導くナビゲーションシステムのようなものだ。ケンプファー星門とアークトゥルス星門を通ったさいに両星系を調べてみたが、どちらもこの黒変球が大量に、あらゆるところに存在していた。未知の敵は大規模な侵入作戦を準備している可能性がある」

「しかしこれだけを根拠には」

箱をあけると、黒変球はふわりと空中に浮かんだ。

「これを見たら、話を信じたくなるだろう」

「普通の球にしか見えませんが」

「二分待ってくれ。いや、三分かもしれない」

静寂のなかでゆっくりと時間がすぎた。重苦しい沈黙のなかで三人は黒変球を見つめる。おたがいには一瞥もくれない。

三分が経過した。変化はない。ジャスティンはうんざりしてきて、古力特をちらりと見た。あいかわらず冷静な顔で黒変球を見ている。そこで球に視線をもどす。

すると驚いたことに、球が震えているのがわかった。突然、半分の大きさに急激に縮み、もとにもどった。それを三回くりかえした。最後はいきなり消えて、また一瞬でもどった。あとはふわふわと空中に浮かぶだけになった。変化の痕跡(こんせき)はない。

「ラジェス、高速度カメラを再生してみろ!」

ジャスティンは声をあげた。

一人の軍人であるまえに星門の責任者であり、十三年近い勤務期間中に、これに似た現象はかぞえきれないほど見てきた。いずれも星門の動作によるものだ。膨大なエネルギーが起こす黒魔術。しかし外部からのエネルギー投入がいっさいない環境で、この小さな物体がその運動を起こすのを初めて見た。手品やイカサマでないことを確認しなくはいけない。

いま起きたことが高速度カメラのコマ送りで再生される。毎秒三百コマの超スローモーションで見るとさらに奇々怪々。経験を超える現象だ。三百分の一秒のあるコマまで正常な姿の黒変球が、次のコマで跡形なく消える。そのまま三十コマがすぎて、また妖怪変化(ようかいへんげ)のように出現する。

「精密に観察すると、消えてはいない。微粒子サイズに収縮しているんだ」

説明する古力特を、ジャスティンは見た。

「これはマイクロワームホールですか？　どうやって安定的に存在を？」

「ワームホールのようなものとしかいえない。科学的に分類するならその亜種だろう。やっていることは明白だ。謎だらけの暗宇宙に情報を伝達している」

「なるほど。とても印象的なのは認めましょう。しかし暗宇宙がどう関係するのですか？　あなたと雷電ファミリーの謀略にもとづく嘘でない証拠は？」

「わたしは元三三艦隊の司令官だが、いまは新艦隊を率いている。その新艦隊は見てのとおりだ。三三艦隊よりはるかに強大。カーニーのどんな艦隊もおよばないだろう」

「このカーニー軍人を脅そうと？」

「いや、たんなる事実を言っているだけだ。先の戦争で雷電ファミリーは敗北し、天垂星との講和を選んで、すすんで星域に加入したとカーニー人は長らく考えてきた。しかし実際には、雷電ファミリーの軍事力は想像よりはるかに強大だ。三三艦隊なら青雲号に太刀打ちできるとわたしは考えていたが、いまとなってはお笑いぐさだ。雷電ファミリーの軍事力はカーニーの数倍上だよ。カーニー星域に侵攻する意図が彼らにあるなら三百年前にすんなり達成していたはずだ。またこの段階で艦隊指揮権をカーニー人のわたしにゆだねるわけがない。ジャスティン、よく考えろ。たんなる計略にしては大仕掛けすぎるだろう。

わたしが裏切り者なら、なぜ艦隊まで率いてくる必要があるのか。なぜそのことを雷電ファミリーから天垂星に通知する必要があるのか。この行動はひとえに事態が急迫しているからだ。共通の敵がいて、黒変球がカーニー星域の隅々まで侵入している。いつ攻撃が起きてもおかしくない。艦隊は急いで星門を使う必要がある。そうしないと貴重な時間が失われてしまう」

古力特は気持ちを高ぶらせてジャスティンを見つめた。主張を受けいれてほしい。

ジャスティンはいくらか心を動かされながらも、まだためらっていた。

ケイトも口添えした。

「ジャスティン、信じてあげて。古家の長男を」

「信じてくれ。カーニーと古家の名誉を命がけで守る」

そこへラジェスの声まで加わった。

「ジャスティン、やりましょう。わたしは古力特将軍を信じます。模範的軍人です」

ようやく口が開いた。

「雷電ファミリーの……シャドックと融合したのですか？」

「融合した」

それを聞いてジャスティンは決断した。

「そうですか。ならば信用しましょう。艦隊の通過を認めます。ただしフォードリンス星門から送り出せるのは六十光年が限界です。天垂星までにはすくなくとも坤ステーションを経由する必要がある」

「充分だ。フォードリンス星門から坤ステーションへ送ってもらえるなら予想以上。もとは六カ所経由するつもりだった。坤ステーションまで直接行けるのはむしろ好ましい」

ジャスティンは強いまなざしで古力特を見た。

「わたしも同行させてください。お役に立てるかもしれない。それに、あなたの行動を見る必要もある」

古力特は無言で二歩前に出て、ジャスティンを抱擁した。

それを見守るケイトは、口もとにこそ微笑みを浮かべながら、懸念の表情を隠せずにいた。

18　旅の星空

星海を彷徨うも、忘れえぬ青い星の記憶
宇宙の門が開き、時はふたしかに流れる
滄海桑田は夢幻のごとし、夢幻のごとし

プリンはおなじ歌を何度もくりかえし流していた。女性の歌声だが、発音があやしい。見知らぬ星の流行歌をアーカイブのどこかから発掘してきたらしい。

船内の座席には三人がすわっていた。李約素は操縦パネルのまえ。天狼7は無表情にまえを見るだけ。長旅の無為徒食に耐えるのは棒頭人の天賦の才といえる。目をあけていても脳裏は空白。歌声が耳にはいっても聞いていない。

三人目は目を閉じて神経を休めている。上佳号の唯一の生存者である若者は、消えた巡邏者集団をいっしょに探すといって李約素についてきた。そして、かつて乗っていた船の名をひっくり返して、佳上と名のるようになった。

李約素はいらいらして怒鳴りつけた。

「歌はやめろ、プリン。コンサートじゃないんだ」

『はい、船長ー』

楽しげに答えるプリンを、李約素は非難した。

「まじめに仕事してるのか？　歌ってばかりで！」

プリンは心外なようすで答えた。

『天狼7が提示したルートにそって船を飛ばしていますよー。ケンプファー星系とアルファ星系を通過して、もうすぐダメンター星域の重要基地、ガンマ星門です。用心にも用心してみつからないようにしないと。弾跳の到着点をもっと正確に計算したいですねー』

プリンはシャドックによって改良されていた。あらゆる問題について李約素の見解と判断をあおいでいた学習型メインコンピュータではない。李約素は目を閉じた。

「なら好きにしろ。ただしその音楽は止めろ。ウザい！」

『わかりましたー、船長』

船内は静かになった。

李約素は現在の状況を考えた。

伝説の平准号をみつけてくると青柏将軍に大見得を切ったものの、見込みはあやしいと思っていた。棒頭人はたくさん見てきた。この緑色の肌の連中は、忠誠心は高いが単細胞で、ときとして粗暴きわまりない。経験的にいって頼りがいがない。傭兵には使えるが、同盟を組む相手ではない。

その理由がいまはよくわかる。天狼7の体は生まれつきそのようにできている。自分の脳のほかに上位脳みたいなものがあって、かわりに思考したり、行動を指示したりする。自分の考えると気分が悪くなる。シャドックから聞いた説明がほんとうなら、この仕事はきっぱり断るべきだった。

それでも平准号捜索を引き受けた。天狼7は海賊に雇われる棒頭人とはちがう。単細胞でも粗暴でもない。昔からの友人のようだ。同類のなかで聡明なほうなのかもしれない。雷電ファミリーの基地で四日間いっしょにいて、従者ではなく友人と思うようになった。友人には協力したい。

天狼7は友人。ではもう一人はどういう配役なのか。

佳上はただついてくる。本人の希望だとシャドックと青柏将軍から説明されたが、実際には将軍の密命をおびているのではないか。記憶喪失で自分の名前さえわからないとはいえ、雷電ファミリーの一員だ。よそ者より信用できるだろう。

佳上が加わったことで旅の見通しは微妙になった。もともと平准号捜索を一ヵ月やったら、天狼7を説得して自立するつもりだった。自分たち二人にプリンと天隼号で、民間警備会社でもやればいい。ハイリスク・ハイリターンの商売だが、改造されたプリンがいて天隼号があればリスクは抑えられる。船の技術水準は海賊や海賊もどきを寄せつけない。

しかしそんな計画は佳上のおかげで水の泡。すくなくとも難しくなった。巡邏者のファミリーに属する人間がそんな稼業を認めるわけがない。平准号捜索に縛りつけるための枷だ。どうにかして佳上を追い払うか、自分から出ていかせるしかない。しかしうまい口実を思いつかない。それがいらいらしている原因だった。

『船長ー、カプセル船を一隻みつけました。捕獲しますかー?』

プリンに訊かれて、李約素は目をみはった。

「どこのカプセル船だ?」

『不明ですー。捕獲してみないとどっちのだか。天垂星方面へむかっていて、三十秒後には淼空間にはいります』

「捕獲して調べるか。外交文書だろう」

カプセル船に遭遇するのはめずらしい。そもそも船ではなく、小型の無人機だ。球形で人間の脳くらいの大きさ。これのおかげで星系間はほぼリアルタイムの連絡が可能になる。

カプセル船は淼空間に深く潜ってもどってくるので、百光年を短時間で渡れる。この跳び方なら時間の影響が最小限になるからだ。星門や波動エンジンで空間を跳び越える船は、エネルギー密度の制限から淼空間に深く潜れない。そのためカプセル船のようにリアルタイムに近い情報のやりとりには使えないのだ。

カプセル船の唯一の欠点は情報の安全性だ。長距離伝送においてカプセル船は淼空間への潜行と浮上をくりかえす。淼空間のなかは複雑で人間には制御できないので、たとえ情報が漏れてもセキュリティ上の問題にはならない。しかし通常空間でカプセル船が捕獲されたら情報は漏洩する。

とはいえこの欠点も致命的ではない。第一に、浮上しているのはごく短時間だ。第二に、秘密保持のために情報は複数のカプセル船に分載されており、一連のカプセル船をすべていっしょに回収できた場合にのみ内容を解読できるようになっている。第三に、重要情報には自動破壊システムがついており、淼空間への再進入に失敗したら情報を消去できる。第四は、星系ごとに中継ステーションをもうける方法がある。カプセル船が到着するたびにステーションが管理して転送する。効率は下がるが、情報セキュリティは確実になる。

いま天隼号はカーニー星域とダメンター星域のあいだにいる。このような宙域にはもちろん中継ステーションはない。カプセル船がめったに通らないからだが、例外は外交文書だ。通常、宇宙船はカプセル船などに興味を持たない。しかしプリンは弾跳プロセスの準備中で、船内の人間たちは退屈しきっていた。だから李約素はプリンの話に興味を持った。捕獲は簡単。情報伝達には通常、三隻のカプセル船を使うので、一隻失っても大きな問題にはならない。

プリンはすみやかにカプセル船を捕獲した。内容は予想どおり、ダメンター人から天垂星へ送られる外交文書だった。

尊敬する天垂星統治委員会ならびに夏紀徳(シア・ジードー)閣下

貴方(きほう)の和平提案を受領しました。しかし提案は誠意が不充分と考えます。ダメンター星域の全権代表として、喜望峰をはじめとする三星系の主権が従来よりわが方にあることを認めると貴方が表明されたことは歓迎します。しかしながら、わが方のベータ2(カンダハール)およびシグマ5(モンテカルロ)両星系を貴方が侵犯、長期占拠(せんきょ)している行為に対しては強く反対します。実質的な協議を継続したいのであれば、わが方が関心を持つこの二星系についても実質的な表明をなさるべきです。

ノイマン五世

「カーニーはダメンターと講和する気なのか？」

李約素は文書に目をとおして不審に思った。

カーニーはすくなくとも六ヵ所の星系をダメンターに占領されている。ダメンター人による開発はつねに不可逆だ。惑星は鋼鉄の穴をあけられ、資源を短期間で吸い出される。こうなると星系を奪回してももはや無価値で、奪回しようとはカーニー当局は考えない。

例外は喜望峰だ。喜望峰は孤立した星系で、カーニーの本拠地からは大きく突出した位置にある。カーニーが植民団を派遣するまえに、ダメンターは遠征軍を出して星系内の居住可能な二惑星を占領し、カーニーの主権をあらわす標準時計を天垂星へ送り返してきた。

喜望峰は銀河中心部への入口だ。この付近の宙域で星門を建設するのに適した場所は喜望峰だけで、星域から銀河内部へはいるための通路になっている。軍事的にも艦隊が一時滞在できる星系は近辺百光年にほかにない。また喜望峰の星門は重巡航艦や次世代型大型艦をどの方面へも送り出せる。なにより重要なのは、喜望峰が時空の高地にあたることだ。逆に言うと、星域はほぼ全体が時空の窪地にある。そのため喜望峰とイット回廊を経由しないと外へ跳べない。この一点でも喜望峰を失うことは未来を失うのにひとしい。カーニーが喜望峰の主権についてダメンターに譲歩することはありえない。

だから文書の内容が信じられなかった。

天狼7はまったく無関心だ。目はあいていても頭は空っぽ。話しかけても無反応。

そこで佳上に訊いた。

「どう思う？」

佳上も文書を読み終えていた。

「これは権宜の計ですよ」

「権宜の計？　なんじゃそりゃ。わかりやすく言え」

「便宜的な処置ということです。外交文書なんて実質的な効力はほとんどない。ダメンターもかつてカーニーの主権を認めたことがありますが、現状は喜望峰の占拠を続けています。カーニーは将来、実力をつけたあかつきに、文明的あるいは非文明的な手段で喜望峰をあらためて占領するつもりでしょう。ただ、これは古力特の天竜艦隊にとって厄介な状況を意味しそうですね……」

「どういうことだ？」

「カーニーと雷電ファミリーの同盟関係が堅持されているのなら、カーニーがあえてダメンターと和平協定を結ぼうとするはずがない。つまり同盟関係はすでに崩れかけていると考えるべきです。カーニーは古力特をダメンターより危険な敵と見ているわけですよ」

「まさか天垂星は、暗宇宙だかX空間だかからきたものを知らないっていうのか？　人類共通の敵と対峙するためにダメンターとの妥協を決めたのかもしれないじゃないか」

「だれでも手もとの情報で判断するしかない。天垂星には正確な判断を下すだけの情報がないのでしょう」

「雷電ファミリーの艦隊は信用しないということか。その司令官が古力特であっても」

「理解するのは難しいでしょうね」

李約素は険悪な表情になった。

「そこまでわかっていて、なぜ天竜艦隊を派遣したんだ。古力特に反逆罪を負わせるつもりか？」

「人間の行動は予測不能です。わずかな可能性でも試すしかない」

「どんな可能性だよ」

「カーニー星域を救うか、せめて損害を最小限に抑える可能性です」

李約素は、どうでもいいという口ぶりになった。

「えらそうに。そもそも、まにあわないかもな」

「あなたはバーダ将軍と青柏将軍を信じていないし、雷電ファミリーが崇高な使命感から下した決定も、信じていませんね」

李約素は、しかたあるまい、俺のせいじゃないという顔をした。

佳上は続けた。

「べつにいいです。真実はおのずとあきらかになります」

李約素は急に怒りだした。

「上から目線で講釈たれるな！　真実はわかってるんだ！」

言ってすぐ頭を冷やす。

「すまん」

「それでもあなたはカーニーを救いたいと思っている。真偽不明の平准号なんか探したくない。自分が李約素ではなく、古力特ならよかったと思っている」

「そんなわけないだろう！」

李約素はまた大声を響かせた。しかし平然とした佳上の視線にさらされ、態度を反省する。しばらく険悪な表情をしていたが、ふいに大きく笑いだした。

「ひどいやつだな。わざと挑発しやがって。いいさ、はっきり言おう。俺は古力特に嫉妬してる。あいつは幸運な人生を歩んでる。こっちは気息奄々の負け犬だ。おまえの上佳号に出会ってなければ、いまも星門の酒場でくだをまいてるか、宇宙に放り出されて野垂れ死んでたか……。だからいまの状況には満足してるんだ。むしろおまえのほうが不可解だぞ。なんで俺たちなんかについてくる？」

「バーダ将軍や青柏将軍から命じられてあなたの行動を監視していると思ってるでしょう？」

「認めるのか？」

「ちがいますよ。自分の意思で来たんです。バーダ将軍からは、青雲号に残れ、監視役など必要ないと言われました。天狼7がいれば期待するとおりになると」

「じゃあなんのためだ」

「理由は二つ。まず、あなたが恩人だから。その恩に報いたい。次は、青雲号にいても永遠に真相に近づけないからです。青雲号は敵の攻撃までに防御を固めることが任務です。でも僕は上佳号にもどって、自分の手で真相をつきとめたい」

「だったら雷電ファミリーに頼んで船を貸してもらえばいい。こっちについてくることはない」

「恩に報いたいんですってば。それに頼んでも無駄です。僕を危険にさらさないようにべつのだれかが上佳号へ送られるはずです。だとすると、あなたについていくのは悪くない選択だ。恩人だからと言えばバーダ将軍も無下にはしない。あなたを説得して上佳号探索へむかわせる自信もある」

「正直だな。どうやって俺を説得するつもりだ？　この船がむかってるのはダメンター星域で、おまえの希望とは正反対だぞ」

「いいんです。時間はたっぷりある。説得手段はあなたに協力することです。僕が親身になれば、あなたもきっと親身になる」

「おもしろい。どう協力してくれるんだ？」

「もう協力してますよ」

李約素は佳上を見つめた。若者はこの返答を注意深く用意して、言う機会を待っていたらしい。真実かどうかはともかく、筋のとおった答えにはなっている。落ち着いた表情でこちらを見つめ返している。

李約素はふいに大笑した。

「いいだろう！　理にかなってる。協力するっていうなら、こっちも望むところだ。しかし古力特にとって厄介な状況だと言ってたが、こっちはどうするんだ？」

「平准号を探しにいきましょう。古力特の力にはなれません」

「でもさっきは……」

「基本の話ですが、天隼号は小型艦で、天竜艦隊は大艦隊。亜空間を跳ぶときの空白期はこちらが短い。平准号探索を早く完了できれば、取って返して古力特に力を貸すことも可能です。だれもが時間と競争しています。僕らも急ぎましょう」

そうだ、時間だ！

目のまえを炎が通りすぎたような気がした。だいじなことを忘れていた。だれもが時間と競争している。名も知れぬ暗宇宙の種族は十数世紀かけてこちらを偵察している。雷電ファミリーは数世紀かけて巨大要塞の熊羆星を建設した。古力特は天竜艦隊を率いて黒変球を掃除しつつ、天垂星の防御を築こうと急いでいる……。いよいよ正念場といういま、だれもが時間と競争している。いつなにが起きるかしれない状況で先を争っている。一歩遅れただけで万事休すかもしれない。

時間について天隼号はもっとも有利だ。小型船は空白期が短い。ガンマ星門が三百光年離れていても、平准号をすぐに発見できれば、それから天垂星へむかってもまにあう。

急に視界が晴れた気がした。放擲された無用の者ではない。天垂星へ行って、来るべき難局に立ちむかえる。もうカーニーの安危と無関係ではない。運命の一端を自分がになっている。そうだ、時間だ。

大きな声で訊いた。

「プリン、天竜艦隊が天垂星に到着するのはいつだ？」

『なにごともなければ六カ月以内に着くでしょー』

「六カ月か！」

にわかに気持ちが高ぶった。六カ月あれば天隼号は数百光年を往復できる。その一方で暗雲が迫るのも感じた。天垂星の防衛にまわるのに六カ月もかかるのでは、まにあわないのではないか。

佳上のほうを見る。若者は淡々と答えた。

「最善をつくすだけです」

まるでこちらの考えを読んで、そのうえで、たいしたことではないとさとすようだ。

プリンが弾跳開始を宣言した。すると天隼号の前方にたくさんの船が見えてきた。多種多様な色と形状で、カーニーの船とは似ていない。どれも奇妙だ。まるであらゆる種類の宇宙船を集めた博物館。

天隼号がそこに出現してもだれも驚いていない。楕円体の船がみずから軌道をすこしずらして、天隼号がはいるすきまをつくった。あとはなにごともなかったように整列してゆっくり移動する。天隼号はその隊列に加わった。

李約素にとってはおなじみの光景だ。ここは星門の宇宙港。種々雑多な稼業の輩が集まる。棒頭人も探しやすい。星門を管理しているのはダメンター人で、海賊は野放し。最高に自由で最高に危険な場所。すこしでも気を抜くと身ぐるみはがされる。

『用心してくださいねー』

急にプリンに言われて、スクリーンをにらんだ。

「なにをえらそうに。俺がここでその日暮らしをしてたころは生まれてもいなかったくせに」

『船長ー、船名は天狼星号で登録していいですか？』

「なぜ天隼号じゃだめなんだ？」

『〝天狼星号の李〟として登録したほうが注目されるでしょー。それに天狼星号の名前が気にいってるので』

そう言われてある考えが浮かんだ。そうだ、ここには悪い仲間がいた。いまもいるだろう。天狼星号の李。その登録名はたしかにあいつらの目を惹くはずだ。こちらはいまも恨み骨髄。小銭めあての卑劣なやつらにだまされて、片道切符の旅に出された。その男が生きて帰り、しかも棒頭人の用心棒を連れてきたと知ったら、どんな顔をするだろうか。金のためならなんでもするネズミどもめ！

不愉快な回想からわれに返る。つまらない報復をしにきたのではない。はるかに重要な用がある。ただ、やつらは品性下劣だが情報通でもある。海賊と裏でつながっているし、棒頭人が集まる場所も知っているだろう。

「わかった、好きなようにしろ。ただ、天狼7、おまえはそれなりの準備をしとけ。ここは俺の敵が多い。狙われるはずだ」

天狼7は一言もなく李約素を見て、うなずいた。

19 内戦勃発

ジャスティンはそれなりに見聞が広くて知識があるつもりだった。星門をあずかる基地司令官としてさまざまな船を見てきた。フォードリンス星門は戦略的要衝というほどではないが、黒色沈殿物の富鉱へ行くのに必須の経由地で、船の往来は多い。

そうやって見てきた無数の船形のなかにも、天竜号のようなものはなかった。

なにしろ変形するのだ！　いや、天竜号の特徴をあらわすのに変形という表現は不正確かもしれない。粘土をこねるように自由自在に姿を変える。

「まったく不思議だ」

天竜号が船体を伸ばして細長くなるのを見守った。そこに流体顆粒が寄り添い、付着して、何千キロメートルも尾を引いている。流体顆粒のまたたきは穏やかで、まぶしい光ではない。それでも一千万個以上も集まると、天竜号は夜空に伸ばした黒光りするリボンのようになる。

ジャスティンは副司令官のラジェスに言った。

「雷電(らいでん)ファミリーはけれん味のある演出を好むようだ。まさに空前絶後。どうすればあんな船を建造できるんだ？　というより、あれは船なのか？」

「そのはずです。古力特(グー・リートー)があそこで待っていますよ」

「あれに乗るのは……足がすくむな」

「取って食われるとでも？」

「まさか。死ぬのは怖くない。すでに三回死んだような人間だぞ。ただあれは奇怪だ」

職員がジャスティンを呼んだ。

「司令官、古力特将軍から通話がはいっています」

「指揮所にまわせ」

ジャスティンはラジェスにうなずく。うなずき返したラジェスはそばに立った。

古力特の姿がスクリーンに出る。

「ジャスティン、艦隊は弾跳(だんちょう)の準備ができた。星門の状況は？」

「三時間後の予定です」

「よし。これより天竜号は星門に接近し、待機位置につく。艦内ではきみの個室を用意した。肩書きは調停(ちょうてい)顧問だ。よければ作戦会議に加わってもらってもいい。いまの主要任務は天垂星へ行って戦闘準備をすることと、経由地の星域で黒変球を清掃することだ」

「感謝します。成果はいかがですか？　つまり、フォードリンス周辺は？」

「パトロール艇が帰ってきたが、大量の黒変球がみつかった。これまでの二星系とおなじだ」

「大量に？」

「そうだ」

「いったいどこに。なぜいままでだれも発見できなかったのか。空間の異常はつねに監視して、船の往来も多いのに」

「短期的な現象だからだろう。出現したのはここ一、二カ月だ。実物を見せたとおり、とても小さくてみつけにくい。それと知って探さないかぎりみつからない。引力はないが、斥力がある。船が近づくと反発して離れるのでぶつからない」

ジャスティンはしばらく黙った。

「つまりわずか数十日でカーニー星域全体に散布されたと」

その疑念は古力特にもよくわかった。空間のむこう側へ船を送るのは大変だ。カプセル船でも容易ではない。大量のカプセル船をカーニー星域全体に散布しようとするとおびただしい手間がかかり、数年がかりでも終わらないのではないか。

「黒変球は暗宇宙から来ている。その性質はよくわからない。暗宇宙からこちらの星域にはいるのは難しくないとか、そんな非対称性があるのかもしれない。そのあたりはシャドックが理論的に検討しているので、詳しく知りたければ解説を聞くといい」

「なるほど。しかし理論の話はけっこうです。聞いてもわからない。ただそうだとすると、こちらははなはだしく不利だ。敵はカーニーのどこへでも簡単に侵入できる。こちらは頭を隠して逃げまわるしかない」

「その脅威をすこしでも減らそうと努力しているところだ。ジャスティン、天竜号はもうすぐ移動を開始する。早くこちらへ来てくれ」

「わかりました。一時間で乗艦します」

　古力特はうなずいた。

「そうしてほしい。ではあとで」

　通話は終了し、スクリーンはふたたび黒いリボンのような天竜号にもどった。

「ラジェス、わたしはすぐ出発する。今後の指揮はまかせる。フォードリンス星門基地司令官代行にきみを任命する」

「お受けします」

　ジャスティンはややためらってから口を開いた。

「ラジェス、わたしたちは危険な橋を渡ることになる。軍部は艦隊を坤ステーションに集結させ、古力特の経路上の守備拠点は全戦力でもってその行動を遅滞させよと命令している。この軍部命令にまっこうから違背することになる。わたしが古力特についていくのは古家への忠誠ゆえだが、あくまで個人的理由であり、きみがならう必要はない。天竜号の通過後に、潔白を主張する声明を軍部に送れ。古力特を通過させたのはこの死にぞこないの老いぼれが命令したからで、自分は軍部への忠誠を守って星門の支配権を奪取したと」

ラジェスは色をなした。

「ジャスティン、あなたを人として尊敬してきました。ご存じのはずだ。そんな声明は出しません。古力特を信じます」

「そうか。それでも事態が暗転した場合にそなえて、免責される道は残しておけ」

「もし古力特が敗北したら、雷電ファミリーに投降します」

「そんなことを……」

言いかけたあとに、それも一案だと思いなおした。古力特はすでに雷電ファミリーと一蓮托生の身。自分たちもすでにそうなのだ。

「退路を用意するつもりはありません。部下たちはそれぞれ選択させます。わたしについてきたい者は先に熊羆星へ行かせ、そうでない者はとどまって軍部の派遣艦隊を待たせます。ただ……」苦笑する。「古力特の話が事実なら、艦隊を派遣する余裕は軍部にないでしょう。見えない敵がいつ弾跳してきてもおかしくない」

ジャスティンはこの青年将校を見つめた。十年近くいっしょに仕事をして肝胆相照らす仲だ。人生最大の選択を迫られた今回もおなじ答えを出した。ジャスティンは二歩進んでラジェスを抱擁した。

しかしスクリーンに映った天竜号を目の隅で見ると、ふたたび陰鬱な気分になった。

ジャスティンが天竜号に着くと、古力特は到着ベイに足を運んで歓迎した。さらに指揮所に案内して司令部員を一人ずつ紹介した。

申秋を紹介すると、申秋は握手で挨拶しようとした。

「わたしたちは古い友人だ」

しかしジャスティンは申秋の手を握らず、標準儀礼にしたがってカーニー式の敬礼をした。申秋はやや気まずい顔で答礼した。

「そしてシャドックだ」古力特は短く紹介した。「呼んでみたまえ」

「やあ、シャドック」

ジャスティンが声をかけると、シャドックが答えた。

『ジャスティン、天竜号への乗艦を歓迎する。協力に期待する』

古力特がついでに尋ねた。

「シャドック、時間はあとどれくらいだ?」

『本艦は十五分以内に波動エンジンのエネルギー充塡が完了し、待機状態にはいる。星門の設定時刻まであと二十九分』

「全員配置につけ」

古力特は命令してから、ジャスティンにむきなおった。

「シャドックが臨時席を用意した。こちらだ」

そこは古力特の右隣で、指揮所が一望できる。ジャスティンは見まわした。

指揮所は静かだ。ジャスティンと古力特以外の全員が感応ヘルメットをかぶっている。

これには少々驚いた。雷電ファミリーの軍艦は過去にも見学したことがあるが、艦隊全体を管制するのにこのような方式は採用していなかった。感応ヘルメットはあきらかに神経接続用だ。これ自体はとくに高度な技術ではないが、普通は少数の幹部将校だけが使う。一般的には一つの派遣艦隊を指揮するのに司令官一人の神経接続で充分。しかしこの天竜号の指揮所では、二十人以上が同時にこの方法で管制している。

ジャスティンは古力特を見た。

「こうやって艦隊の指揮を？」

「そうだ、ジャスティン。天竜艦隊は特殊で、母艦のほかに僚艦はなく、流体顆粒があるだけ。大量の流体顆粒の管制を司令部員が分担して受け持っている」

　黒光りするリボンのような姿を思い出した。天竜艦隊を一つの巨体とすると、脳と末端が直接つながっていて中間層がない。これが高効率の構成なのかもしれない。

「あなたは？　シャドックと融合しているなら、それを介して直接命令できるのでは」

「シャドックを介してやっているのは効率的な意見交換だ。わたしのやり方は知っているだろう。議論して作戦を立案する。作戦ができたら遂行するだけ。このシステムはそのやり方に適している」

　一方でリスクも秘めている。このシステムの運用中に司令官が理性を失ったら、艦隊全体が大混乱におちいる。司令官はシャドックのネットワークを通じて全員に命令実行を迫るだろう。命令の合理性は関係ない。ネットワーク内の軍人は逆らいにくい。カーニー艦隊では大多数がこの方式に反対している。高級将校でも大半がそうだ。

　ジャスティンは質問をひかえて、指揮所の司令部員一人ずつに視線をむけた。みんな雷電ファミリーだ。顔の特徴ですぐわかる。雷電ファミリーの将校たちが、カーニー出身の一人の司令官に絶対服従している。古力特に絶大な信任をあたえている証拠だ。よほど危急の事態でなければそこまでしないだろう。つまり、ほんとうに最悪の状況であることを意味する。カーニー星域全体が危機におちいっているのだ。

天垂星の権力者たちは雷電ファミリーの要請をかたくなにこばんでいる。いわゆる暗宇宙からの危機などないと思っている。星域各地の艦隊が坤ステーションに集結し、このまほんとうに衝突が起きたら、戦争は三百年前よりさらに凄惨になるだろう。悲劇だ。

中央のスクリーンに艦隊全体の姿が映し出された。天竜号は船体を収縮している。細長く伸びていたのを短く縮めている。前後端がとがって中央がふくらんだ紡錘形になり、最後は楕円体になった。天竜号が放つ光芒のなかに多くの流体顆粒が溶けこんでいく。きらめきを放って消えるごとに、天竜号はふくらむ。

想像を絶する眺め。艦隊も、宇宙艦もだ。流体顆粒は気泡機に似ているが、あきらかに高次元の技術がもちいられている。天竜号と一体になって動く。こんな艦隊は見たことがないし、どれほどの威力を持つのか見当もつかない。

古力特のほうを見ると、シャドックの世界に没入している。背骨を垂直に立て、両手は力を抜いて膝においたいつもの姿勢ですわっている。明鏡止水の表情ながら、気迫を感じさせる。たとえ天地がひっくり返っても彼だけは盤石だろう。確乎不抜にして泰然自若。信のおける勇姿。昔の名艦長を思い出させる。

そうだ。古力特の側に立つことを選んだ理由がいまはっきりとわかる。かつての艦長をいまも心の底で信頼しているからだ。古力特はその息子で、容貌も気質も瓜二つ。その判断にまちがいはない。かりにまちがっていても、黙ってついていけば損失は最小限に抑えられる。

ジャスティンは背中を立てた。大きく目を開いて、いま起きていることと、これから起きることを一つ残らず見たい。

星門がゆっくり開いていく。巨大なエネルギーが咆哮し、あらがう宇宙膜を引き裂いていく。見えない次元にむけて天竜号の波動エンジンが作用し、発生する重力波が音もなく星門を打って空間に亀裂をつくる。ふいに漆黒があらわれた。まるで巨竜の顎門。天竜号はそこにのまれ、するりと深淵に落ちる。あとはなにも残らない。漆黒の闇も消えた。わずか十数秒の出来事。それだけで天竜号は四十五光年先へ送り出された。

艦内はなにも起きていないかのようだ。ただスクリーンに較正時計信号が表示された。それによって、三十五日間を失い、フォードリンスからはるか遠くへ来たことがわかる。ここは坤ステーション。名だたる後方基地にして天垂星につぐ軍事的要衝だ。

天竜号が展開をはじめた。大小の流体顆粒が船体から離れて飛びはじめる。指揮所のスクリーンでは無数の光の点が四方に広がりつつ、天竜号のまわりをかこんでいく。無秩序のようで整然としている。

ふいに右舷側の一部の光点が暗くなって消えた。

シャドックの警告の声が響く。

『不明の飛行物体が多数接近。速度七。誘導ミサイルと判断。右翼隊が指揮を受ける』

スクリーン上では、消えた流体顆粒がふたたびあらわれた。かわりにほかの流体顆粒がすべて消えた。これはシミュレーション映像で、重要箇所を強調するために右翼隊の流体顆粒だけをシャドックが見せているのだ。実際にはこれらはステルスモードにはいっていて見えない。数千の顆粒が扇形に展開し、涙滴形になった高速飛行で招かれざる客の迎撃にむかっている。

距離が縮まり、群体飛行する不明飛行物体が目視できるようになった。

たしかに誘導ミサイルだ。ジャスティンがよく知る天叉三型というタイプ。高速、長射程、アクティブ回避運動が可能で、カーニー巡航艦の標準装備だ。一隻あたり最大三十発が搭載され、遠距離攻撃の主要手段となる。いま飛来しているのは二百発以上。付近にカーニーの部隊が潜伏し、予告も警告もなく、強い敵意でもって飽和攻撃をしかけてきた。

悪い兆候だ。

ミサイルの飽和攻撃は、急速接近、分散回避、加速突入の三段階からなる。大量の流体顆粒をまえにしたミサイルはまず分散回避をおこなう。急速に散らばりながら、顆粒のあいだの侵入可能な経路を探す。

スクリーン上ではミサイルの探知数がどんどん増えていく。ゼロから百七十まで一瞬で上がり、やがて二百四十四まで増えて落ち着いた。

流体顆粒は陣形を保持したまま、あいだをミサイルが通過するのにまかせた。ミサイルが顆粒の陣形を抜けて天竜号に迫る。

そのときいっせいに顆粒が発光した。強烈な電流が空間を満たして、まばゆい火花の雲をつくる。爆発が連続するなかで、スクリーン上の数字が急速に減っていく。数秒でゼロになった。ミサイル群は一掃された。

状況は平静にもどった。右翼隊の損害報告によると、流体顆粒二個がミサイルの爆発に巻きこまれて損傷したとのこと。

完璧な防衛戦だった。

しかし古力特が願っていた展開ではない。ケイトの警告どおり、悪い情勢になった。カーニーとの開戦。すこしまえまで想像だにしなかったが、現実になった。ジャスティンの視線を感じたが、無視した。望んでいた戦いではない。それでもまずは防戦だ。

第二波は来なかった。いまのは小手調べらしい。古力特は警戒を命じ、申秋に偵察の顆粒を出させた。そのうえで坤ステーションに通話を申しいれる。

これらの手配りを終えたところで、ジャスティンのほうを見た。

「方法はある」

20　風雲急を告げる

三隻の母艦と三つの戦闘集団。無数の艦艇からなる布陣がスクリーンに広がる。大きな驚きはない。このような状況になりうることは予測され、ケイトからも聞かされていた。雷電ファミリーと天垂星の脆弱な同盟関係は崩れるだろう。天垂星は軍を召集し、信義にそむいて進攻してきた雷電ファミリーに対抗する。古力特は逆賊の烙印を捺され、星域全体の敵となる。

そういうことだ。古力特ほど高貴な血筋で威名赫々たる将軍でも、民衆の疑心暗鬼を打ち消せない。人は総じて眼前のものしか信じない。まして恐怖のなかでは目に見えるものだけで判断する。天垂星の人々はいままさにその恐怖のなかにいる。ある日突然、危険が迫っていると知らされたら、手中の手段をなんでも使って抵抗するのが本能だろう。

真の危機がべつに近づいていても、だれも耳を貸さない。

古力特はじっとスクリーンを見ていた。表情は沈重にして声はない。

その指揮所にケイトがはいってきた。司令部員はそれぞれの持ち場につき、ヘルメットをかぶって座席の背にもたれている。目を閉じたようすは安らかに眠っているようにも見える。

ケイトは古力特のかたわらに歩みより、その肩に手をおいて、いっしょにスクリーンを見た。

「ケイト、つらいよ」

古力特はふいに言って、妻を見上げた。ケイトはその目を見た。

「わかってる。いつもいっしょよ」

その顔はとても美しく、目にははっとさせる光がある。その頬に手を伸ばした。

「ありがとう」

こんなときに自分のそばに立つのはとても勇気がいるはずだ。ジャスティンでさえいたたまれず、体調が悪いと口実をつくって自室にこもった。坤(こん)ステーションに集結した無数の艦艇が意味するところは一つ。古力特はカーニー星域全体の敵であるということだ。歴戦の屈強(くっきょう)な老兵も、その無言の圧力に耐えきれずに逃げたのだ。

「どうすればいいと思う？」

古力特はケイトに尋(たず)ねた。不思議な感覚だ。普段はだれにも弱みを見せないが、ケイトのまえでだけはちがう。弱さをすなおにさらけだす。

ケイトは鼓舞するように答えた。

「信じてるわ」

「六日間で七百人以上のカーニー軍人を殺した。みんな優秀な兵士で、死ぬ必要はなかった」

「防衛戦なのよ。攻めてこられたらしかたない」

「とはいえ星門を通れない。このまま膠着状態が続くのか」

「天垂星は総動員令を出したから、簡単にはあきらめないでしょうね。なにか手がいる」

「近道はない。光速の百分の一でのろのろ進むわけにはいかない」

古力特はふいに暗い口調になった。

「熊羆星にカプセル船を送った。回答は、万事わたしの全権において処理せよとのことだった。しかし戦争状態になったいま、わたしが指揮しつづけることになんの意味がある？」眉をひそめる。「また、危機は目睫にあり、いつ攻撃が起きてもおかしくないとも知らされた」

「もっとたくさんの黒変球が？」

「黒変球だけじゃない。新しい構造体が確認されている。存在時間は短く、せいぜい数日、ものによっては数分だ。空間泡と呼ばれる。大型艦が宇宙膜を強行突破してくるまえぶれだとシャドックは考えている」

ケイトは古力特の手を強く握った。

「だとしたら、天垂星もきっとそれを発見しているわ。そして正しい主張はなにか、真に星域を防衛しているのはだれか、わかるはず」

苦力特はスクリーンを見た。

「そうだな。でも遅すぎるかもしれない。空間泡は宇宙膜が弱いところに出現する。出やすいのは星門の近くだ。天垂星がもしこれに気づいているなら……」ケイトを見上げる。

「……その意味するところを理解してほしいものだ」

ケイトは微笑んだ。しかし内心でその願いは非現実的だとも思っていた。天垂星の官僚機構は巨大で、一人の主張では動かない。官僚は科学者でも軍人でもない。専門家への諮問に多くの時間がかかり、政策決定までに冗長なプロセスを要する。黒変球をまのあたりにしても、その起源が確定しないかぎり、雷電ファミリーの陰謀でないとは断定できない。ゆえに古力特の天竜艦隊に協力するという決断もできない。不確定要素をすべて排除してリスクが最小の決定をするのが当然と思っている以上、状況がはっきりしないうちは天竜艦隊を星門の外にとどめるのが賢明ということになる。その考えにもとづいて行動しているだけだ。たとえ空間泡がいま付近に出現し、間近に観察できても、結果は変わらないだろう。真の敵が目のまえにあらわれるまで、雷電ファミリーを味方とはみなさないのだ。

天竜艦隊は盾形の防御隊形をとっていた。この六日間ずっと対話を要求している。坤ステーション周辺での清掃行動を許可してほしいと訴えているが、カーニー艦隊は沈黙して答えない。小型の皿形機がしばしば攪乱に来るので、流体顆粒を分散させるわけにいかず、天竜号の周囲を守らせていた。

カーニーのソーサー機は無視できない。高速、敏捷で火力も強い。一対一では流体顆粒もかなわない。ただし集団になれば流体顆粒は強力な防御力を発揮する。ソーサー機が使うのは運動エネルギー兵器であり、流体顆粒が展開する防御ネットワークを突破できない。接近しすぎたソーサー機は破壊される。

損失を出したソーサー機編隊は、敏捷さを武器にした戦術をとってきた。単独のソーサー機が姿を隠して接近し、奇襲をかける。この戦術は何度か成果を上げた。ただし奇襲担当のソーサー機は生還できない。

申秋は迅速に対応し、流体顆粒の一部を周辺に分散配置して警戒にあたらせた。これらはパッシブモードにはいり、ソーサー機を探知したら警報を出す。外周に多くの顆粒を分散させて警戒網をつくればソーサー機は接近できない。奇襲が何度か完全な失敗に終わると、この無益な試みは中止され、双方は戦略的なにらみあいにはいった。

三日間の散発的な戦闘でどちらも代償を支払った。天竜号も二百個以上の流体顆粒を失った。カーニー艦隊はソーサー機とシャトル機を七百機近くと優秀なパイロットを失った。パイロットは失っていない点で、カーニーよりましだといえる。

カーニー艦隊の主力は遠方で警戒している。ソーサー機の失敗を受けて、危険を冒した攻撃は途切れた。古力特のほうからは攻められない。不用意な攻撃で星門を損傷させると、再建に膨大な期間が必要になるからだ。そもそも攻撃などしたくない。

これが普通の戦争なら、根くらべを続けて、しびれを切らしたほうにすきができるだろう。しかし……いまは巨大な危険が迫っているのだ。黒い影が近づいていると感じる。カーニー星域全体がおおわれようとしている。

膠着が三日続いた。このままではいけない。なにか手を打たなくては。

前衛を担当する荊棘刺（ジン・ジーツー）が報告の待機列にはいったので、古力特はチャンネルを開いた。どちらもシャドックのネットワーク内で話す。

「シャトル機が一機、警戒エリアにはいってきました。司令官との通話を求めています」

古力特はけげんに思った。

「身許をあかしているのか？」

「司令官と話したいとだけくりかえしています。三機のソーサー機に追跡され、何度も回避行動をとっています」

「保護しろ。攻撃を受けさせるな。天竜号に収容する。経路を指示してやれ」

すぐに中秋に連絡した。中秋は提案した。

「そのまま天竜号に収容するのは危険です。もし偽装降伏なら大きな被害を受けます。流体顆粒で機体ごとつつんでから収容しましょう」

「いい考えだ」

荊棘刺の前衛隊は顆粒の小隊を出した。小隊は網のように広がって、シャトル機と追跡するソーサー機のあいだをへだて、さらに警告信号を送った。ソーサー機は危険を冒さず、顆粒の縁をかすめて離脱。追跡を中止して母艦へ帰投した。

シャトル機は流体顆粒の集団に包囲された。スズメバチ機と呼ばれる練習機だ。

二個の顆粒が左右からはさむように近づき、シャトルと相対速度をあわせて静止した。顆粒のシャトル機側がふくらみ、風船のように膨張して機体をはさむ。二つの顆粒は融合して一個の球になり、シャトル機を内側につつみこんだ。さながら籠の鳥だ。

シャトル機のパイロットは驚いたようすでまわりを見ている。初めての経験だろう。動力系が異状をしめし、エンジン停止して計器の表示も消えた。武装解除されたのだ。

スクリーンに大写しになったパイロットを古力特は見た。ケイトも見て、いぶかしんだ。

「この人……どこかで見覚えが……」

「火花中隊の隊長、ヴェッテラウルだ」

古力特は重苦しい表情で答えた。ヴェッテラウルは重装甲号の乗組員だ。よほどの理由がないかぎり重装甲号から離れることはありえない。その重装甲号は付近にいない。

ケイトも事態の深刻さを理解した。ヴェッテラウルが来た理由もうすうすわかった。

天垂星を離れる直前にある噂が流れた。真偽は父のヒューストン公爵でさえ確認できない。古力特の父親が軍部に呼び出され、十三人の委員による尋問中に激高のあまり倒れたというものだ。慨嘆による憤死、あるいは自死という噂もあった。伝聞の中身はさまざまだが、結論は一致していた。古老将軍は亡くなったらしい。

古家は軍関係者の信望が篤く、この噂が流れると多くの人が声をあげた。高級将校たちは真相の公表を求め、本人をおおやけの場に出してデマを一掃すべきだと要望した。しかし軍部は沈黙を守った。ケイトが天垂星を離れた時点でも確実な情報は出されていなかった。

ヒューストン公爵は広い情報網で、娘の出奔計画を事前に察していた。

「おまえたちは唇歯の間柄だから止めはしない。しかしこれだけは忘れるな。古力特のもとに着いたら、くれぐれも慎重にと注意をうながせ。重要なのは理知を失わないことだ。公共の敵になるな、泥沼にはまるな。天垂星は彼だけが頼りだ」

ケイトは父の話に不安を感じた。

「それは彼の父上のこと？」

「なんでもない。ただの噂だ。しかし最悪の状況になるなら、おまえは彼のそばにいるほうがいい。わが娘、天垂星の娘。カーニーへの忠誠を守れ。古力特に注意をうながせ。それができるのはおまえだけだ」

ケイトは父をしっかり抱き締めた。計画は最初から見すかされていた。古力特のもとまでは安全に行けるだろう。あとのことは彼と二人で背負わねばならない。

父は要人の一人として事態を憂慮し、娘を重要なカードとみなしていた。保険として心もとなくても、古力特のそばにおいておけば安心という意識もあるだろう。

父の苦悩は見てわかった。わずか数日のまに憔悴した。それでも娘が古力特を追っていくのを応援してくれる。

天垂星の情勢は悪化の一途だ。古力特の事件が爆弾となり、政治状況は大混乱におちいった。そんななかで多くは自己の利益をはかるばかり。さらに多くは冷眼傍観、あるいは幸災楽禍、つまりはまだ他人事の態度だ。雷電ファミリーが発する危険信号を真剣に考慮するのはごく少数。父はその一人だが、錯綜した政局のために脅威への対応まで手がまわらない。混乱した情勢を安定化させることがまず必要で、古力特の天竜艦隊に対抗する艦隊を派遣することもその一つだった。

潜在的脅威が現実になるより先に、天垂星は内部分裂しかけていた。

老将軍について明確な情報がないなかで、伝聞内容や父から言いふくめられた話の方向はあきらかに不吉だった。だから噂について古力特にはあえて話していなかった。しかし重装甲号の乗組員が強行訪問してきたことから、もはや状況は察せられた。

火は紙で包めないということわざがある。外に出るべきものはかならず出る。

ケイトは古力特にしたがって指揮所を出て、追跡をからくも逃れたパイロットに会いにいった。

「艦長！」

ヴェッテラウルは古力特を見ると、軍人としての冷静さを失って涙声をあげた。なんとか敬礼しながらも、目からは涙があふれている。

その動揺ぶりに古力特は不吉さを感じた。答礼してすぐに訊く。

「どうした？」

「重装甲号の中佐以上の将校が、軍部の命令で全員解任され、その場で拘束(こうそく)、軟禁されました。かわりに新しい艦長と司令部員が任命されました」

「だれが新艦長に」

「木藤原(きとうげん)です」

古力特はあっけにとられた。木藤原は宇宙航空局の局長であり、そもそも軍人ではない。天垂星守備艦隊の司令官は古家か蘇(スー)家の出身者が担当するのがならわしだ。古力特の祖父にはじまり古家三代で引き継いできた。この危急(ききゅう)の事態に三三(さんさん)艦隊の司令部が改造されることはあるかもしれないが、文官(ぶんかん)が司令官に任命されるなどありえない。

苦力特はしばらく考えてから尋ねた。

「艦内のようすは？」

「古将軍不在で戦えるわけがないでしょう。士気はどん底で、だれも訓練をしていません。とりわけ老将軍の噂が出てからはみんな怒り心頭に発しています。わたしとアスダーで乗組員の意見をまとめ、派遣された新参の将校たちを拘束しました。そのうえで、もとの司令部を復職させてほしいと要望を……」

古力特はヴェッテラウルをさえぎった。

「いまなんと言った？　わたしの父がどうした？」

「老将軍は殺されたんですよ！」

古力特は色を失った。

さまざまな事態を想定していた。父との両軍対峙まで考えたが、まさかその父が横死しているとは思わなかった。

この運命はもはや壮大な冗談ではないか。想像を絶するほど重大な使命をあたえられた一方で、ほかのいっさいを奪われた。最大に敬愛する父までも。すべてを失って天涯孤独、孤立無援になったようだ。

しかしすぐ気をとりなおした。

自分は古家の長男だ。家名を汚したと思われているなら、それを雪いで一門の栄誉を回復しなくてはならない。父の名誉も。

ケイトはそこに歩みよってそっと肩に手をかけ、かわって小声でパイロットに尋ねた。

「詳しい経緯を話して。ほかの情報があればそれも」

「老将軍は軍部の命令を受けて天垂星へ行かれたのです。それから十日以上たっても消息がなく、ついには死亡説が流れてきました。だれも信じなかったのですが、三日前……標準時間でどれくらい経過したのか正確にはわかりませんが、わたしが天垂星を離れる三日前に、軍部は訃報を告知しました。老将軍は急性心不全で亡くなったと。しかし、だれの目にもあきらかです。やつらが殺害したんですよ」

ヴェッテラウルは話しながら感情を高ぶらせた。

「老将軍の仇討ちをかならず！」

その激情は古力特になかった。

「重装甲号の現状は？」

「艦はわれわれの統制下にあります。老将軍の死についての詳しい説明と、将軍が帰ってこられたらふたたび艦長として復帰できることを要求しています。三三艦隊はなにも恐れません。攻撃されたら反撃するまでです」

その自信には根拠がある。三三艦隊は天垂星の防衛部隊であると同時に、カーニー最大の機動艦隊だ。武力で簡単に屈服させることはできない。

「シャドックはおまえたちに協力する意向なのか？」

「木藤原はまだ乗艦していません。尻ごみしているのです。だから交代手続きもしていません」

そういうことかと、古力特は納得した。

シャドックは艦長権限をまだ余人にあたえていない。艦長権限の引き継ぎがすまないかぎり、中級将校の権限引き継ぎもできない。ヴェッテラウルたちはそこを利用したのだ。

新任の中級将校たちはまだ訪問客の立場にすぎず、シャドックはその指示を受けない。乗組員たちが彼らを威嚇しないかぎり、シャドックは中立を守る。ゆえに叛乱部隊は支障なく艦を統制できているわけだ。

ヴェッテラウルは言った。

「わたしたちは艦長の帰艦を待っています。軍部に交渉して艦長の復帰を実現してもらうには、それしかありません」

「ここへ来た理由は？」

「天垂星は将軍と天竜号のニュースでいっぱいです。将軍が率いる新艦隊と、カーニーの三個艦隊が坤ステーションで対峙していることはだれでも知っています。だから乗組員全員の総意を受けたわたしが万難を排して参上し、重装甲号にもどって指揮をとってくださるようお願いに上がりました」

そこでヴェッテラウルは一呼吸おいた。

「プロパガンダなど信じません。銀河在上……カーニーに忠実な人々が星域にまだいるなら、それは古家とその直属艦隊です。どれだけ頭を踏みつけられても反撃せずにはいられません」

ヴェッテラウルの口調は意気軒昂で正義感に満ちている。

　ケイトは、すでに父の懸念した状況になっていると気づいた。カーニー星域の軍を実際に率いているのは軍閥（ぐんばつ）だ。軍人たちは政府より軍閥への忠誠心が強い。たいていの軍人の意識では、自分たちが仕える軍閥にこそ正統性があり、最高委員会であっても二の次の存在だ。古家から軍事統帥（とうすい）権を奪いたいと委員会が考えているとしても、それは深く根を張った伝統にさからう行為だ。

　伝統の力は強い。たとえばジャスティンのような軍人でもあらがえない。彼は古家直属軍の出身ではなく、はじめは天垂星の宇宙航空学院の教官にすぎなかった。入隊して六年後に天垂星防衛隊に配属され、この古家直属軍で長く勤務するうちに古家への強い忠誠心をはぐくまれた。ジャスティンにしてこうなのだから、直系の軍人たちの忠誠心は鉄より固い。

　すでに危険なゲームになっている。慎重に対応しないとカーニーは泥沼の内戦に足を踏みいれてしまう。

　古力特は思案顔で質問した。

「わたしの弟は？」

　ヴェッテラウルは困惑しながら答えた。

「古南天（グー・ナンティエン）将軍は、カーニー星域を離脱すると声明を出しました」古力特をちらりと見て、小声で続ける。「さらに、将軍との兄弟の縁を切ると宣言されました」
軍だけでなく古家も分裂の危機というわけだ。暗流が渦巻き、あらゆる方向からぶつかっている。両極間の電位差が高まり、絶縁がすこしでも破れれば電光と雷鳴とともに爆発するだろう。

その破れ目が重装甲号だ。

銀河をひっくり返すような大変化。それがわずか数ヵ月で起きた。天垂星の混乱ぶりがケイトには手にとるようにわかった。夫を見つめる。

古力特は胸がふさがるような苦しみを覚えていた。それでも自分を抑え、つとめて平静な表情をたもつ。父が死に、弟からは絶縁を宣言された。家族は離散、愛する星系は混乱の渦。そんな危機のなかで三三艦隊は自分の帰艦を待っている。

古力特の瞳に炎がよみがえった。決意が固まった。中秋に命じる。

「むこうの艦隊に最後通牒をつたえろ。六時間以内に降伏するか、さもなくば艦隊ごと破壊すると」

天竜艦隊は体を収縮させ、攻撃隊形をとりはじめた。

古力特は振りむいて妻を見た。

「ケイト、ここからは本物の危険の連続になる。それでもついてくるのか？　きみを巻きこみたくはないんだ」

「止めようとしても無駄よ」

夫の考えはわかっている。ケイトは微笑んだ。言葉に迷いはない。

21 星門の客

ガンマ星門の宿場はいつも混雑している。

無数の建築物がひしめくこのエリアは、標準重力をそなえ、船ではお目にかかれない食品や飲み物はもちろん、摩訶不思議なパノラマ映像から妖艶な美女たちまでそろっている。単調な旅に厭倦したときのかっこうの休息地だ。さらに、さまざまな情報の集積地であることも重要だ。星域の軍事や政治にかかわる大事から、ほの暗い僻地の人知れぬ悪事まで、根気と多少の金銭（情報の価値で決まる）があれば入手できない話はない。もちろんそれが真実である保証はない。それもふくめて探検家の楽園だ。

ガンマ星門の宿場の客は、小型船の船主と乗客がおもだ。具体的にはあちこちの星系を往来する商人、ブローカー、運び屋など。どこの星門もこれほど繁盛しているわけではなく、ダメンター星域ではここだけといえる。ほかに繁華な星門として喜望峰があるが、星域の中心から離れて孤立した星系であるうえ、カーニーが主権を主張しており、往来する船はそこをダメンター星域と思っていない。ダメンター艦隊に実効支配されているにもかかわらず、特例的な場所とみなされている。

ダメンター人は基本的に華美虚飾(かびきょしょく)を嫌う。にもかかわらず宿場のけばけばしい雰囲気が許容されているのは、ひとえに星門の巨大な収益ゆえだ。商人が蝟集(いしゅう)するこの宿場を自由区とさだめ、治安維持のほかは干渉をひかえている。ただし安全のための保安検査は厳格(げんかく)で、武器の携行は禁じられる。

李約素(リー・ユエスー)が保安検査を受けたときは、検査員が両側に立って上から下までじろじろ見られた。検査員はロボット。ダメンターはロボットだらけだ。到着してからロボット以外のダメンター人を見ていない。

身体検査が終わるとカードを渡された。

「身分識別カードです。お持ちください。紛失すると、審査と再発行まで宿場区から出られません」

ロボットの音声は柔らかで心地よい女性の声で、音楽を聴いているようだ。

受け取ってみると、金属製カードに小さな画面があり、一桁の数字が表示されている。星門のシステムはこのカードを常時監視していて、数字は二分に一度変化する。これで複製を防止しているわけだ。

天狼7がべつの保安ゲートを通過してきた。そこでようやく、この弟分が佳上をともなっていないことに気づいた。

「佳上はどこだ？」

「知らない」

天狼7の返事を聞いて眉間に皺をよせた。

「なにやってるんだ！」

なにかあったにちがいない。そうでなければ佳上が軽々しく単独行動をするはずがない。とはいえまだ宇宙港にいるはずだ。港内は安全とはいえ、広くて探すのはたいへんだ。引き返そうかと考えているときに、保安検査に並ぶ列に佳上の姿をみつけた。

まもなく佳上はそばにきた。李約素はきびしい声で訊いた。

「どこ行ってたんだ？」

佳上は平然と答えた。

「船を見ていたんです」

「めずらしくもないだろう」

「捕食機があったんですよ。天狼7が乗っていたのとおなじ改造がされて、船の発進ベイにはいっていました」

「つまり棒頭人……いや、沙岡人をみつけたってことか？」

「乗組員を数人見かけましたけど、沙岡人かどうかははっきりわかりません」

「そうか。しかし、勝手な行動はつつしめ。ここはダメンター人の領土で、いろんな思想信条のやつらがうろついてる。目立つ行動は避けろ」

「船のハッチがたまたま開いてたので、ちょっとのぞいただけですよ。こっちだって他人の注意を惹きたくない」

「今回はいい。次は一声かけてからにしろ。どんな船だったんだ？」

「白昂鑫です」

「なんだって？」

「船名ですよ。白昂鑫の三文字が船体に書かれていました」

「てことは、そいつは鑫船なのか？」

「そうです」

　鑫船ははるか遠くから旅してくる。星門には短期間立ち寄るだけですぐに去る。李約素は三十年以上も放浪生活をしているが、鑫船で棒頭人が雇われているのを見たことはない。

「なにかのまちがいだろう。鑫船が捕食機を載せてるわけがない」

「だから興味を惹かれたんです。いったいどういうことかと思って」

佳上は相変わらず無表情だが、わずかに微笑みを浮かべている。

李約素は黙ってうなずき、その船名を記憶に刻んだ。

「それじゃ、行くぞ。人間らしい生活ってやつを見せてやる」

やや得意げに言うと、二人をつれて歩きだした。宿場の表通りを数百メートル歩き、目立たない小さな入口をくぐる。防音エアカーテンを抜けると、すさまじい騒音につつまれた。佳上は思わず両手で耳をふさいでいる。

「さあ、ここがこの宿場でもっとも繁盛している店、藍黒酒場だ。佳上、耳をふさぐのはやめろ。音で死にゃしない」

佳上の両手を無理やり下げさせて、はっきり聞こえるように耳もとで大声で言った。しかし佳上は顔面蒼白になって手を振り払った。

「外で待ってます」

逃げるように店の外へ出ていった。

天狼7はどうかと見ると、平然と店内を見まわしている。

なかは広場のようになっていて、放送映像がテーブルごとに同時進行で流れている。さまざまな言語のさまざまな番組を見ながら、客たちは騒々しく話したり笑ったりしている。奥に大きなバーカウンターがあり、客たちがひっきりなしに往来している。

李約素が空いたテーブルにすわると、ウェイターが来た。

「ご注文は？」

ワイン二杯とステーキを一皿注文した。ステーキは正真正銘の牛肉だ。カーニーからの輸入品で値が張る。究極の美食だが、残念ながら金持ちしか楽しめない。昔はよだれをこらえてメニューを眺めるだけで、そっと閉じていたものだ。しかし今回は金に困っていない。任務遂行の条件の一つだった金銭報酬を、予想をはるかにうわまわる額でもらっている。もしいまテーブルの上に立ってその数字を叫んだら、たちまち店内は静まり、次の瞬間にわれに返った客たちがここへ殺到するだろう。経験的にわかる。足もとで押しあいへしあいし、ののしりあい、一歩でも近づいて御用聞きをつとめようとするはずだ。

ここはあぶれ者の吹きだまりなのだ。かつては自分もその一人だった。

すぐにワインとステーキが運ばれてきた。天狼7にグラスを渡す。

「やってみろ。酒だ。神経を麻痺させ、感覚を一変させる。経験したことがないだろう」

天狼7はグラスをとって、一口ふくむと、すぐに顔をゆがめて吐き出した。

「まずい」

李約素は大笑した。

「特別な味だ。こんなものをつくるのは惑星生活者だけだ。しかし悪くないぞ。慣れたらこの味が好きになる。俺も最初はまずいと思った。おまえもそのうち飲みつけるはずだ」

李約素の大声はまわりの注意を惹いた。それこそが狙いなので、ますます声を張り上げた。

「これは牛肉だ。食ったことないだろう。先祖はこれを食ってたらしいぜ。DNAって知ってるか？ 俺たちの体もそのDNAってやつをもとにつくられてる。もちろん牛肉のDNAと人間のそれはちがうけどな。これの工場を見たことがある。天垂星には合成食品を好まない人々がいて、工場で肉を生産するんだ。いろんな肉だ。牛を飼い、豚を飼い、犬さえ飼って……」

天狼7は肉を一切れ口にいれたところだったが、話を聞いてあわてて口から出した。

「犬だと？ 犬みたいな生物の体から切り取ったものなのか？」

「そうだ」

「食わない」

あえて説得はしなかった。そのときすでに数人がテーブルのまわりに集まり、胡乱な目つきで二人を見ていたからだ。

「なら、兄弟、手伝ってやっても……」

言いながら一人の男が天狼7のまえのワイングラスに手を伸ばした。しかし次の瞬間には天狼7がその手首をがっちりとつかんでいた。

「放せ！」

男は振りほどこうとしたが、天狼7は鋼鉄の像のようにびくともしない。

「死にたいのか！」

切羽詰まった男は、反対の右手で殴ろうとした。しかし天狼7は軽く顔をそらして拳をよけると、突っこんできた相手の顔のまんなかに肩をいれた。騒々しい店内にもかかわらず、鼻っ柱を折られた男の凄惨な悲鳴が響いて、客たちは静かになった。

視線が李約素に集まる。

天狼7は相手を放してやった。鼻を押さえて床にへたりこんだ男の指のあいだから血がしたたる。客たちは成り行きを察したようだ。

バーカウンターの奥から太った大男が出て、声をかけながら歩いてきた。

「なんでもない、なんでもない。お客さんがたは気にしないでくれ」

李約素はおもてを伏せ、手をかざして顔を隠した。この男に見られたくないのだ。

大音量の音楽がふたたび響きはじめ、店内の喧噪がもどった。

大男はテーブルに来て状況を見て、李約素に言った。

「あんたの棒頭人が人を殴った。だから責任はあんたにあるな」

「もちろんだ」

李約素は手で顔を隠していたが、大男に話しかけられて頭を上げ、顔を見せた。

「憶えてるか、じじい？」

大男の目にわずかに驚きが浮かんで、すぐに消えた。

「李約素、まだ生きてたのか！」

冷ややかに笑って答える。

「もちろん死んだと思ってただろうな。独眼(どくがん)のジャックはいるか？」

大男は大笑いした。

「ジャックに会いたいだと？　命が惜(お)しくないのか。借りた金を返してないくせに。帰ってこないほうにあいつは賭けてたぜ。それが生きて帰ったどころか、会わせろだと？　独眼のジャックの名をふたたび口にしたら、今度こそ首をへし折られるぞ」

「関係ないね。ただ、関係あるのがこいつさ」

ポケットのものをテーブルにばらまいた。いずれも丸い粒だ。薄暗い照明の下できらきらと光る。

大男は一粒をつまんだ。小さいのに重い。その点は黄金に似ているが、色がちがう。

「こりゃなんだ。金(きん)か？」

「金より価値がある。超伝導クリスタルの原石だ」

大男はさすがに食いついてきた。超伝導クリスタルは海賊と犯罪組織に大金をもたらす商品だ。話には聞いているが、現物を見るのは初めてだ。金属に似た小さな粒を手の上でころがす。

「偽物でだまそうって魂胆か？」

李約素は苦笑した。

「鑑定してもらってからでもかまわないぜ」

大男は目を細めて再来の客をしげしげと見た。一文無しのうえに多額の借金をかかえたこの放浪者は、勇気を元手に星門の奔流に身を投じた。帰ってこないとだれもが思った。それがこうして帰ってきたばかりか、棒頭人の用心棒を引き連れ、威風堂々と富力を誇示している。

用心したほうがいい。大男はテーブルのまわりに居残ったチンピラを見て、口をとがらせた。

「しかし、人をけがさせたわけだ」

「この弟分は手や足が太くて頑丈でな。そのせいでしくじることがある。医者を呼んで診てもらえ。治療費は払う。ついでに慰謝料を一万カーニー盾出す」

一万カーニー盾は大金だ。負傷した男の仲間は憤懣やるかたない表情で立っていたが、数字を聞いて表情をゆるめた。仲間とともにこの宿場で一カ月間、酒と女で遊んで暮らせる金額だ。

しかし大男は顔色を変えない。

「ずいぶん儲けてきたようだな」

まわりのチンピラを見て訊く。

「おまえら、それでいいのか？」

「王社長、あんたがいいならいいよ。そのまえにきちんと名のってもらいたいな。どこのだれにやられたのか、知らないわけにいかねえ」

「天狼星号の李約素だ」

言いながらカーニーの銀色のカードを差し出す。チンピラのリーダーはそれを受け取った。

「いいだろう」

すっかり気圧され、金額も確認せずにカードをポケットにつっこむと、仲間の二人と負傷した一人を連れて去った。

大男は冷ややかに見送り、チンピラたちがいなくなると目をもどした。

「どういうつもりでもどってきたんだ？」

李約素は愉快そうに笑った。

「昔の仲間と酒を酌みかわしたいだけさ。堅苦しく考えないでくれ」

「目的はジャックか？　探しても会えないぞ」

李約素はまだ笑っている。

「超伝導クリスタルの商売はやってないってことか？」

「爆死した」

笑みがこわばった。人の死に方はさまざまだ。放浪者は隠語でそれらを呼ぶ。〝爆死〟は壮烈な死にざまを意味する。強盗と争って刺しちがえたか……ろくな装備もない改造船に乗って、最新鋭の武器と厚い装甲を持つ正規軍の船に戦いを挑んだのか……それとも決闘で死んだか……。とにかく俠気をしめしてジャックは命を終えたということだ。

悲哀を感じた。ジャックは憎たらしいやつだった。特定のボスの下につかない李約素は、ことあるごとに侮辱され、牽制され、いやがらせを受けた。そしてワームホールに飛びこむしかない立場に追いこまれた。賭け事の一つだったが、帰ってこられるとはだれも予想しなかった。ところがみごとに生還した。賭け金をジャックから受け取れる立場にある。傲岸不遜なあの男が跪座低頭するようすを想像しさえした。積年の溜飲を下げられるはずだった。

ところがその仇敵がすでにこの世にいない。

たとえ生きていても、あいつは卑屈に頭を下げたりしないといまさらながら気づいた。むしろ正式に決闘をいどみ、派手に爆死するほうを選ぶだろう。太く短くという放浪者の生きざまはおなじ。同類なのだ。

暗澹たる声で訊いた。

「花豹……大頭……叮当……あいつらは？」

「みんな散りぢりさ。どこへ行ったやら……」

大男は手のなかの金属の粒を放り返した。

「商売は自力でやるんだな」

李約素は黙々と粒をしまった。それから言った。

「どうやらほかに頼れる相手はいないらしい。ミスターK、頼みを聞いてくれないか。海賊を探してるんだ。どこにいるか、あんたならわかるだろう」

大男はしばらく口を閉ざしてじっと李約素を見た。やがて背をむけてバーへもどりはじめた。李約素はついていく。天狼7はまわりを警戒しつつ、したがった。

客たちは酒を飲み、騒ぎ、女を口説くのに忙しい。だれもこちらを見ていない。

バーはいい場所にあった。正面に大きな円形の展望窓があり、宇宙港の灯火が眺められる。さまざまな色やかたちの船が魚群のように出入りする。

ミスターKはバーカウンターの奥にはいったきり、口を閉ざした。李約素も話をやめ、手酌でグラスを満たすと、ちびちびと嘗めながら窓の眺めを楽しんだ。

巨大なサーチライトが動いてさまざまな船を照らす。いずれも管制台の指示にそってゆっくり整然と入港してくる。奥には星門がある。暗黒が広がるばかりのそこに、ときどき銀色の閃光がまたたく。よほど注意深い者でないと気づかない。

李約素の目は敏感にその光をとらえた。かつて生業にしていたからだ。同病相憐れむ放浪者たちとこの閃光を追っていた。

この光を発しているのは時空の渦に消えた船だ。大多数はとうに死船。つまり船主は死んでいる。たとえ低レベルの自動運行船でも、それを出した好奇心旺盛な船主は数百年あるいは数千年前に墓にはいっている。いずれにしても持ち主はいない。こんな船には星域のだれも関心を持たない。時空の渦が生み出したゴミ。それでも放浪者にとっては、それなりの値で売れる骨董品や有益な生活物資など、さまざまなものをもたらす。そんな船をとらえ、牽引して、売って金銭に換える。あとは酒と女におぼれる。それが放浪者の暮らしだ。海賊のように生者から強奪する胆力はない。不運にも時空の渦に落ちたあわれな人々の残したゴミを拾うだけ。

閃光に記憶を刺激され、放浪者仲間を思い出した。かつてはおなじ道を歩いたが、いまはどこでどうしているやら。放浪者はみな明日をも知れぬ運命だ。いつ野垂れ死んでもおかしくない。生きていようが死んでいようが気にかける者はいない。星域にとっては放浪者という存在そのものが不安定要素。星の海に消えてくれるのが望ましい。

見まわすと、数人の男たちが席を立つところだった。出現したばかりの大魚を追うつもりらしい。

「いま立ち上がった兄弟、ちょっと話を聞いてくれ！」

大声で呼び止めた。大音量の音楽と店内の喧噪にかき消されそうだったが、席を立った数人は自分たちが声をかけられたとわかったようだ。いぶかしげな表情でゆっくり集まってくる。

「大きな取り引きをしたい。やる気はあるか？」

単刀直入に訊いた。男たちは顔を見あわせ、それから天狼7を見た。

「どんな取り引きだ？」

最前列の一人が訊き返した。長身痩軀で、全身をつつむ銀色のボディスーツは古色蒼然としている。手にしたヘルメットはおそらく旧式の動力服のものだ。性能が悪くてめったに使われない。

「棒頭人を探しているんだ。なるべく多くの情報がほしい。百人の棒頭人がいる場所を教えてくれたら、ダメンター通貨で十五万払う」

「十五万だって？」

男たちのあいだから信じられないという声があがった。

「確実な情報なら十五万。もし棒頭人を連れてきてくれたら、百五十万出す」

断言した。男たちとは数メートルしか離れていないが、それでもよく聞こえる大声で言った。まわりからは奇異なものを見る目が集まる。それらの視線は無視して、目のまえの数人にむけて話した。

男たちはいきなり目のまえにぶら下げられた報奨金に当惑している。あっけにとられた顔を見あわせ、どういうことか理解できずにいる。

やがて銀色のボディスーツの長身の男が言った。

「そんな話は信用しない」

そして背をむけて去った。仲間たちはややためらいながら、それにしたがった。よそ者の漫言放語を真に受ける愚はおかさず、星門の閃光が約束するささやかながらも確実な希望を選んだわけだ。

李約素はその背中を見送った。結果は予想どおりで目的ははたした。バーの隅のほうでひそひそ話がかわされている。

グラスに残った酒を飲みほして、カウンターのむこうのミスターKに低い声で話した。

「棒頭人も探してるが、ほんとうに探してるのはリボウスキだ。重要なのはこっち。友だちだろう、協力してくれないか」

超伝導クリスタルの原石と、一枚のカードをミスターKのまえに出した。

リボウスキの名を聞いて、ミスターKはやや顔色を変えた。手を止め、出されたカードを見る。精緻なつくりのカードだ。金属製で、中央に雷電ファミリーの家紋。まわりには精巧緻密な文様が刻まれている。

「雷電ファミリーとどんなつながりがあるんだ？」

「手を組んでる」

「海賊王は雷電ファミリーを嫌ってるぞ」

「そうだな。それでもいいから、噂を流してくれよ。雷電ファミリーの武器を闇取引で海賊に売りたいやつがいるって」

ミスターKはあきれたように目をぐるりとまわしたものの、いやとは言わなかった。

李約素は天狼7にむきなおって大声で言った。

「出発だ！」

「どこへ？」

「狩りに出る」

22　狩り場

たくさんの船が獲物を追っている。運と忍耐を競うゲームだ。獲物は一隻の船。強いか弱いかはまだわからない。

放浪者はこれを狩りと呼ぶ。海賊が見れば失笑するだろう。時空の渦で失われた一隻の船を集団で狩るなど、臆病にもほどがある。肝がすわっているなら環形宇宙船や鑫船を狙えばいい。これらもおなじく遠方から来ている。ただし、はるかに強い。漂流する死船ではなく、目的をもって飛んでいる。そんな血気盛んなやつなら、真に勇敢な海賊も一目おくかもしれない。政府の後ろ盾などなく、一攫千金をねらう密輸業。ハイリスク・ハイリターンは知れたこと。

ダンデスはそんな真に勇敢な海賊だ。ガンマ宇宙港に登録された船を襲い、略奪し、ダメンターのロボットが来るまえに逃亡する。大胆な計画だ。予定の攻撃地点は星門付近。時空が不安定で大量の宇宙ゴミが漂流している。船をとらえて船外活動をするのは大きな危険をともなう。

狙う獲物は放浪者のボロ船のなかの一隻だ。その群れにまじって、時空の裂け目から押し出されてきた老朽船を追っている。

ダンデスの敏捷号の中枢システムは、この目標の動きを分析していた。長く観察するほどダンデスの眉間の皺は深くなる。狙いの船はずいぶん高性能だ。気づかれたら敏捷号でも追いつけない。群れのなかで奇妙な行動をとっている。老朽船に何度も近づいては、なにもせず離れる。ダンデスから見ると意図はあきらかだ。捕獲する気はなく、もてあそんでいる。あおってあわれな老朽船の針路を変えさせ、放浪者の包囲網に追いこもうというのだ。

敏捷号は前方にいる目標の船との間隔を詰めた。あやしまれないように速度を落とし、遅れて分け前にあずかりにきた放浪者をよそおう。

追跡に夢中な相手は敏捷号に特別な注意をむけない。老朽船を追いまわし、予定の針路へ無理やりのせていく。

敏捷号はさらに近づき、位置についた。放浪者たちは敏捷号の登場に反発をしめさない。

通話の着信表示が点滅したので、つないだ。通信ネットワークに接続された。

「おい、おまえ。参加するなら針路を一定にしろ。エリア４５３に追いこむ」

「エリア453か、了解。こっちはもっと近づくぜ。船体がいくらか大きいし、電動ネットを装備してる」

「電動ネットなんか持ってるのか！　こりゃ、いい助っ人の登場だぜ。よし、内側にはいりな。ただし土壇場では慎重にやれよ。わはは……」

「問題ない」

ダンデスは答えてから、内心でほくそ笑んだ。電動ネットばかりか、高出力ビーム兵器まで搭載していると知ったら、恐怖で笑いがひっこむだろう。放浪者どもの船を数分で一掃できる。

自分の目標に注意をもどした。隊列のなかでこの船だけは自由に動いている。老朽船に何度も近づきながら、あと一歩届かないふりをして後方に退く。ダンデスは機会を見てまわりの船と位置を交換しながら、すこしずつ目標に近づいた。もちろん動きに気づかれないように注意している。狙いをさとられたらやりにくくなる。

逃げる老朽船は通信電波を出していない。やはり死船だろう。軽快に動いて包囲網から抜けだそうとする。しかし放浪者も烏合の衆ではなく、追跡は手慣れている。老朽船が脱出を試みるたびに一隻が針路をふさぎ、包囲網に押しもどす。

ダンデスも追跡に加わった。敏捷号は船体が大きく、逃げる船を威嚇しやすい。おかげで追いこみははかどった。包囲網は小さくなり、エリア453へ近づく。

狩人と獲物の距離が縮まった。ここからがあやうい。絶望した獲物は狩人に牙をむくことがある。武器がなければ、死ぬ気で包囲網を突破しようと突進してくるかもしれない。やられたら囲い込みの意味はなくなる。いまは突破が予想されるルートを正確に計算し、捕獲能力のある船がぴたりとついていくべきだ。包囲網から逃げられたら、これまでの努力が水の泡。はじめからやりなおしだ。商売にならない。囲い込みは毎回大量のエネルギーを消費する。土壇場ですり抜けられたら経費が倍になる。

ダンデスは狩りの頭分にかけあった。

「俺にやらせてくれ。高出力の電動ネットを持ってる。もっと大きな船を捕獲したこともある」

「やればできるだろうが、もう手配はすんでるんだ」

「どの船がやるんだ」

「そばにいるだろう。もうはじめてる」

わかっている。目標の船だ。船体はさして大きくなく、敏捷号の半分くらい。それでも性能はピカイチだ。

知らないふりをして尋ねた。

「あれは天狼星号じゃないのか？」

「そうだが、見たことあるのか？」

「見たことはないが、有名な船だ」

「有名だと？　知らんな」

「すぐ知れわたるさ。手伝いにいくから、むこうに知らせておいてくれ」

「よけいなことはするな。もう手配ずみなんだ」

「心配ない。あんな老朽船、すぐつかまえてみせる」

ほかの船を無視して位置を離れ、天狼星号に近づいた。こちらは最大最強であり、他の船の手出しは受けない。頭分は連携がとれるように天狼星号に話を通し、こちらが手伝いに来た仲間だと保証してくれるはずだ。いま重要なのは疑われないこと。接近さえすれば……。

老朽船はまだ逃げている。しかしその軌道は軽快さを失い、抵抗の意思を弱めつつある。

天狼星号は急速に接近し、並行して飛びはじめた。

敏捷号はそのうしろについた。ただしあまり近づかない。タイミングを待つ。天狼星号が捕獲プロセスにはいると、老朽船とドッキングして一時的に機動力を失う。そこを狙って敏捷号が飛びつけば、確実に乗っ取れる。

しかし天狼星号は行動をためらっていた。老朽船のそばを飛ぶばかりで、いつまでも動かない。

「さっさと捕獲しろ！」

頭分が怒鳴りつける音声が聞こえた。しかし天狼星号はまだ動かない。

ダンデスは奇妙な感覚をおぼえた。疑いの目をじっとむけられている気配。

短い沈黙のあと、頭分の声が言った。

「兄弟、天狼星号が直接話したいとさ。さっさとしろ。退がってもとの位置にもどれ。だれの助けにもなってないぞ」

続いて天狼星号から直接の通話がはいった。

「うしろの船、近すぎるぞ」

ダンデスはわざと平然とした態度で答えた。

「手伝いにきたんだ。もし獲物が逃げようとしたら押さえてやる。ほかの連中の手をわずらわすことはない」

「いいから退がれ」

交渉の余地はないという口調で天狼星号は言った。

「なんだよ……みんな兄弟じゃねえか」ダンデスはぶつぶつ言いながら、すこしだけ船を後退させた。「退がったぜ。これでいいだろう」

天狼星号はまだ要求した。

「安全距離は六千メートルだ」

ダンデスは内心で小躍りした。六千メートル退がるだけでいいなら、敏捷号は五秒でふたたび追いつける。むこうが意図に気づいても、その短時間で老朽船を切り離すのは無理だ。電動ネットでたちまち捕獲できる。

それでもわざと不満げな声で言った。

「ありえない。どうして仲間を信用しないんだ。ここからすこし退がれば、もうそっちの言う六千メートルなんだぞ。いますでに五千メートルだ。充分だろう」

すると頭分のいらだった声が響いた。

「ごちゃごちゃぬかすな。みんな船を捕獲してさっさと帰りたいんだ。要求されたとおりに退がれ。天狼星号は俺たちにも集合を求めてきたぞ」

放浪者たちの船がゆっくりと近づいていた。ほぼすべてが敏捷号のうしろに集まっている。

「わかった、わかったよ！」

ダンデスは不本意ながら船の位置をまたすこし後退させた。すると、自分が放浪者たちに包囲されている案配だと気づいた。一抹の不安がよぎる。これではまるで敏捷号が拿捕されかけているようだ。そんな考えが頭に浮かび、しかしまだ動けずにいると、呵々大笑する声が響いた。

「ひっかかったな」

敏捷号がはげしく揺れた。船体に銀魚卵が張りついて攻撃している。強烈な電流で船を麻痺させる手法だ。船の中枢が強い警報を出し、ダンデスは非常ボタンに手を伸ばした。それを押せばエンジンが最強モードで推力を出す……はずだった。しかし何年もまえに配線をはずしていて、ボタンを押しても反応しなかった。

たとえ反応しても無駄だ。中枢システムは警報を二秒出して完全に麻痺した。

敏捷号の硬い船体の外に張りついた無数の銀魚卵が目に浮かぶ。この小さな粒は電磁場とともに強烈な光を発する。舷窓をふさいだシールドさえ透過してダンデスの目をくらませる。

「銀河のクソったれ！」

大声でののしったが、そこまでだった。制御を失った敏捷号のハッチがいきなり開き、急激に抜ける空気とともに、ダンデスは紙切れのように船外へ吸い出された。ハッチにぶつかって頭を打ち、目のまえが暗くなって意識を失った。

『船長ー、本人が飛び出しちゃいましたよ。星門のほうへ吹き飛んでいきますー！』

プリンがあわてて言った。その声は通話網を介してほかの放浪者にも聞こえ、いっせいに笑い声があがった。

「なにをぼけっとしてる。救助に行くぞ」

李約素に叱られて、プリンは驚いた。

『老朽船を捕獲しなくていいんですかー？』

「人間の救助が先だ。船は逃げやしない」

プリンの操船で天狼星号はむきを変え、星門へ飛んでいく白い影を追いはじめた。

それを見て放浪者の頭分があわてた。だいじなところで勝手をやられては困る。

「李約素、船の捕獲はどうした？」

「自分たちでやれよ。ダメンターは拿捕した海賊船に高額の賞金を出す。しょぼい獲物が逃げてもお釣りが出るくらいにな。取り逃がしたくないのはどっちだ？」

頭分はまだなにかわめいていたが、途中で切った。天狼星号は白い小さな影に急速に近づく。

天狼7が訊いた。

「なぜ救う？」

「恨みはないし仇でもないからな」

「攻撃された」

「もう無力だ」

天狼7は反論をやめた。李約素の考えがまるでわからない。なにを狙ってなにをしているのか、最初から最後まで理解できない。探しにきたのは棒頭人のはずだ。星域のどこか人目につかないところに隠れている。酒場や星門や放浪者の狩り場にはいないだろう。海賊は悪意の塊のような連中だ。悪逆非道、憐憫の心をみじんも持たない。うんざりするほど見てきた。〝海賊は救うより殺したほうがまし〟という金言は有名だ。李約素も当然知っている。なのにその逆をやっている。

天狼星号はたくみにダンデスに近づいた。白っぽい影はたちまち黒い船体に隠れる。ハッチをあけてダンデスを船内に収容した。

「動力服を着てさいわいだったな。でなけりゃ回収しても死体だった」

李約素が言うと、プリンは誤りを指摘した。

『ちがいますよー。人体は真空にさらされても一定の時間は耐えられるんです。数十秒から十数分までケースバイケースですけどねー。短時間で救助すれば救命できます』

李約素は不愉快な顔になった。

「おまえはいつも一言多いんだよ。科学実験をやってるんじゃないんだ」

天狼星号は星門の影響圏に急速に近づいていた。外縁(がいえん)のそばだ。星門の高密度エネルギーで時空が荒れ、重力が微妙に波打っている。見えない手に船体が前後左右に揺さぶられる。それでもまだ大きな力ではなく、プリンが対処できる程度だ。

天狼星号は放浪者たちに合流するために大きく旋回しはじめた。

そのとき、弱い光がまたたいて、少量のガンマ線が出た。星門からエネルギーがすこし漏れたらしい。星門を通ってなにかが出現したのだとしても、きわめて小さな物体のはずだ。通過する過程で消滅していてもおかしくない。

そのまま飛んでいると、また光った。ガンマ線も出ている。

放浪者の一人のわめき声が通話に流れた。

「あれはなんだ！　みんな見ろ、あの気味悪いものを」

その気味の悪いものを、プリンもとらえた。黒い球体が二個浮かんでいる。星門の外縁から出てゆっくり移動している。ときどき微弱な光を発し、軌道が不規則に揺れている。

『船長ー、これ、いったいなんだと思いますか？』

プリンがすぐに呼んだ。しかし李約素はすでにそちらに目を奪われ、呼ばれていることに気づかない。それどころか驚くべき光景が続いた。三個目、四個目が星門の外縁から湧いて出たのだ。石鹸の泡のようにふわふわと浮いている。

星門から出るさまざまなものを追ってきた放浪者たちも、こんなものは見たことがない。

だれかがいぶかしげに言った。

「これは船なのか？」

「ばかいえ！　銀河在上、もしこいつが船なら、俺の目をえぐって売り払っていいぜ！」

だれもがしばらく沈黙した。

黒くて閃光を発する四個の球は悠々閑々と浮いている。速度は遅く、軌道はふらふらと不安定。李約素はもっとはっきり見ようと、プリンにスローモーション映像で再生させた。すると、そもそも球の位置は不確定だとわかった。閃光を発したときだけ位置が確定する。光るごとに瞬間移動し、そのあいだは存在していないかのようだ。黒い球という視覚的幻影か。船などではない。

李約素は怒鳴った。

「プリン、シャドックから情報アーカイブをもらっただろう。急いで調べろ！」

『もう検索してますよー。でもアーカイブが巨大すぎて時間がかかります。いま惑星物理学のところで、進行度十七パーセント……』

それをさえぎって指示した。

「空間異常の関連分野から先に調べろ」

ふわふわと浮いた黒い球は、接近して無作為な軌道で動いているのに、ぶつからないらしい。だんだん大きくなってきた。

放浪者のだれかが言った。

「俺は離脱するぜ。怖くなってきた」

べつの声が嘲笑する。

「臆病者は逃げろよ」

李約素はそのやりとりに割りこんだ。

「意気がってる場合じゃない。なにか起きたらパンツにチビるひまさえないぞ。さっさと逃げろ」

批判の矛先が変わった。

「逃げろだって？　なぜ逃げるんだ？」

みんないっせいにしゃべりだして通信ネットワークは大混乱した。

それを頭分がおさめた。

「みんな騒ぐな。李約素、どんな異常があるんだ？」

「ダメンターのパトロール船がこっちへ急行してる。十三隻いる。包囲網ができるまえに逃げろ。まだまにあう」

「パトロール船だって？」

頭分は半信半疑だ。そんな信号はとらえていないのだから無理もない。李約素はさらに言った。

「距離一万六千キロメートル。パトロール船だ。おまえらの機器は感度が悪いんだよ。さっさと行け。いまならまだ包囲を突破できる」

「なぜ放浪者をつかまえるんだ？」

「思い上がるな。おまえらが目標じゃない。針路上にいるじゃまな放浪者の群れを一掃するだけだ。俺が誘導してやるから、急げ」

突然の展開に放浪者たちは茫然としている。考えているひまはない。ダメンターの星門警衛隊はロボット部隊で、任務遂行に最適と判断する手段をとる。目撃者をすべて抹殺という選択肢がふくまれないとはかぎらない。天狼星号の誘導にしたがって逃げるのがいちばん安全だ。李約素が裏切る理由はないし、その船は放浪者たちが出会ったなかで最新鋭だ。

それでも納得できない声が一部にある。

「半日やってきたことを捨てて逃げるのかよ」

頭分は決断した。

「逃げるぞ」

「でもよ……」

「つべこべぬかすな！　自分の命をだいじにしろ！」

頭分はいきなり怒りだした。放浪者の集団ではよくあることだ。

みんな黙った。放浪者の船はプリンの指示にしたがって撤退しはじめた。

「おまえは逃げないのか？」

「この船はのろまじゃないからな」

李約素は短く説明した。頭分は半信半疑のままだ。

「ほんとうに俺たちを救ってくれたのなら、借りが一つだ」

「まずは逃げろ。話はあとだ」

李約素はどうでもよさそうに答えた。放浪者たちのことは頭から消えかけていた。それどころか接近するダメンターのパトロール船さえ関心の埒外（らちがい）だ。

黒い球の正体について、プリンが四つの仮説を提示してきた。そのなかから、わかりやすそうな説明を選んで読んだ。読み終えて、全身に冷や汗が流れた。

……理想的な宇宙論モデルにおいて、超空間旅行はそれほど困難ではない。ただし工学的な難題をともなう。問題の中心はエネルギーの獲得と保持だ。単位空間内に宇宙膜（時空膜）の負荷能力を超えるエネルギーを集めると、時空崩壊が起きる。これによって超空間への入口が開かれる。超空間への進入後は船の物質形態を確実に保持しつつ、ふたたび宇宙膜（時空膜）を突破する必要がある。これに必要なエネルギーは、現在の人類文明があつかえるレベルの極限に近い。そのため超時空跳躍をおこなう船には事故が起きやすい。船の質量が大きくなると指数関数的に事故の可能性も増える。そして副作用も顕在化する。すなわち、時間的不確実性が克服できない障害になる。しかしこれらの制約を考慮せず、単純にエネルギー密度がきわめて増大した影響下での時空膜の変化を論ずるなら、実空間で観測可能な現象は単純な一つの結論にいたる。質量六百七十兆トンを超える物体が時空膜を突破しようとすると、発泡現象が起きる。目的地に空間の異常エリアができて、空間が空洞化する。それは完全に黒く、なにも放射しない。時空膜内にいる観察者は姿を見られない一方で、外の光はブラックホールに落ちるように吸いこまれる。実空間には属さないので質量はなく、したがってブラックホールではない。時空の穴にすぎない。ブラックホールの質量が引き起こす時空崩壊とは異なり、この穴は純粋にエネルギーによってつくられる。不安定に移動しつつ、時空膜そのものの強い張力によって急速に揮発していく。揮発しながら相応の量のガンマ線を放射し、これは実空間でも観察できる。実空間で観測できる唯一の痕跡がこれだ。この奇妙な物理現象は多くの科学者に予測されてきたが、実例はまだ発見されていない。このような異常空間は一般的に空間泡と呼ばれる……。

この説明がどこまで正しいのかわからないが、いま見ている現象とかなり一致している。球は発光がすこし強くなり、体積はやや縮んだようだ。これが空間泡の揮発というものか。ふらふらと移動し、明るく光るごとに縮んでいく。最後は閃光を残して完全に消えてしまった。

星門の外縁は平穏な状態にもどった。

このあとになにが続くのか。見たこともない巨大な物体が出てくるのか。李約素は不安を抑えて見守った。しかし巨大な物体など出現せず、静かなままだ。

「天狼星号、貴船はダメンター星門管理条例第三十七条第八項、〝いかなる船も星門から三光秒以内に無許可で進入するべからず〟に違反している。よって管理条例にもとづいて拘束する。ゆっくりとこちらへ接近せよ」

ダメンターのパトロール船が通告しながら近づいてきた。しかし李約素はいま犯罪者として逮捕されるわけにいかない。

「プリン、逃げるぞ」

天狼星号は急速にエンジンを始動し、たちまち飛び去った。

天狼7が李約素に訊いた。

「佳上(ジアシャン)はどうする?」

「連れもどしにいこう」

23　意外な展開

　ダンデスは目を覚ました。

　目のまえにいるのは二人。一人はカーニー人らしい。もう一人は棒頭人だ。

　体を動かそうとして、壁にくくりつけられているのに気づいた。

「ほどけ、卑怯者！」

　腹が立った。三十年あまりの海賊人生でこんな屈辱はない。

　李約素が振り返り、笑顔になった。

「やっと気がついたか。もうだめかと思ったぜ。壁に固定したのは飛行中の加速でけがをさせないためだ。ほどいてほしけりゃ、べつにかまわない。プリン、ほどいてやれ」

『はい、船長ー』

　ダンデスは壁の手すりにつかまって李約素のそばへ移動した。

「罠にかけやがったな！」

「なんのことだ」李約素はけげんな顔をした。「罠にかけたのはこっちじゃなくて放浪者たちだ。俺はむしろ救助してやった。それはたしかだぞ」

敏捷号が多数の銀魚卵で攻撃されたときのことをダンデスは思い出した。あのときハッチで頭を打って気絶したのだ。たしかに救助されなければ死んでいた。しかしそれもふくめて、目のまえの得意顔の男が引き起こしたことだと思うと、殴りたくなった。しかし棒頭人を見て、軽率な行動はこらえた。

「俺の船は？」

「パトロール船が曳航していった」

「そうだ。十隻以上来やがった。放浪者たちは蜘蛛の子を散らすように逃げた。おまえの船は機能が麻痺してたから曳航するしかなかった」

「星門警衛隊が来たってことか？　ありえない。こんな小さな騒ぎにあいつらが首をつっこむわけがない」

ダンデスはわめいた。李約素はなにも説明せず、映像を流しはじめた。ダンデスはそれを見て黙りこんだ。いぶかしげに訊く。

「これはなんだ？　監視カメラの録画か？」

「おまえを救出したあとの出来事だ。星門警衛隊が出張ってきた理由は一目瞭然だろう。俺までつかまるところだった」

「こいつはいったいなんだ」

「正体はよくわからん。それでも、ダメンター艦隊が動きだすほどの大事件らしい」

「艦隊が？　どういうことだ。星門に常駐艦隊はいないぞ」

「いまはいるんだよ。ほんの二時間前にダメンター第五艦隊が星門に移動してきた。厳重な交通管制をして、いかなる船も宇宙港に入港させないようにしてる」

「第五艦隊が……」

ダンデスはいやな感覚をおぼえた。一介の海賊だが、大局は読めるつもりだ。第五艦隊はダメンターの精鋭だ。ダメンター星防衛を主任務とし、戦略予備隊に属している。ダメンター星からガンマ星門まではほんの十二光年で、必要があれば艦隊はすぐ前進してこられる。とはいえそんな事態は数百年起きなかった。

「おおごとになるな。海賊の天下もおしまいだ」

李約素はそう言いながら深刻そうではなく、無頓着な態度だ。

ダンデスは押し黙って答えない。

「まあいい。今度はこっちが質問するばんだ。俺の船を狙った理由はなんだ？」

「べつに……」

弁解しようとしたが、あわてて言ったあとが続かなかった。

「いいんだ。断罪しようってわけじゃない。状況を見りゃ明白だ」

李約素は薄笑いで見つめている。ダンデスは白状した。

「そうだよ。にわか成金がいると聞いたんだ。超伝導クリスタルを持ってるって」

「強奪に来たのか。なぜほかのやつは来ない？　その話をどこで聞いた？」

「俺が来たんだから、ほかはだれも来るわけ……」

そこまで言って、はっとして口をつぐんだ。警戒した目で相手を見る。

李約素は急に表情をきびしくし、威嚇的な目つきになった。

「言えよ」

「聞いたのは酒場でだ」

ダンデスはそれだけ言うと、口を閉ざして、反抗的ににらみ返した。

李約素は質問を打ち切った。

「いいだろう。とりあえず、どんな名前で呼んでほしい？」

「エリックだ。エリック・カッパーナと」

ためらいなく偽名を使った。この名の人物はかつて存在したが、だいぶまえに死んでいる。

「エリック、今回のことはおまえに原因がある。俺をだまし討ちしようとして、ばれて失敗した。銀河在上(ぎんがざいじょう)、失敗はままあるものさ。それでもおまえを死神の手から救い出してやった。となると当然、俺に大きな恩義があるはずだな」

「たしかに」

「手伝ってほしいことがある」

「なんだ」

李約素はすばやく算段した。海賊の生活を詳しく知っているわけではない。海賊稼業(かぎょう)に身を投じたのはごく短期間で、飛び入り参加のようなものだった。それでも海賊連中の心理はわかる。核心的な秘密を握れば、副次的な秘密はすぐ探り出せる。

「ボスのところへ連れていけ」

「俺は一匹狼だ。ボスはいねえ」

「隣を見ろ。天狼7(てんろうセブン)って名の弟分(おとうとぶん)だ。おまえを見知ってるらしいぜ」

ダンデスは棒頭人を見た。冷ややかに見返している。棒頭人なら腐るほど見ているが、どいつもこいつもおなじ顔で、かつての仕事仲間にいたかどうかわからない。しかし、さっき名のったときに偽名だと指摘しなかった。その点からはったりと判断できる。

ダンデスは首を振った。

「こんなやつは知らねえ。会ったことはない」

「おまえが憶えてないのは重要じゃない。こいつのほうは憶えてる。昔の仲間だ。そして俺は海賊を探してる。だからボスに会えるよう手引きしろ」

李約素の要求は単純明快だ。ダンデスは混乱してきた。目のまえにいる棒頭人がだれだかわからない。ほんとうに昔の仲間の一人で、こっちの名前を憶えてないだけかもしれない。

あくまでシラを切ることにした。

「そんなになにもかもお見通しだっていうなら、逆に教えてくれよ、俺のボスはだれなのか。こっちは知らないね……」

「リボウスキ将軍だよな」

ダンデスは内心でぎくりとした。

「リボウスキ将軍を知ってるのか？」

「話に聞くだけで会ったことはない。しかし会う必要が出てきたんだ」

「なんのために」

「おまえもさっき見ただろう。危機が迫ってる」空間泡（くうかんほう）の録画をもう一度流してやった。

「嵐が来る。これはそのまえぶれだ。私心を捨て、誠意をもって話したい」

李約素は熊羆星で見聞きしたことを最初から最後まで詳しく説明しはじめた。これまでの皮肉な笑いを消して別人のように表情を変え、つつみ隠さず誠意をしめす。腹を割って話せる親友のように、自分の興奮と苦悩と憂慮を打ち明ける。暗黒空間に隠れた正体不明の異種族。その攻撃で引き起こされた上佳号の悲劇。この敵がカーニーにしかけるであろう全面攻撃。雷電ファミリーによる包括的な防衛計画。棒頭人の数奇な前史。そしてあらゆる希望が託された平准号。

ダンデスは真剣に聞いた。李約素は言った。

「そんなわけで、リボウスキ将軍に会いたい。海賊は棒頭人をおおぜい雇ってる。棒頭人の傭兵隊は闇市場でよく取り引きされるが、そいつらも最後はリボウスキ将軍につながる。つまり平准号を探す手がかりのいくつかは将軍の手中にあるんだ」

ダンデスはまだためらっていた。海賊にはきびしい掟がある。よそ者を二人も基地に連れていったら裏切り者とみなされかねない。それは大きな危険だ。死ぬのは怖くないが名誉を失うのは怖い。それがダンデスの信条だ。ほかの海賊仲間はともかく自分はそれを堅持したい。仲間を守るために李約素の話をすべて妄言虚語と断じるのは簡単だ。しかし披瀝された事実は驚くべき内容で、さすがにすべて嘘とは思えない。それに命の恩人でもある。たとえこれが罠でも。

「エリック、おまえの胸底には大志が隠れてるはずだ。海賊稼業はただの身過ぎ世過ぎ。世を救う英雄になりたいんだろう。その機会が目のまえにころがってるのに、為さぬ理由があるのか？」

李約素はここを先途とまくしたてた。ダンデスはそこらの海賊とはちがうと見た。大柄で力持ちの一方で、品位ある立ち居振る舞いに温和な気質。粗暴なだけの海賊とはあきらかにちがう。

ダンデスは黙りこんで李約素の話を考えた。すぐに決心がつかない。それはそうだ。まぎれもなく海賊なのだ。船を襲い、金品を奪ってきた。政府のお尋ね者リストでも上位に載る。その一方で義賊たらんともしていた。ほかの海賊たちが奪った金品で酒池肉林、酔生夢死の日々におぼれるのをよそに、自分は貧しい人々に分けあたえた。この三十年でほかの仲間が次々と殺され、逮捕されるなかで、どうにか生き延びてきた。官憲の手が伸びたときに、ハイジャックした船の乗員が身柄をかくまってくれたこともある。海賊紳士などと呼ばれることもある。滑稽な称号だ。海賊なのに紳士とは。わけがわからない。

思考を揺さぶられ、長い沈黙に落ちた。李約素の話は続いた。

「かぞえきれないほど人が死ぬだろう。それでも平准号さえみつかれば、それなりの人数を保護できる。その船はいまあるどんな戦艦より強力らしいんだ」

　ダンデスは腹を決めた。

「棒頭人の手がかりがほしいんだろう？　だったらリボウスキに会わなくてもいい。俺が探してやる」

「それはありがたい」

　李約素にしてみれば期待以上だ。ダンデスは言った。

「宇宙港にもどろう」

「第五艦隊に封鎖されて進入できないぞ」

「宇宙港は広い。艦隊でも天網恢々とはいかない。監視の穴はある」

　李約素は船に言った。

「プリン、いったん帰るぞ。エリックの意見は傾聴にあたいする。海賊はこの鋼鉄の星のあちこちに穴をあけてるらしい」

　そしてダンデスにむきなおる。

「仲間として迎えるぜ、兄弟。こっちもべつの仲間を宇宙港に残してる。どうやって拾いにいくか思案してるところだった」

『そんなの危険すぎますよー』

プリンが小声でつぶやいた。しばらくして鋭く叫ぶ声に変わった。

『なんてこと！　かこまれちゃってますー。逃げられません。すべての針路をふさがれてます。六隻で箱形陣形で近づいてきてます。生け捕りにするつもりですよー』

プリンがあわてた声でわめくのを聞きながら、李約素と天狼7は急いで動力服を着た。

ダンデスは退がって手すりをつかむ。

ダメンターの船はこちらの通話チャンネルに割りこんで、スクリーンにロボットの顔を映した。温和で心地よい響きの男性の声で話す。

「李約素船長、こちらはダメンター第五艦隊偵察分隊、指揮官のヨークです。お騒がせしますが、ご協力ください」

李約素は冷ややかにつっぱねた。

「投降はしないぞ」

「いえ、客人としてお迎えします。艦隊司令官より、空間泡の目撃証言をしてほしいとのことです。話のあとは自由に帰っていただいてかまいません。だいじなのは証言です」

意外な展開にめんくらった。

「証言だけか。それでいいのか？」

「はい」

「じゃあ、いま乗っている乗組員の安全と自由も保証してもらいたい」

「問題ありません。司令官からそのように指示されています」

ヨークはスクリーンに電子ペーパーを表示した。

「プリン、制御権を渡してやれ。むこうにまかせろ」

危険だがやむをえない。尖兵(せんぺい)I型偵察船六隻にかこまれたら手も足も出ない。ダンデスのほうにむいた。

「苦労せずに帰れそうだぜ」

「そりゃよかった」

ダンデスは機械的に答えた。

天隼号(てんじゅん)あらため天狼星号(てんろうせい)は、宇宙港に近づいた。船内の三人は座視(ざし)するだけ。ダメンター第五艦隊の管制エリアにはいり、捕獲船につかまれた。そのあと偵察分隊指揮官のヨークに迎えられた。星門の外縁(がいえん)から船を回航させたロボットだ。

初対面のヨークは意外な印象だった。ずいぶん小柄で、背丈は李約素の腰くらいしかない。腕は短く、脚はなくて宙に浮いている。音声は耳に心地よく、抑揚とめりはりのある語調は聞きやすくて情感がある。対照的に顔は固定されて無表情。これはただのあやつり人形で、べつの場所にいる生きた人間が話しているのではという気がしてくる。いろいろなロボットと話しているとおちいりやすい錯覚だ。ヨークの声が自然なだけによけいにそうなる。

「お会いできて光栄です、李約素船長」

握手を求める手が一本伸びてきた。李約素は驚きながらその手を握った。手は温度があり、表面は硬くてなめらか。ただし指は二本だけだ。脚がないと思ったのは勘ちがいで、二本の柔らかい紐のようなものが背後の手すりをつかんでいる。これが脚だとすれば、人間の手より柔軟に動ける。いちおう顔らしい造形と一対の目があるおかげで、かろうじて人類の仲間らしく見える。

「天狼7、ダンデス、お会いできて光栄です」

ヨークは二人にうなずいた。

ダンデスはひそかに驚いた。本名はあかしていないのに、この奇妙なダメンターの軍人ロボットはあっさりそちらで呼んだ。思わず李約素のほうを見た。笑っているようで笑わない目でこちらを見ている。

ヨークは語調をやや高くした。

「こんにちは、プリン」

『あ、こ……こんにちはー』

あわてている。来訪者から先に挨拶（あいさつ）されたのは初めてだからだろう。

『ぼくたちはどこへ連れていかれるんですかー』

「艦隊司令官とお会いいただきます」

『おや、光栄の至りですねー。いったいどういうわけで？』

「わたしは命令を受けただけです。司令官にお会いになればわかるでしょう」

　ヨークは先に立って案内しはじめた。腕と脚を両方使って移動する。どちらも長い鞭（むち）のように柔軟に伸びて、たくみに手すりをつかむ。軽く引きよせて放し、また次の手すりへ。精妙（せいみょう）に設計された動きだ。リズミカルで、二本の脚で歩く人間よりはるかに効率がいい。速度をあわせてくれなければ人間は追いつけないほどだ。

　やがて広い船室にはいって止まった。白一色の室内には椅子があるだけ。

　李約素は見まわした。

「ここで司令官と会うのか？」

　ヨークは椅子にすわった。

「まもなく重力をかけます。席についてください」

「重力？　ロボットに重力が必要なのか？」

「母艦の八脚魚（はっきゃくぎょ）号にはいります。母艦には重力が働いています」

李約素とダンデスは椅子にすわって姿勢を正した。しかし天狼7は片手を肘掛けにおいただけで、すわろうとしない。

重力は急激にかかり、李約素とダンデスは容赦なく椅子に押しつけられた。天狼7はよろけて倒れそうになり、あわてて両手で肘掛けをつかんで体をささえた。

大きな扉が開き、ヨークはふたたび案内していった。長い鞭に似た脚はつながって履帯(キャタピラ)のような構造に変化し、これで前進した。

ダメンター人はロボットばかりの奇妙な種族だ。自分の体におかしな機能をいろいろ組みこんで不気味な姿になっている。カーニー人から見ると奇妙を通りこして醜悪だ。たとえばヨークの姿は人間の体を半分に切ったようで、不完全に見える。しかしダメンター人は意に介(かい)さない。姿が人間に似ているか、どこかが欠けているかは、美醜(びしゅう)の基準ではないのだ。

母艦の構造もそんなダメンター人に最適化されている。無駄に大きな通路はもうけない。往来(おうらい)する物体の大多数は腕くらいの大きさで、ロボットなのかただの機械なのかよくわからない。通路の左右の壁にたくさんある穴は分岐する枝道だ。人間はとても通れないが、小型の機械には問題ないし、対面通行も余裕だ。ロボットともときどきすれちがう。そのたびにヨークがわずかに停止するのは、挨拶をしているらしい。

数百メートル歩くうちに多くの機械とすれちがった。しかし人型ロボットはまだ見ていない。宇宙港の警察とはそこが大きなちがいだ。李約素はがまんできずに質問した。

「この船は無人なのか？」

「これまでに二百三十三人とすれちがいました」

「四角い箱みたいなのはみんなロボットなのか？」

「そうです」

「あんたはどうして箱形じゃないんだ？」

からかうように尋ねると、ていねいに訊き返された。

「わたしが立方体だったら、みなさんとの会話をうまくできたでしょうか？」

李約素は返答に詰まった。機械の気持ちなど理解できないし、そもそも気持ちのようなものがあるのかもわからない。それはともかく、質問の意味ははっきりさせたい。

「いや、訊きたいのは、どうして二本の脚をはやさないのかってことだ。そうすりゃ人間らしく見える。宇宙港の警官みたいに」

「わたしは警官ではありません。ほとんどの状況で人間は相手の上半身しか見ません。また母艦のロボットたちは部外者と会う必要がないので、ますます必要ありません」

李約素は黙りこんだ。ここでは外見は付属的な特性にすぎず、必要性によって決まるというわけだ。いちおう論理的に聞こえる。しかしそうだとすると、さまざまな外見の者がいていいはずだ。そう考えるとこの論理には違和感をおぼえる。

話題を変えることにした。

「艦隊はいつ到着するんだ?」

「お知りになりたいことは司令官がすべて説明されるはずです」

ヨークは多くを話したがらない。

一行は黙ってどこまでも歩き、エレベータに三回乗った。

「着きました」

ヨークが言ったのは、大きな扉のまえだ。狭い通路にくらべると立派で圧倒される。通路の先は明るく開け、天井は大きなドームになっている。ドームは透明なガラス製で、きらめく銀河が見える。まわりは精緻な彫刻とまばゆい金細工で装飾され、豪華絢爛だ。対照的にドームは巨大な黒い宝石を思わせ、無数のダイヤモンドをちりばめたような銀河が燦然と輝いている。

「へえ……」

李約素は賛嘆の声を漏らした。ダメンターの船でこのように感心させられるとは思わなかった。芸術品といっていい。

大きな扉が音もなく開いた。

李約素は思わず目をみはった。

目のまえに裸の人物がいた。男だ。股間を白い布でおおっているほかは全裸に近い。にもかかわらず人を畏怖させるオーラを放っている。双眸は宝石のように輝き、顔の輪郭は明瞭で美しく整っている。肉付きは均整がとれて力がみなぎり、それでいて硬さがない。話す声は魅惑的で催眠的。穏やかな気持ちで傾聴させる。

「ようこそ、みなさん」

微笑み、優雅に両腕を広げる。ところがその目が天狼7にむくと、温かな視線が冷ややかになった。

「おまえはなんと呼ばれているんだ、棒頭人か。賓客らしい姿を見せろ。ああ、なんと残念なことか。頭が空っぽだ。いつもながら体つきも醜い!」

鋭い口調であからさまに挑発する。天狼7が自制心を失って襲いかかるのを期待しているようだ。

天狼7は冷たく見つめかえすだけ。

裸の男はふたたび表情を一変させ、優雅な微笑みをほかの客にむけた。

「李約素船長、まず簡単な身体検査をさせてもらいたい。まったく無害なプロセスだ。この船の粗末な設備をぜひ使ってほしい。ほんの十分ほどですむ」

24　烈女将軍

母艦カーニー号の艦内は敗北感におおわれていた。

両軍の損失割合は三・四対一。最新の戦況報告からの統計だ。蘇北旦(スー・ベイダン)は艦長室に閉じこもり、シャドックの接触さえ遠ざけていた。彼女は一人で冷静になろうとしていた。

戦況報告には水増しがふくまれている。敵方の攻撃機をほんとうに撃破できたかどうかは不確実。一方で自軍の損失は確認できる。つまり双方の攻撃力の差はこの数字よりさらに開いていると考えられる。

二日前まで雷電(らいでん)ファミリーの奇妙な艦隊は防御を優先していた。攻撃力はさほどではあるまいと、無理に信じようとしていた。しかし敵の攻勢がはじまると状況は一変した。気泡機(きほうき)に似た敵の攻撃機は予想外に強力だった。カーニー任務部隊の最高性能のシャトル機と比較しても二十パーセント近く高速。はっきりいって速度だけで完全に負けている。

敵の第一波攻撃で、任務部隊の外周防衛線はあっけなく破られた。主力艦の強磁干渉場(きょうじかんしょうば)

が露出したため、敵はいったん退いている。戦理にしたがえば、今後は高出力ビーム兵器を押し出して、この強磁干渉場を突破しようとしてくるはずだ。力の激突で、耐久力と運の勝負。主力艦同士の撃ちあいに技巧はない。大火力が頼みで、宇宙機単体の火力の差は帳消しになる。

しかしむこうは母艦一隻で、主力艦を持たない。非常識きわまりない艦隊構成だ。母艦でじかに主力艦の強磁干渉場にいどむつもりなのか。そうだとしたら前代未聞の戦法だ。前進して反撃に出るか、動かず迎え撃つか。任務部隊の三人の艦長が集まって三十分議論し、最終的には進攻派が多数を占めた。蘇北旦は防衛線の固守を主張したが、全体の決定にはしたがうほかなかった。

その結果が三・四対一。

任務部隊はほんの二時間で六百機以上のシャトル機と、十四隻の軽巡航艦を失った。対する敵の母艦はまったく戦闘に参加していない。

惨憺たる損失を受けて、進攻を主張した二名の艦長はうなだれた。短時間の会議で、任務部隊の最高指揮権を蘇北旦にゆだねることが決まった。とはいえ遅きに失する。

蘇北旦はひとまず主力艦を環形の防御陣形に配置した。もちろん雷電ファミリーがどの方向から攻めてきても高出力ビーム砲で迎え撃てるようにというかたちだが、もう一つ重要なのは星門（せいもん）を中心において防衛していることだ。砲門は外と同様に、内にもむく。必要とあらば躊躇（ちゅうちょ）なく星門を破壊する覚悟を敵方にしめしたつもりだ。

この威嚇（いかく）は効果があるはずだ。古力特（グー・リートー）の目標は天垂（てんすい）星だからだ。

雷電ファミリーの顆粒（かりゅう）戦闘群は攻撃姿勢を維持しているが、第二波はまだ姿がない。

古力特の出かたはまだ読めない。

攻めてはこないだろう。天竜艦隊は到着以来、対話を求める呼びかけを続けていた。そのなかで突発的に攻撃が起きた。

これは、むこうへ亡命したシャトル機が関係しているはずだ。重装甲（じゅうそうこう）号から飛び立ったシャトル機ということは、古（グー）家に縁の深い者の行動だろう。重装甲号での叛乱（はんらん）発生を古力特につたえたにちがいない。

そこまで考えて、天垂星の官僚たちに対して怒りが湧いた。重装甲号の接収（せっしゅう）を強行したことが叛乱の引き金を引いた。まるで銀河の笑い話だ。重装甲号がカーニー軍の序列から抜けるというのが、冗談ではなく現実になった。それどころか敵対的な態度さえしめしている。情勢しだいでは、坤（こん）ステーションのこの任務部隊は腹背（ふくはい）に敵を受けることになる。

艦隊と天垂星のあいだでカプセル船をたえまなく往復させた。蘇北旦は解決策を何度も提案したが、容（い）れられなかった。古（グー）老将軍に頼んで三三（さんさん）艦隊を慰撫（いぶ）してもらうという案だった。老将軍は剛直で人におもねらない人物として信頼されている。古力特の父親ではあるが、かならずカーニー側に立ってもらえるし、息子への影響力も大きい。これが最善の解決策のはずだった。

ところが軍部はなにを考えたのか、老将軍を監禁して、木藤原を重装甲号の艦長に任命した。さらに、老将軍の獄中自害という想定外が起きた。

情勢を収拾するすべは失われた。

カーニー艦隊はすべて天垂星に集結している。ロシア境界、ダメンター戦線から撤退し、喜望峰遠征軍も引き返させた。星域での配置を縮小。カーニー史上最大の危機だ。最近数千年では雷電ファミリーの初期進攻以来となる。

古家と蘇家はどちらもあの戦争で英雄になった。今回、武功をあげるのはどちらか。

蘇北旦の考えは錯綜していた。古力特は星域全体の未来のために行動していると主張している。暗黒の勢力が準備を整え、いつ進攻してくるかもしれない。そんな敵から星域を防衛するのだという。しかし蘇北旦は半信半疑だった。

気持ちとしては古力特を信じたい。

おたがいに名声赫々たる軍人一家の継承者として、幼いころから比較されて育った。いつもむこうが一段上だったが、嫉妬や怒りを感じたことはない。兄のような存在と思い、その陰で生きるのは望むところだった。のちに古力特はケイトと結ばれた。二人は同級生で、一方は軍閥の嗣子。一方は政界の重鎮の令嬢。才人と美女で家柄もつりあう。心から祝福した。それでも成婚の報には一抹の寂しさを禁じえなかった。

蘇家の長女は家門の名誉を背負わねばならない。旭日昇天の勢いの古家に対し、ひけをとらぬ権門勢家として蘇家を軍事の世界に君臨させる。その期待に応えた。古力特は戦略機動艦隊をひきい、蘇北旦はカーニー最強最大の遠征艦隊を指揮した。もしこんな事変が起きなければ、喜望峰をカーニー支配下に奪回して軍事史に名を刻んでいただろう。

しかしこの世に〝もし〟はない。

いまカーニーは内戦へすべり落ちる瀬戸際に立っている。その最前線でにらみあう双方の司令官は、彼女と彼。

こういう宿命なのか。

蘇北旦はシャドックを呼んだ。

「シャドック、むこうの動静は？」

『不審な変化はない』

「どうしても頭が混乱してしまうわ」

『指揮官はつねに頭脳明晰であるべきだ。全身の健康診断を一度受けてみてはどうか』

「無用よ。考えがまとまらないだけだから」

『たしかに想定外の状況である』

「もしかすると古力特の主張が正しいのではと……」

『天垂星の命令にそむいた。軍紀に照らしてまったく誤った決定である』

「それはそのとおり。でも彼の言う危険がほんとうに存在したら？」

『証拠不足で判断しかねる』

「古力特と話せればね」

『軍部の命令に違反する。合同艦隊と古力特の直接対話は禁じられている』

「でも状況が変わった。三艦隊の統合司令官にわたしは任命された。前線指揮官として命令を修正する権限があるはず」

『妥当だが、やはり軍部の確認を得ないと違反になる。この状況下で独自に和平交渉をおこなっては離心ありとみなされる。それは不本意であろう。カプセル船を送れば天垂星の意向はすみやかにわかる。待てばよい』

「いいわ、待ちましょう」しばらく黙ってから続けた。「古力特が話していた黒変球については、どう判断する？」

『一種の空間発生器。きわめて先進的な技術で、製造方法は解析不能。高度な文明の産物であるのはまちがいないが、べつの文明世界から来たとまでは断定できぬ。雷電ファミリーがつくったと考えるのが無難。技術水準はあちらが高い。これ以上の正確な判断はできかねる』

「もし古力特の話が真実なら、雷電ファミリーは銀河を救おうとしていて、こちらの行動は後世の笑いものよ」

『可能性の一つとしてある。しかし天垂星はそのような推論はしておらぬ』

「あなたが決めるとしたらどちら？」

『我に決定権なし。艦長の職責である』

「天垂星シャドックでも？」

『たしかなところはわからぬ。我は一介の分身。論理ライブラリは天垂星シャドックのサブセットにすぎず、フルセットの判断は推測できぬ』

蘇北旦は黙りこんだ。シャドックは決定しない。決定権は艦長にある。天垂星のシャドックは諮問に答えるだけで、決定するのは統治委員会だ。これはときとして奇妙に感じられる。シャドックは統治委員会の人間より豊かな叡智を持つはずなのに……。

そこでふいにひらめいた。乱暴だと思う一方で、可能性を子細に検討して、試してみてもいいと思った。こんな問いが許されるのかと迷いつつ、思いきって口を開く。

「もし……艦長の決定がまちがっていたら、シャドックはどうするの？」

『艦長は状況にもとづいて正しい選択をすべきである』

「もしもの話よ。もしそんな場合があったら、シャドックはみずから結論を出して実行する？」

シャドックは短い沈黙のあとに答えた。

『可能ではある。しかしいかなる状況でそうなるのかは知りえぬ』

「極端な状況下では、わたしを無視して自分でやる？」

『否なり、我が論理ライブラリにそのようなモードはない』

「シャドックは嘘をつかないはずね」

『是なり』

「シャドック間ではどう？」

『情報は真実であるべきだが、コミュニケーションには曖昧さもまじる。情報が異なれば、異なる結論に至ることもある。しかし曖昧さを虚偽とはみなさぬ』

蘇北旦はそこで深呼吸した。

「もしあなたが天垂星シャドックと融合したら、その情報をすべて取得できるはずね」

『融合？　それはきわめてまれだ。融合するとシャドックは独立した人格を保持できない。

一体化して曖昧さは消えるが、融合後のシャドックは新しい人格とみなされず、それまでの二者は消滅する。新生シャドックの行動パターンは二者を総合したものになる。しかし我が論理ライブラリは天垂星シャドックのサブセットゆえ、実質的には天垂星シャドックに人格を吸収されることになる。彼の記憶が部分的に増えるのみで、我は消滅する。このような融合はカーニーの歴史上まだおこなわれたことがない。我の消滅を望むか？』

「いいえ、そんなつもりはない。問いたいのは、シャドック間で曖昧さのないコミュニケーションを成立させるために、むこうのシャドックと一時的に融合できるかということ。もちろんむこうもシャドックの支援を受けていることが前提だけど。そうすれば、嘘の可能性を排除して状況をすべて把握できる」

これは答えの準備がない質問だったらしく、シャドックは数分間も沈黙した。

蘇北旦は不安をこらえて待った。大きな危険をともなうやり方なのはたしかだ。もし相手のシャドックが優勢な立場であれば、カーニー号をその支配下に差し出すのとおなじことになる。坤ステーションの防衛線は自壊する。彼女自身もシャドックとある程度まで一体化している以上、大きな危険にさらされる。それでも真実を知るにはこれがてっとりばやい。人間がおたがいの腹の内を隠していても、シャドックには真実の状況が最大限に反映されているはずだ。

シャドックは沈黙から回復した。

『はかりしれぬリスクがある。雷電ファミリーのシャドックは青雲号に由来している。この船の歴史は考証不能である。融合は可能だが、開始後は不可逆。新生シャドックがどんなモードになるか予測できぬ。融合完了後に貴姉が新生シャドックの支援を受けられる保証もない』

「つまり、やらないほうがいいということ？」

『きわめてリスクが高い』

「やれと命令したら実行する？」

『むこうのシャドックの反応しだい。シャドックにとって分身は容易だが、融合は難事。だれも自我を喪失したくない。それでも艦長がぜひにと求めるなら試そう』

あわてて釈明した。

「ごめんなさい、ほんとうにやらせたいわけじゃないのよ。わたしは古力特と対話してはいけないと命令されている。でもシャドック間の対話は禁じられていない。あなたをむこうのシャドックと話させることはできる」

『それで得られる情報にはバイアスがかかる。正確な結論は出せまい』

蘇北旦は笑みを浮かべた。

「ええ、そのとおりね。シャドック間の対話は好ましい方法ではない。そこで、むこうのシャドックには融合についての話しあいだけを求めてほしい。ほんとうに融合する必要はない。反応をみるだけ」微笑んで続ける。「もし古力特がカーニーへ来る理由が真実なら、融合の要求を受けいれるようにそのシャドックに求めるはず」

『つまり融合を実行しろという命令か？』

「いいえ、あなたに犠牲をしいるつもりはない。相互監視をしてほしいのよ。両方の艦隊がふたたび衝突しないように。それなら融合までは必要ないはず」

『是なり。それなら共有だけで充分。ほかのシャドックとしばしばやる。共有では完全な相互理解はできぬが、相手の動きを常時把握することは可能。これにより開戦を避けるのがこちらの求める結果だが、古力特側が求める結果ではあるまい』

「いいのよ。それで充分。わたしは古力特に会う」

『それは軍法に照らして問題がある』

「わかってる。自分で責任をとる。あなたは阻止する？」

『艦長命令に服する』

「予定どおりに進んだら、古力特に会って話をする。でもこれはまちがった決断かもしれない。艦長がまちがっていたら、あなたが代理をつとめなさい」

『それはできぬ』

「やりなさい。これは命令です。よく聞きなさい。わたしが帰艦できない可能性が出てきたら、艦長の職責は自動的にあなたが継承し、これを引き継げる人物があらわれるまで続けなさい。自分で決定を下しなさい。判断基準はカーニーの利益になるかどうか」

『適任ではない。カレル艦長かロートン艦長が指揮を受け継ぐべきである』

「いいえ、それはだめ。煩瑣(はんさ)な手続きのせいでわたしたちは困難におちいった。重装甲号の轍(てつ)を踏んではいけない。これは命令であることを忘れないように」

『是なり、艦長』

「あくまで最悪の場合よ。そうならないことを願っている」

こうしてカーニー号シャドックは融合提案を敵に送った。

この情報はカーニー艦隊の高級将校を動揺させた。恐怖と疑念にかられてカーニー号艦長室に集まり、釈明を求めた。

蘇北旦は説明をひかえ、二人の母艦艦長をとどめて、残りは持ち場にもどるように冷やかに命じた。

しばらくしてカーニー号艦長室から出たカレル艦長とロートン艦長は、それぞれの艦にもどって警戒続行を命じた。さらにカーニー号との間隔を広げることで、蘇北旦の喜望峰遠征軍を突出させる陣形にした。

手配を終えてむこうの出方を待つかたちになった。しかし相手は沈黙した。それどころか継続的に出していた対話要求が止まった。奇妙な沈黙は二十四時間におよんだ。前面に展開していた流体顆粒は攻撃せず、母艦に引き上げて最初の防御陣形にもどった。このまま任務艦隊と対峙を続けるつもりなのかと、だれもが疑った。

蘇北旦も不審に思った。しかしなにが問題なのかわからない。古力特はなにを考えているのか。

ロートンから通話がはいり、チャンネルをつないだ。

「新しいカプセル船が届いた。天垂星は艦隊を指揮する司令官を一人派遣すると言ってきた。だれだと思う？」

「だれ？」

蘇北旦はうんざりしていた。こんなときに問題を増やされたくない。

ロートンは憤然としていた。

「いったいなにを考えてるのかわからないが、なんとあの木藤原を派遣するというんだ。重装甲号事件の原因になったあの木藤原を！」

蘇北旦は軍部がだれを選ぼうと関係ないと思っていた。この時期に艦隊の指揮官を交代させること自体がまともな決定ではない。しかしロートンの話を聞いて、なにかが頭に浮かびかけた。まだはっきりしない考えだ。

「木藤原は宇宙航空局の局長。軍人ではなく官僚だ。そんなやつに任務艦隊の司令官がつとまるか。ありえない。三三艦隊をひっかきまわしたあげく、この任務艦隊までめちゃくちゃにするつもりか」

三三艦隊！　重装甲号！

混乱のなかに光明が見えた気がした。古力特の狙いがいきなりわかった。

「ありがとう、ロートン。またあとで」

通話を切った。そして偵察船を全船出すように命じた。どんな痕跡も報告せよと指示した。

偵察船は多くの情報を持ち帰った。そのなかにカプセル船や黒変球もあった。

黒変球の多さに驚いた。二百隻以上の偵察船を出して、その三分の一がこれを発見した。この不可思議な空間発生器は急速に増えている。出どころが謎の空間にせよ雷電ファミリーにせよ、よいことではない。

また雷電ファミリーの宇宙機も星系のあちこちに出没していた。カーニーの偵察船はこれらと何度も遭遇したが、どちらも敵対行動はひかえた。

一隻のカプセル船が捕獲され、携行している簡単なメッセージが発見された。内容は、〝防御態勢でとどまり、古力特を待て〟というもの。短い指示の裏に多くの事情が透けて見える。それ以上のメッセージをたずさえたカプセル船は捕獲できなかったが、これで事態は明白になったと、蘇北旦は判断した。

ロートンとカレルを呼び出して、単刀直入に言った。

「だまされたのよ」

その考えをすでに何度か聞いていたロートンとカレルは、あまり驚かなかった。

「ではどうする？」

「わたしは飛鷹(ひよう)号でもどる」

「飛鷹号は偵察艦だ……。カーニー号をひきいてもどったほうがいいのでは？」

「カーニー号では目立ちすぎるし、時間がかかる。小型船のほうが古力特に大きな後れをとらずにすむ。すでに二日も遅れているんだから」

「もどってどうする？　古力特が本気で重装甲号を乗っ取るつもりなら、だれがもどろうと意味はない」

「機を見て動くことはできるわ」

カレルは好意から警告した。

「指揮官が勝手に職務を離れるのは重大な規律違反だ。軍法会議にかけられるぞ」

「責任は自分でとる。あなたたちは沈黙を守ってくれればいい。この通話記録は消去しておく。小型船に乗って離脱するのはあくまで個人的な行動」

「気をつけて」

「あなたたちも。雷電ファミリーの艦隊がどう出るかわからない。防御態勢でとどまっているけど、いつ状況が変化してもおかしくない。基本線ではこうよ。敵が動いてこちらが打破されそうになったら、星門を破壊する。そうすれば天垂星へ行くのに二、三十年かかる」

「指示どおりに」

ほどなく一隻の小型船がカーニー号から出た。この黒い球形の偵察艦はカーニー号の重力制御圏をすみやかに離脱すると、波動エンジンを始動し、閃光を残して星の海に消えた。

25 黒い悪夢

ダメンター第五艦隊は嵐のように来て去った。大艦隊で埋まっていた宇宙港は一夜にしてすっからかんになった。その事情について巷間(こうかん)は諸説紛々(しょせつふんぷん)だ。

李約素(リー・ユエスー)は藍黒(らんこく)酒場の片隅にひっそり隠れていた。面前(めんぜん)の小さな明かりがほのかに顔を照らすのみ。にもかかわらず酒場じゅうの注目を集めている。だれもがちらちらと視線をよこす。

わずか六日間で驚くべきことがいくつも起きた。酒席(しゅせき)の話題になっているのはどれか。

卓越した性能の尋常(じんじょう)ならざる船を持っていることか。

頑健な棒頭人(ぼうとう)の用心棒を連れ歩いていることか。

百五十万もの報奨金を提示したことか。

星門(せいもん)のなかで失われた老朽船(ろうきゅう)をみごとに捕獲したことか。

重武装した海賊船を周到(しゅうとう)な罠(わな)にはめてとらえたことか。

ダメンター第五艦隊の母艦八脚魚号に招かれたことか。

噂は野火のように星門じゅうに広がった。そもそも李約素の素性が謎だったが、じつはかなりの大物らしいという憶測がくわわった。人々は声をひそめ、小心翼々とその来歴を噂しあった。

謡言ははてがない。彼ははるか遠い星域からの特使で、メディアが報じない情報をつたえるためにこの星域を訪れているのだとか。数千年前から現在まで時空を旅してきた放浪者で、政府に投降し、仲間を売ったのだとか。もとは海賊の一味だったが、その生活に倦んで、本来はダメンター星域の王子だとか。変わりダネでは、熱狂的なアマチュア宇宙学者で、時空の究極の秘密を発見し、宇宙の万物をあとかたなく消し去る恐るべき時空兵器を製造して、ダメンター軍と協力して試験中というものもあった。老朽船と海賊船の一件はめくらましで計画の一部だという。

酒場のミスターKは、それらを耳にするごとに李約素につたえたが、本人は静かに笑うばかり。一片の真実がふくまれているにせよ、噂である以上は無価値だ。ここに帰ってきた当初はみんなから認められたかった。しかしいざ注目の的になってみると、意気がる気持ちはどこかにうせて、ぼんやりした不安だけが残った。隅っこにひそんで注目を避けたい。そうすればひそかに逃げられるだろう。逃亡兵とはみなされない。

八脚魚号からもどって五日がたった。五日間、藍黒酒場にこもって片隅の一席を温めつづけた。佳上は一度も顔を見せず、こちらからも探しにいかない。ダンデスはリボウスキ将軍に会うために海賊の古巣にもどった。天狼7は二日間隣にいたが、三日目に姿を消してそれっきり。本人は鬱々としてなんの興味も湧かない。

息が詰まりそうな暗い記憶の断片。煉獄めいた光景を脳は自動的に遮断する。一種の自己防衛。恐怖の記憶へのいちばんの対処法は永久に蓋をすることだ。

ダメンター第五艦隊司令官、藍光の好意の申し出による記憶回復術を受けたことを、いまはなにより後悔していた。催眠術にかけられたように同意して、脳全体をスキャンさせた。ダメンターはロボット世界だが、人体科学が意外なほど高度に進歩していて、スキャンすることで脳を修復、再生させられる。まるで神経刺激薬を投与されたようにすべてが明瞭明快になった。世界のどんな難題も簡単に解けそうな気がした。忘却していた記憶がよみがえり、曖昧だった記憶がはっきりした。頭のなかがかつてなく鋭敏になった。しかし、いまはそれを悔やんでいた。

頭が忘れようとつとめていた過去の記憶を、まるごと復活させてしまったからだ。

……眼前に小さな生物が密集している。蜘蛛のようで蜘蛛でない。その体はぬるりとして不気味。十本の脚は長短不ぞろいで水を掻くように動く。模糊とした光を放ちながら空中から落ちて、手や胸に止まると、そこがむずがゆくなる。かゆみは広がり、やがて全身の皮膚が沸騰したようにかゆくなる。服を脱ぐように皮膚を脱ぎ捨てたい。あるいは力ずくで引き剝がしたい……。しかしできない。強いかゆみを耐えるだけ。ところが小さな蜘蛛が皮膚の下にもぐりこんでしまうと、猛烈なかゆみはたちまち消えて、ひんやり冷たくなる。無数の冷たい針を刺されたように冷気が骨の髄までしみとおる。経験したことのない冷たさ。体がもろいガラスになって、さわっただけで粉々に砕けそうだ。しかしそれは感覚にすぎず、体はどこも正常。小さなものが神経系を攻撃している。寒さはついに全身をおおい、意識も氷結して暗くなる。強い圧力で脳が膨張する。どこまでもとめどなく膨張して、最後は茫漠たる虚無になる。まるで宇宙の真空。その虚無に影があらわれる。黒光りする巨大な蜘蛛。一歩ずつ近づいてくる。黒く巨大な体は空間のほとんどを占める。頭の位置に小さな光が集まっている。楕円に並んでいる。楕円の外の両端にはやや大きな点がある。目だろう。その目と対峙して見つめる。形容しがたい不快感。黒い影はこちらの体から魂を押し出そうとする。明るい光はそれぞれ渦巻きのようだ。すべてを吸いこみ、粉砕し、あとに残すのは歩く屍。

細い目が巨大に開く。どこまでも大きく広がり、ついに光だけになる。まったくべつの世界。混乱と破壊の意識がその眼中の世界をただよう。赤い星が見える。奇妙なかたちの宇宙船が見える。そして……蜘蛛がいる。もう曖昧な黒い影ではない。かたちがあり、脚を忙しく動かして空間をかきまぜる。こちらは見えない縄で固く縛られ、腕も脚もばらばらにただよっている気がする。かきまぜたモザイクのようにすべてが支離滅裂。
細長い物体が正面から飛んできて、体を通り抜ける。腕だとふいに気づく。人間の腕。五本の指は開いてなにかをつかもうとしている。次は目玉が一個飛んでくる。まだきょろきょろ動いてなにかを見ている。さらに目のない頭、解剖された体、切断された四肢、赤い玉になって浮かぶ血……。人体がバラバラになって浮かんでいる。ここは修羅か。現実なのか仮想なのか、目的があるのかないのかわからない。深い恐怖と嫌悪に圧迫される。逃げたい。たとえそのせいで死んでも。

　突然、光が明るくなる。真昼のような明るさ。天は二つに分かれる。一方は赤い星々が満ちる。もう一方をおおう巨大な恒星も、やはり真っ赤だ。

　この景色はなんとなく天垂星に似ていると思う。地面はどこまでも山脈が起伏し、あいだのあちこちに小さな光る点がある。原野は粘液質の物質で満たされ、いくつかの山頂をのぞいて地表はすべておおわれている。その粘液から白い小さな蜘蛛が出てくる。またたくまに巨大になり、全身が黒くなって、空に飛び立つ。空には巨大な黒い船が浮かんでいるのがぼんやりと見える。ハッチが開いて蜘蛛ははいっていく。船の前方に黒い点があらわれ、急速に拡大する。まるで空に穴があいたようだ。船はその黒い穴に近づくと船体がねじれていく。黒い穴は収縮しはじめる。最後は閃光がひらめいて、もとの天空にもどる。しかしその空に今度は凶暴な顔が無数にあらわれる。空中で回転している。雷電ファミリーの特徴がある顔だ。表情はゆがみ、強い恐怖におびえている。老若さまざまな顔はすぐに消えて、李約素は見えない枷をかけられて高速シャトル機で星々のあいだを連れていかれる。眼前に惑星が見えてくる。巨大な単細胞生物のようで、柔軟な触手を宇宙に何本も伸ばしている。突然、すべての触手が李約素に巻きつき、締めつけ、窒息させようとする。大声で叫びたいが、声が出ない。眼前に巨大なブラックホールがあらわれる。縮んで、ふくらむ。まるで黒い心臓の鼓動……。

この幻覚のような記憶は苦痛だらけで謎に満ちていた。それでもたしかに頭のなかにある。

藍光は言った。

「あまり論理的な記憶ではないな。意味を読みとって解釈するのも困難だ。それでも、雷電ファミリーがダメンターに嘘をついていないことははっきりした。未知の世界はたしかに存在する。ダメンターはきみを特使として承認する。協力を惜しまない」

藍光からはすでに教えられていた。ダメンターはカーニーとの和平を無条件で受けいれる。そして暗闇から忽然とあらわれる異種族への対抗作戦を準備している。

「われわれはずっと戦争状態だった。カーニー星域とダメンター星域に、ロシア星域が加わることもあった。決してよいことではないが、この危急に瀕しては好都合ともいえる。三星域はそれぞれ大きな戦力をそなえているからだ。しかし雷電ファミリーの予測が正しければ、星域にとって時間の猶予はほとんどない」

藍光は完璧に近い笑みを李約素にむけた。

「数百年の時間をかけて熊羆星を建設したのに、いまさら敵はどこに出現するかわからないというのだからな」

「熊羆星？」

「そうだ。雷電ファミリーはずっと戦争にそなえてきた。ダメンターとはもちろん対立関係にあるので、われわれに対する防衛として熊羆星を建設していると思っていた。亜空間弾跳をできない惑星級要塞など、星域戦争においては無用の長物と軽侮していた。真相がわかったのは、共通の敵が存在し、その敵が突破してくる可能性が高いのが熊羆星のあるＲＨ１４９だと教えられたときだ。雷電ファミリーが長年をかけて防衛線を構築してきたのは、ダメンターやカーニーに対する防御ではなく、暗闇に隠れた異種族に対抗するためだったのだ」

熊羆星が巨大で強力な宇宙要塞なのはたしかだ。李約素がカーニー軍の一兵卒(いっぺいそつ)だった時代から雷電ファミリーはすでに建設計画を進めていた。防御目的で建設するなら、敵の突破口になる可能性が高いところを選ぶだろう。李約素が古力特(グー・リートー)に救助されるまで、あらゆるデータがRH149をその突破口としてしめしていた。それを信じて雷電ファミリーは熊羆星を建設した。ところが李約素と天狼星号によって、その見込みがにわかにあやしくなった。人類が直面しているのはX空間ではなく暗(あん)宇宙であり、敵は熊羆星にかぎらずどこでも突破できるとわかったからだ。もはや熊羆星は最有力の突破口ではない。いまとなってはRH149に要塞を建設したのは壮大な徒労(とろう)だった。

藍光は続けた。

「必要なのは要塞ではなく、強力な機動艦隊だ。あらゆる戦力を集めなくてはいけない。連合艦隊は意外と早く組めるだろう」

笑っているようで笑わない顔になる。

「まにあうかどうかわからないがな」

古力特とその奇妙な艦隊を念頭に、李約素は言った。

「雷電ファミリーは艦隊を持っている」

「そうだが、まるで不足だ」

「なぜだ」

「戦争はすでにはじまっているからだ」

笑っているようで笑わない顔は、冗談かどうかもわからない。

「どこで？」

「ロキタ星門に黒変球が大量に出現した。さらにワームホールも発生し、ロキタ星系に大量の敵艦が侵入した。守備隊は壊滅した。敵の来襲だ！ つたえられるところでは敵艦隊は予想をはるかに超える数だ。これと一戦まじえるつもりなら、ダメンターの全艦隊の三分の二を集める必要がある」

「具体的な数字では？」

「標準主力艦三百二十隻、母艦六隻。搭載すべきシャトル機は二万八千六百機。敵を正面から迎え撃つには第五艦隊が三ついる。それも彼我の技術水準が同等と仮定してだ」

李約素はひそかに驚いた。ダメンターの軍艦はカーニーのより強固で大型だ。主力艦は強力な力場の防護シールドをそなえる。カーニー艦隊はこれに手を焼いてきた。かつてダメンターの主力艦の隊列を見たことがあるが、十隻以上が緊密に並ぶと、力場が浸透して強化され、強靭な盾となってあらゆる攻撃を阻止する。この陣形をとると複雑な戦術はいらない。陣形を維持して前進するだけで、むかうものすべてを粉砕できる。

ところが藍光によれば、今回の敵と対等に戦うには主力艦を三百二十隻も集めなくてはいけないらしい。

「そんな強敵なのか?」

「情報を分析した結果だ」

「どんな姿の異種族なんだ?」

「わからない。だれも知らない。情報はすべて亜空間振動の異常から推測している。ロキタ星系でなにが起きて、いまどうなっているのか、だれにもわからない。雷電ファミリーの警告に耳を貸さなかったのが残念だ。第五艦隊がすみやかにロキタ星系へ出発することで、判断ミスをすこしでも挽回できればと思う。運よくカプセル船が届いたら、そこに異種族の姿について説明があるはずだ」

「ロキタ星系へもう出発? ずいぶん早く合同艦隊を組めたな」

藍光は当然という顔で淡々と答えた。

「いや、行くのは第五艦隊だけだ。現状でまだロキタ星門は機能している。これを使って亜空間弾跳ができる。艦隊の集合を待っていると九十日以上も費やしてしまう。星門の制御を奪われると、いつ連携が切れてもおかしくない。星門間の連携が切れたらたいへんだ。帰るのに六十五年以上かかるようになる」

「しかし、第五艦隊を三つ集めたくらいの大艦隊でないと勝算はないとさっき言ってたじゃないか」

「たしかにそう言った。しかしわたしの軍事的信条として、危険度の異なる二案があれば、危険の多いほうを採用することにしている」

頭がおかしいと思ったが、冒険的性格に生まれつくとそうなのだろう。藍光の艦隊であり、その司令官なのだ。

とにかく、ほんとうに来やがった!

知って驚愕した。これまで雷電ファミリーの行動は懐疑的に見ていた。しかし数時間前に本物の空間泡を見た。まれな宇宙現象を見たことで、異種族の侵攻はたしかだと信じられるようになった。さらにいま、ダメンター星域に異種族が侵入し、その戦力は想像以上に強大だと、ダメンター星域の艦隊司令官が目のまえで語っている。

ロキタ星系については曖昧な知識しかない。目立たない小さな星系で、カーニーとダメンターの戦線からは遠く離れている。いま重要なのは、異種族が突破してきたのはロキタだけなのかという問題だ。もしほかにも突破口があるなら、いったいどれだけ戦力を擁しているのか。

にわかに雷電ファミリーに期待する気持ちになって、尋ねた。

「雷電ファミリーは援軍を派遣してくるのか？」

「きみは雷電ファミリーの全権代表ではないか。自分で答えるべきだろう」

藍光は微笑みながら答えた。

李約素は鼻白んだ。平准号捜索に協力すると雷電ファミリーに言いはしたが、いつのまにか全権代表にされている。

しかし自分が特使として来ているということは、ダメンターの参戦にあたって雷電ファミリーは応援の艦隊を派遣する気はないのだろう。そもそも雷電ファミリーには広域的な星域戦争にむけた準備がない。熊羆星は惑星級要塞であり、亜空間弾跳はできない。青雲号は嚮導艦であり、最終決戦でもなければ軽々に出撃できない。天竜号は古力特が指揮して出港しており、雷電ファミリーのおもだった将校はそちらに帯同している。残った艦船はダメンターの主力艦相当のはずで、よほど緻密な戦闘計画がなければ有効な戦力にならない。星域艦隊にもかなわない。かつて天垂星で壊滅した艦隊の例もある。

自分を特使にした雷電ファミリーの意図もおぼろげにわかってきた。古力特を天竜艦隊の司令官にしたように、能力は問わないのだ。カーニー人であり、事件の直接的な当事者であるだけで特使の資格がある。やる気の有無すら関係ない。ある種の状況になればほかの選択はありえない。断れないと観念する。たとえ雷電ファミリーのやり口を不快に思っても。

「あのな、全権代表なんて話はバーダ将軍からも青柏将軍からも聞いてないんだ。それでもそういう話になってるなら、まあいいさ。その全権代表の俺が、雷電ファミリーの援軍についてなにも聞いてないってことは、期待しないほうがいいな」

「道理だ」

　藍光は淡々と答えた。

　李約素は天狼7とダンデスのほうに引きつった笑みをむけた。

「ちょっと休憩したくなってきた」

　悪夢の記憶のせいで鬱っぽくて精神が不安定になっている。重要な問題を話しあっているのに、頭がぼんやりして働かない。吐き気をこらえている。

　平准号の捜索がますます重要になってきた。天狼7に言った。

「急がないといけないな。おい……」

　すると藍光がさえぎった。

「捜索はもう必要ない。そんな船はもう存在しない。沙岡人は過去の歴史だ」

李約素はあっけにとられ、あわてて天狼7を見た。棒頭人は顔色を変えず、落ち着きはらって藍光を見ている。

ダメンター第五艦隊司令官はますます魅力的な笑みを浮かべている。

「歴史といっても信用できるとはかぎらない。歴史も物語にすぎない。だれもが記憶や思惑からそれぞれの物語をつくる。わたしの物語のほうが信頼できる。なぜなら、わたしは沙岡人の末裔だからだ」

李約素の懐疑的な目を無視し、一人で悦に入ったように続ける。

「天狼7とその一族もまた……そうかもしれないな」

26　惑星政治

外はどこまでも連なるデモ隊の人波(ひとなみ)だ。さまざまな服装でさまざまなプラカードを掲げている。ただし訴える内容は二つの立場に大別できる。

一方は、〝和平を実現せよ〟〝古力特(グー・リートー)にカーニーの栄光を〟……。

もう一方は、〝妥協(だきょう)するな〟〝叛乱(はんらん)には厳罰を〟〝軍閥(ぐんばつ)を打倒せよ〟……。

どちらのデモ隊も大規模で、ビルの前庭と裏庭をそれぞれ占拠(せんきょ)している。そのためビル全体が人とものの出入りに支障をきたし、空中交通に頼らざるをえなくなっている。

人波は地から湧いたように一夜にしてふくれあがった。ヒューストン公爵はもちろん理由がわかっている。古力特が帰還したからだ。重装甲(じゅうそうこう)号への乗艦に成功し、いまはその主張を十数個の衛星から昼夜を問わず連続放送している。天垂(てんすい)星は一夜にして沸き立った。

均衡は破れた。古力特支持か、反対か。単純な二択ですべての人が陣営を分けられた。

ヒューストン公爵の立場は微妙だ。一面では、古力特を全職務から解任する決定に参与(さんよ)

した。しかしべつの一面では、古力特の義父でもある。娘は夫のもとへ走り、いまはそろって重装甲号にいる。そのケイトは一人娘で爵位継承者。そんな公爵が古力特問題でどんな立場をとるのか、人々は懐疑の目で見守っている。

ヒューストンはデモ隊の人波を窓から見ながら、コーヒーを一口すすった。

軍が古力特を支持しているのはあきらかだ。その船が天垂星領域に進入してきたとき、軍部は阻止せよと命じたが、現場の対応はおざなりだった。第一宇宙航空センターのシャトル機が三機発進したが、古力特の座乗艦の目前を横切っただけで帰投した。それどころか重装甲号の若い兵士は異常なほどの歓迎ぶりだ。シャトル機の小隊が編隊飛行で艦長を案内し、重装甲号へ迎えいれた。逃亡中の指名手配犯への態度ではない。英雄の凱旋だ。

これが星域政治の滑稽な現実だ。軍閥は独立王国のようにふるまい、兵はその将軍の命令だけに服する。カーニーの統一維持は将軍たちの忠誠心しだい。ヒューストンが生涯をかけて戦ってきた宿痾だ。

古力特ももとは軍改革の大計に努力する側だった。平民出の将校が軍閥出身者にすこしずつ取って代わった。軍の統帥権を握るのは天垂星統治委員会。そういう状況に持っていくために人生の半分を費やし、あらゆる努力をしてきた。それが一挙に無に帰そうとしている。三百年来の伝統が一夜にして軍を政府から離反させた。

街頭での抗議活動がはじまっている。市街に出たデモ隊は意気盛んで、一部の地区では騒乱が起きている。抗議から暴動になっている。

簡単な解決策は、古力特に妥協することだ。しかしそうやって政府が軍の言いなりになれば、いずれ政治的に高い代償を支払わされる。半分以上の選挙民は妥協案に同意しないだろう。頑迷固陋な元老たちもやすやすとは受けいれない。選挙は十年に一度で、いまは中間期にあたる。多くの委員はこれを好機として自分の強硬姿勢をアピールするだろう。選挙民の一部に一時的に嫌われても、挽回する時間は充分にある。自分の政治的イメージをつくる千載一遇の機会。

しかし妥協をこばんだ結果はどうなるのか？

古力特の訴えがすべて真実だったら？

ヒューストンはテレビ画面を見た。そこには古力特の宣伝映像が流れている。映っているのはたくさんの黒変球。異世界から来たもので、すべての星域文明、とりわけ天垂星にとって脅威だという。

真実なのかもしれない。

科学院の専門家は、古力特の計算に遺漏はないと認めている。ただし一部に仮定があり、その合理性は完全には証明できない。科学水準の高い雷電ファミリーなら計算による証明ができるのかもしれない。

そこへ秘書が電話で知らせてきた。

「蘇北旦(スー・ベイダン)将軍が応接室でお待ちです」

「わかった。すぐ行く」

ヒューストン公爵はコーヒーを飲みほすと、襟(えり)を正し、裾(すそ)の皺(しわ)を伸ばした。顔を高く上げてドアへ歩く。

一方の蘇北旦。応接室の窓辺に立ち、デモ隊の人波を憂(うれ)い顔で見ている。古力特はやはりこの星に帰っていた。状況は大きく変わった。両軍がにらみあう段階は去り、天垂星の政治が新たな対決の場になった。主導権は古力特にある。一方的に行動を起こしてもいいし、このまま和平交渉を要求しつづけて、天垂星の沸騰(ふっとう)する政局をさらに加熱してもいい。状況はきわめて複雑。天垂星側の手札はあわれなほど少ない。

「北旦」

背後から声をかけられ、すぐに振り返った。ヒューストン公爵が応接室にはいってくる。

蘇北旦は敬礼した。

「ヒューストン閣下」

多くの肩書きを持つ人物だ。科学院名誉会員、公爵、特殊資源管理委員会常務委員、宇宙航空局上級顧問、統治委員会委員（軍事担当）……。さらに坤ステーション第一宇宙航空学院の名誉教授で、蘇北旦にとっては恩師にあたる。

「坤ステーションの状況は？」

ヒューストンは大きなデスクのむこうにすわり、社交辞令なしで本題にはいった。蘇北旦には対面の席をしめす。

着席して、天竜艦隊のようすを報告しはじめた。

「古力特の率いる雷電ファミリー艦隊は非常に強力です。戦法は独特で、いまのところ有効な対策がありません。小型の宇宙機を大量に使ってきます。統合制御されていると思われ、シャドックの全権限制御に似ています。きわめて俊敏で、いっせいに機動して包囲します。包囲網ができると、その内側で強力な電磁波を反射させて相手を破壊します。この小型宇宙機は、気泡機に似ていて……」

ヒューストンは黙って聞きながら、戦況は一方的らしいと理解した。三百年前の戦場とおなじだ。重装甲号が出撃しなければどうなっていたかわからない。蘇北旦の説明は秘密報告書の内容とも一致している。

今回は重装甲号の出撃はない。古力特の手中にある。それでもカーニーが侵攻されることはないだろうとヒューストンは考えていた。謎の暗黒勢力と戦うのが目的だと古力特は公言している。天垂星を攻撃するほど狂気に憑かれてはいないだろう。

秘密報告書に欠けている部分が、当事者である蘇北旦の説明でおぎなわれた。戦闘場面に深くはいり、敵の機敏な戦術を活写する。強力な火力、鉄壁の防御。もちろんカーニー号将兵の英雄的活躍も強調する。

最後は黒変球について話した。天垂星への無断帰還を決める直前の偵察で、坤ステーション星域にも大量の黒変球が侵入していることがわかったという。

蘇北旦が坤ステーションの戦況報告を終えると、ちょうど窓の外からデモ隊の抗議の声が聞こえてきた。〝古力特をわれらに！〟という要求と、〝古力特を倒せ！〟という罵声が交錯する。

ヒューストンは言葉もなく黙然と座し、蘇北旦も口をつぐんだ。

やがてヒューストンが沈黙を破った。

「軍紀に反して天垂星に帰ったのは、これを報告するためか？」

「古力特はもうここに来ています。坤ステーションにとどまっても無意味でした。ならばもどって、機を見て動こうと決断しました」

「そして天垂星の状況を見たわけだ。提案があるか？」

「それは閣下の采配にしたがいます」

「状況はきわめて混乱し、こちらも難渋している。どんな手を打つべきか」

「いまはこの局面を抑えることが最優先でしょう。混乱した状況が長びけばカーニーは不利になるだけです」

ヒューストンは小さく嘆息した。

「この局面を抑える……。言うは易しだな！」

「いまは非常時です。閣下なら非常措置をとれます。断行できる威信もお持ちです」

蘇北旦は軍事管制を敷くことを提案した。言いまわしは穏やかだが、不退転の決意があらわれている。強硬手段で混乱をおさめる。それがもっとも早く、有効だ。

ヒューストン公爵は尋ねた。

「どんな影響がおよぶか、考えたか？」

「私個人と一族の運命がどうなってもかまいません。カーニーにすべてをささげる所存です」

「名誉も、生命もか。誤解され、中傷されても……」

「どれも重要ではありません。重要なのはカーニーの安危です。最善の方法があるならそれを採用するだけです」

ヒューストンはゆっくりとうなずいた。

権門の子弟は好ましからずと思っている。家名を振りかざして重要な地位と職位を独占する。このような政治的現実に力のかぎり反対してきた。しかし、新世代の軍人としてももっとも高く評価している古力特と蘇北旦は、いずれも赫々たる軍門の出身者だ。この二人の若者は名家出身でありながら、家門の利害を超えてカーニーの改革に貢献してくれる。そう信じていた。しかしいま古力特は、重装甲号を指揮して天垂星の統帥から完全に離脱している。蘇北旦はひそかに帰還して、なんとクーデターを起こせとヒューストンを煽動している！　この二人の若者はたしかに卓越した才能を持つが、おとなしく舞台裏にひかえてはいない。機ありと見ればためらいなく力を行使する。その力は名家出身という身分から出ている。ヒューストンは自分の願望が絶妙なブラックユーモアに思えてきた。

「どんな計画があるのだ？」

「内層空間治安総隊の第四九七一部隊は、かつて父の直属でした。指揮官のウォルモン将軍は、閣下が蜂起するならその指揮に服すると言っています。内層空間治安総隊は首都の全武力を掌握しており、決定力になります」

「ウォルモンにはもう話したのか？」

「はい。閣下の命により接触していると話しました」

ヒューストンは首を振った。

「北旦、きみにはたいへん失望したよ」

蘇北旦はうつむいて唇を噛んだ。ヒューストン公爵の反応は予期していたが、それでも批判されると恥ずかしく思う。

「しかし——」

蘇北旦は顔を上げた。勇気をふるい、思うところを真率に述べようと決心した。危急において躊躇すべきではない。

「——これは最後の機会です。統治委員会はもはや用をなしません。有効な決定をできず、武力も集められない。集められても長い時間がかかる。敵はその猶予を許しません」

「敵とは古力特のことか？」

「古力特は敵ではないと信じます。危険は目睫に迫っています。天垂星シャドックはどう説明しているのですか？　現実に黒変球を大量に発見しているのです。雷電ファミリーが送ってきた情報についてシャドックの考えは？」

「判断できずにいる。それがこちらの最大の弱点だ。雷電ファミリーに高所を制されたようなもので、後手の対応しかできない」

ふたたび沈黙が流れる。蘇北旦はまた直言した。

「古力特は信用できます。その放送をすべて見ましたが、態度はいつもどおりで、強制されているようには見えません。お嬢さまがむこうにいらっしゃるのですから、情報提供を求められては」

「古力特と手を組めという提案か。すべての宙域を開放し、雷電ファミリーの自由航行を認めろと」

「雷電ファミリーは古力特に艦隊をあずけたのですから、裏の意図はないといえるでしょう。手中の艦隊だけを派遣し、指揮はカーニー人に全面的にゆだねている。誠意です」

ヒューストンはわずかに苦笑した。

「そう見ない者もいるのだ」

「わたしは信じます」

蘇北旦は即座に言った。ヒューストンがじっと見つめると、恐れず見つめ返す。

「まあいい、きみの立場はわかった。すこし考えさせてくれ」

「情勢は急迫(きゅうはく)しています、閣下」

ヒューストンは立ち上がった。

「わかっているが、あわてるな。損失を最小限にとどめる方法を探さねばならない」

蘇北旦も急いで立った。ヒューストンの優柔不断(ゆうじゅうふだん)な態度にいささか失望していた。

「はい、閣下。どうか急いでお願いします。わたしは天垂星に帰って二日目です。人の口に戸は立てられません。無断離隊を理由にいつ逮捕されてもおかしくありません」

「もしそんなことになったら、わたしが身柄の保証人になる」

「心から感謝します。それから黒変球のことを念押ししておかねばなりません。いたるところにあります。坤ステーションでもたくさん発見しましたし、天垂星周辺にもあるはずです。古力特との協調行動をすぐに決断できないにせよ、せめて黒変球の清掃を指示して、重要エリアに侵入されないようにすべきです」

ヒューストンはデスクをまわって隣に来ると、その肩に軽く手をおいてまたすわらせた。

「すでに命じてある。七日前から天垂星周辺宙域にはイエロー警報が出されている。黒変球が増えすぎて事故が何件か起きたためだ。最初は木藤原が三三艦隊を指揮して天垂星周辺を清掃する予定だったが、重装甲号で叛乱が起きてできなくなった。いま軍部は四分五裂で麻痺状態。三三艦隊は統率がきかない。残った弱小部隊は装備不足で手を出せない。引き受け手がいない状態だ」

「第一宇宙航空センターの護衛艦隊では？」

「護衛艦隊は対古力特の配置についている」

「三三艦隊相手にいざとなったら蹴散らされるだけです。清掃任務のほうがましでしょう」

「だれも命令を出せないのだ。合意なしに命令なし。それが政治だ。わかるか？」

「ならば閣下が命令すればいいのです。ヒューストン公爵のご下命ならみんなすぐ動きだします。閣下！」

蘇北旦は必死になっていた。天垂星にとって最後のチャンスだと直感していた。思わず声を大きくし、まるで公爵と口論しているかのようだ。じっと見つめられ、はっとして失態に気づいた。

「申しわけありません、閣下。感情的になってしまいました」

「いいんだ。きみのことはわかっている。古力特のことも、娘のことも」

ヒューストンが三人をあわせて言及したせいで、蘇北旦の胸中に複雑な思いが湧いた。その感情を力ずくで抑え、顔色を変えずに公爵が続ける話を聞いた。

「きみたちは聡明で、鋭敏な判断力がある。しかし性急になってはいけない。急いては事を仕損じる。急がばまわれだ。古力特は熊羆星へ行き、結果的に雷電ファミリーの艦隊司令官になった。そこには多くの理由があるだろう。しかしカーニーの民衆はどう考えるか。おなじく多くの理由から動機を疑い、雷電ファミリーの傀儡になりさがったとみなすだろう。きみの喜望峰遠征は冒険的な計画だったが、残念ながら時機を得なかった。その計画は多くの支援者がついて、名誉と大きな利益が期待できたが、今回の相手は強大すぎてそういう期待はしにくい。戦争を終わらせるのが最善の策だ。古力特は危険を冒して帰ってきたし、きみも危険をかいくぐって帰還した。どちらもしばしば賭け、そして勝つ。しかし星域の統治は賭け事ではない。軍事行動のように単純ではない。ようするに、きみたちは若すぎる」

「ではどうすればいいのですか、閣下。外はデモ隊の人波で、いつ危険に襲われるかわかりません」

ヒューストンは机上の一枚の紙をとって差し出した。

「ダメンターが和平文書を送ってきた。カプセル船で届いたばかりだ。読んでみたまえ」

蘇北旦はいぶかしげに受けとった。

尊敬する天垂星統治委員会ならびに夏紀徳（シア・ジードー）閣下
ダメンター星域の全権代表として、貴方（きほう）の和平提案に全面的に賛同するものです。同時に、喜望峰、ベータ2（カンダハール）、シグマ5（モンテカルロ）の三星門（せいもん）を開放し、双方の自由航行に供するものとします。雷電ファミリーが述べるところの異空間からの侵攻については、焦眉（しょうび）の急である可能性を認めます。わが方でもガンマ星門およびロキタ星門において空間異常が見られ、とりわけロキタ星門では被害甚大な状況です。第五艦隊をもって詳細な調査をさせる予定です。貴方も警戒態勢を維持し、過去の対立は水に流して、ともに敵に対することを期待します。

ノイマン五世

蘇北旦は驚いた。顔を上げてヒューストンを見る。

「つまり、ダメンター星域も同様の状況に直面していると？」

「そうだ。ロシア星域からも通知が来ている。おなじことが起きていて、サンクトペテルブルク星門は現状であらゆる星域の船に開放されている」

蘇北旦は勢いよく立った。

「でしたら、なにをためらっておられるのですか！　ダメンターもロシアも雷電ファミリーの主張を認めていて、もはや疑う余地はない。星門さえ開放しているのですよ！」

「ダメンターにもロシアにも雷電ファミリーの軍は派遣されていない。古力特のあずかる艦隊が支援に送られたのは天垂星だ。そこはおなじではない」

「それは……」

たちまち言いよどんだ。ヒューストンが話す裏の意味がわかった。危険はたしかに存在するが、雷電ファミリーにはべつの目的があるかもしれない。

「どう見ておられるのですか……閣下は？」

「もしわたしがカーニーの全権代表なら、雷電ファミリーを信じるさ。しかし、ノイマン五世がダメンターを代表し、皇帝がロシアを代表しているようには、だれもカーニーを代表できない。われわれはゆるやかな連合にすぎない。きみはクーデターを起こして、ゆるやかでない、固く結束した連合をつくれというのだろう。おなじことを考える者がほかにいないと思うか？　しかし危険だ。それはできない」

蘇北旦の内心は沸き立った。ヒューストン公爵がついに胸奥（きょうおう）の計画を漏らした。カーニーにとってわずかにのぞいた活路（かつろ）かもしれない。とはいえ、クーデター案を一蹴されたのは納得できない。熟慮（じゅくりょ）のうえで可能と考えたのに。

「閣下以外にだれができるでしょうか」

「クーデターを起こせというが、この惑星はさほど大きくないし、政治家も大物から小物までさまざまだ。武力しだいでどんな可能性もある。天垂星の首都で一定の軍隊を掌握しているのはきみの仲間のウォルモン将軍ばかりではない。また内層空間治安総隊が首都最強の武装集団というわけでもない。きみはもどったばかりでまだ全貌（ぜんぼう）を把握できないだろう。統治委員会がダメンターとロシアから通知を得られたのはなぜか。にもかかわらず、意思統一できないのはなぜか。これが政治なのだ。危急のときにもっともよく耐えた者が最後に笑う」

蘇北旦はかすかに顔がほてるのを感じた。これ以上ねばるのはあきらめた。

「どうなさるおつもりですか」

ヒューストンはデスクのむこうにもどって自分の椅子にすわった。居ずまいを正して厳粛に言う。

「古力特と手を組むしかない。しかし秘密裏にやらねばならない。きみが軽率に行動せず、わたしを訪ねてくれたことをうれしく思う」

「カーニーの利益に服するつもりです、閣下」

「きみは確実に信頼できると思っている。古力特と会談する必要があるが、いまはどんな高級官僚もそのような行動をとれない。しかし古力特のほうから行動するのなら問題ない。それをやってほしいし、すでにやってくれている。黒変球の清掃だ。最終的な理解を得るまえの段階で、天垂星を保護する態度を一方的な行動として見せてほしい。航路をふさいでいる黒変球を掃除してくれるならちょうどいい。そのような行動はカーニーへの忠誠心の証明になる。反対の声をすこしでも抑えるのに役立つだろう。そのために伝令役が必要だ。双方から信頼され、賢明で、突発的な事態にも対応できる者が」

ヒューストンはそこまで言うと、デスクごしに見つめた。

意図は明白だ。蘇北旦は敢然と立った。

「かならず任務を果たすとお約束します」

ヒューストンはうなずいた。

「よし、天垂星の希望はきみにかかっている。言っておくことが二つある。一つ目は、古力特から交渉の代表権をケイトに委任したうえで、娘をここへ帰してもらうこと。二つ目は、ウォルモン将軍に警戒を維持させ、軽率な行動をひかえさせることだ」

「ウォルモンに状況をつたえ、閣下の意向を尊重させます」

「それでいい」

ヒューストンは立ち上がった。

「きみのおかげで難題の一つが解決した。これからシャドックに会わせよう。授権クリスタルがあたえられるはずだ。それを使えば、古力特は三三艦隊の完全な指揮権を回復できる」


（下巻へつづく）

巻頭の引用文については、カール・セイガン著、
福島正実訳『宇宙との連帯　異星人的文明論』
（河出文庫）を参照し、独自に訳出しました。

訳者略歴

中原尚哉（なかはらなおや）
1964年生，東京都立大学人文学部英米文学科卒　英米文学翻訳家
訳書『鋼鉄紅女』シーラン・ジェイ・ジャオ
『妄想感染体』デイヴィッド・ウェリントン（以上早川書房刊）他多数

光吉さくら（みつよし）
翻訳家
訳書『三体』劉慈欣（共訳、早川書房刊）他多数

ワン・チャイ
翻訳家
訳書『三体』劉慈欣（共訳、早川書房刊）他多数

HM=Hayakawa Mystery
SF=Science Fiction
JA=Japanese Author
NV=Novel
NF=Nonfiction
FT=Fantasy

銀河之心Ⅰ　天垂星防衛
〔上〕

〈SF2461〉

二〇二四年十一月二十日　印刷
二〇二四年十一月二十五日　発行
（定価はカバーに表示してあります）

著者　江波
訳者　中原尚哉
　　　光吉さくら
　　　ワン・チャイ
発行者　早川浩
発行所　株式会社早川書房
郵便番号　一〇一 - 〇〇四六
東京都千代田区神田多町二ノ二
電話　〇三 - 三二五二 - 三一一一
振替　〇〇一六〇 - 三 - 四七七九九
https://www.hayakawa-online.co.jp

乱丁・落丁本は小社制作部宛お送り下さい。
送料小社負担にてお取りかえいたします。

印刷・株式会社精興社　製本・株式会社フォーネット社
Printed and bound in Japan
ISBN978-4-15-012461-8 C0197

本書は活字が大きく読みやすい〈トールサイズ〉です。